Mord im Sautrog

Ilse-Maria Dries

Mord im Sautrog

FAHNER VERLAG

Impressum

Die Deutsche Nationalbibliothek
Bibliografische Information der Deutschen Nationalbibliothek
Die deutsche Nationalbibliothek verzeichnet diese Publikation in der Deutschen Nationalbibliografie; detaillierte bibliografische Daten sind im Internet über http://dnb.d-nb.de abrufbar.

Dries, Ilse-Maria:
Mord im Sautrog - Lauf a. d. Pegnitz: Fahner, 2010
ISBN 978-3-942251-02-0

Umschlaggestaltung: Storch Design, Lauf

Die Abbildungen auf den Seiten 23, 70, 149 und 187 stammen von Ilse-Maria Dries

Satz, Repro, Druck: Fahner GmbH, Nürnberg
www.fahner.de

1. Auflage 2010
Erschienen im Fahner Verlag, Lauf

Widmung

Das Walberla lag in der Sonne und

kleine, weiße Schafswolken schwebten über

dem Hausberg der Oberfranken.

Sonntag, 5. Juni, gegen 3.00 Uhr nachts

Georg „Schorsch" Mirsberger wankte nach Hause. Von der Dorfwirtschaft „Zum Goldenen Hirsch" war es nicht weit zu seinem stattlichen Bauernhof. Die fränkische Ortschaft war nicht besonders groß.

Georg Mirsberger, ein großer, kräftiger Mann, durch die körperliche Arbeit als Nebenerwerbslandwirt muskulös und mit seinem dichten, dunklen, nach hinten gekämmten Haar, seinem gepflegten Schnurrbart und den sympathischen Gesichtszügen ein attraktiver Mann, kam von einer Parteiversammlung, die allerdings schon vor Stunden beendet worden war.

Danach saßen die örtlichen Parteifunktionäre und andere interessierte Gäste noch lange zusammen und diskutierten diverse Themen zeitweise recht hitzig und lautstark bei fränkischem Bier und selbst gebranntem Birnenschnaps.

„Denen habe ich ordentlich die Meinung gesagt", dachte Schorsch Mirsberger und grinste zufrieden.

„Es gibt ja wohl keinen Zweifel daran, welche Leute hier im Dorf das Sagen haben, das musste wieder einmal richtiggestellt werden."

Kurz verlor er das Gleichgewicht, schwankte und konnte sich gerade noch an der rauen Mauer des Nachbarhauses abstützen. „Zeit, ins Bett zu gehen", brummte er vor sich hin und lenkte seine Schritte vorsichtig in seine Hofeinfahrt. Die Laterne brannte hell über der Haustüre. Seine Ehefrau Gunda ließ sie immer eingeschaltet, wenn er unterwegs war, sonst war der Hof in nächtliches Dunkel getaucht.

Schorsch wollte noch einen Blick in seinen Kuhstall werfen. Seine Lieblingskuh Belinda sollte bald ein Kälbchen werfen und war deshalb in letzter Zeit etwas unruhig gewesen. Kühe mochten es, wenn man mit ihnen plauderte.

Leise öffnete er die schmale Seitentüre, die in den Kuhstall führte, und knipste nur ein kleines, schwaches Licht an, um die Tiere nicht zu erschrecken.

Er ging ein paar Schritte in den Stall hinein bis zu dem mit Wasser gefüllten alten Sautrog, der im Mittelgang des Stalles an der rechten Seite seinen Platz hatte. Dort befand sich ein Wasserhahn und man konnte sich dort während der Arbeit erfrischen und die Hände säubern.

Er lauschte, doch es war bis auf die üblichen Geräusche beruhigend still. Alles schien in bester Ordnung zu sein, auch mit der braun gescheckten, schreckhaften Belinda. Jetzt wollte Schorsch nur noch in sein warmes Bett. Schließlich musste er zum heutigen Sonntagskirchgang und zum anschließenden Frühschoppen wieder in Hochform sein. Außerdem hatte er Sonntagabend etwas Besonderes vor.

Plötzlich hörte er ein leises Geräusch. Er erstarrte und horchte angestrengt in die Dunkelheit. Was konnte das gewesen sein, hatte sich ein Tier bewegt? Dieses Jahr waren viele Marder unterwegs. Schorsch Mirsberger spähte aufmerksam bei schwacher Beleuchtung im Stall umher, konnte jedoch nichts Auffälliges entdecken.

„Geh endlich ins Bett, du alter Depp“, schimpfte er mit sich selbst, „wahrscheinlich nur einer von diesen lästigen Mardern.“ An einem schiefen Stützbalken Halt suchend wollte er sich gerade umdrehen, als er einen heftigen Schlag auf seinem Hinterkopf verspürte und sich sogleich ein durchdringender, brutaler Schmerz in seinem Schädel ausbreitete. Er stöhnte kurz auf, völlig verwirrt und orientierungslos, dann kippte er nach vorne und bewegte sich nicht mehr.

Sonntag, 5. Juni, vormittags

Klarissa König drehte eine morgendliche Runde mit ihrem silberschwarzen Mountainbike. Sie holperte über Feldwege, durch Obstplantagen, passierte Äcker und üppige Wiesen und freute sich über ihr freies Wochenende. Die Sonne schien bereits kräftig und sie hatte ihre warme Jacke ausgezogen. Energisch trat sie in die Pedale.

Ihr fürsorglicher Ehemann Gregor hatte, wie immer, darauf bestanden, seiner Frau die seiner Ansicht nach erforderliche Ausrüstung zu der kleinen Sonntagmorgentour einzupacken.

In ihrem rotschwarzen Rucksack, den sie auf ihren Rücken geschnallt hatte, befanden sich Handy, Geldbörse, eine Flasche Mineralwasser, zwei Müsliriegel und ihr Fotoapparat. Ebenso Werkzeug, damit konnte sie jedoch sowieso nichts anfangen, aber es gehörte eben dazu.

Sie zog kurz in Erwägung, ihren Fahrradhelm abzunehmen. Den wenig eleganten Topf konnte sie nicht leiden, entschloss sich dann aber doch dagegen. Wie schnell konnte es bei diesen Querfeldeintouren zu einem Sturz kommen.

Klarissa König war neununddreißig Jahre alt, mittelgroß, schlank und trug ihre dunkelblonden Haare, die in gleich langen Strähnen um ihr Gesicht fielen, halblang. Sie hatte dunkelgraue Augen, eine hübsche, gerade Nase und einen vollen Mund.

Sie trug eine grellrote Fahrradhose, ein enges, schwarzes, ärmelloses T-Shirt und bequeme Laufschuhe.

Vor einigen Jahren war sie mit ihrem Ehemann aufs Land gezogen und hatte es noch keine Sekunde bereut. Sie blickte über die unzähligen Kirschbäume, die bereits kleine hellrote Früchte trugen, und freute sich an den grasenden Pferden in ihren weitläufigen Koppeln. Es war ganz still, kein Mensch, außer ihr, war unterwegs.

Da sie sich gerne draußen in der Natur aufhielt, war sie von der sanften Schönheit und der Ruhe und Beschaulichkeit der fränkischen Landschaft absolut begeistert.

Wochentags arbeitete Klarissa in einer sozialen Beratungsstelle in Bamberg. Amüsiert dachte sie an den letzten Telefonanruf am Freitagnachmittag, kurz vor Wochenendbeginn. Sie und ihre Kolleginnen hatten sich gerade den letzten Kaffee in ihre Tassen gegossen und den Kuchen verteilt, den abwechselnd immer eine von ihnen für die Wochenabschlussbesprechung frisch vom Bäcker besorgte oder selbst gebacken hatte, als das Telefon klingelte.

Klarissa hob den Hörer ab und bevor sie sich freundlich melden konnte, drang die laute, energische Stimme einer ihrer Klientinnen aus dem Hörer. Ohne ihren Namen zu nennen legte sie los. Klarissa erkannte Frau Braun, für die sie eine Arbeitsstelle besorgt hatte, an der Stimme: „Diese Arbeit nehme ich nicht an, niemals will ich für so einen herzlosen Chef schaffen. Stellen Sie sich vor, Frau König, er hat mir verboten. Hugo mit zur Arbeit zu bringen.“ „Wer ist denn Hugo?“, fragte Klarissa verblüfft. Hatte sie womöglich ein zu betreuendes Kind außer Acht gelassen?

„Mein Mops, wer denn sonst?“, erwiderte Frau Braun gereizt, „er ist hoch sensibel und braucht viel Fürsorge und eine regelmäßige Ansprache. Ich kann ihn unmöglich den ganzen Vormittag alleine lassen. Der dreht mir ja durch. Könnte ich den Hund vielleicht bei Ihnen im Büro lassen, wenn ich arbeiten muss, liebe Frau König? Ich vermute, wenn Sie sich bemühen, mag er Sie.“

Klarissa trat kräftig in die Pedale, um einen lang gezogenen Hügel zu überwinden, und radelte dann gemächlich auf das Nachbardorf zu. Als sie an eine Stelle kam, von der aus der Ausblick auf die malerische Kirche und den alten Ortskern mit seinen Fachwerkhäusern besonders schön war, hielt sie an und machte einige Aufnahmen mit ihrer Kamera. Vielleicht ein weiteres, reizvolles Motiv zum Malen.

Nachdem Klarissa das Nachbardorf hinter sich gelassen hatte, beschrieb sie mit ihrem Fahrrad einen Bogen und fuhr auf einem holprigen Feldweg an einem ruhigen Bach entlang, der von blühenden Schwarzdornbüschen gesäumt war, Richtung Heimat. Ihr Ehemann Gregor, ein exzellenter Hobbykoch, würde sie in einigen Minuten zum feinen Sonntagsmenü erwarten. Klarissa beschleunigte ihre Fahrt, als plötzlich ein älterer Herr im feschen, lodengrünen Trachtenanzug und dazu passender Kopfbedeckung mit Spazierstock und einem kleinen weißen Terrier an der Leine hinter einer dichten Schwarzdornhecke hervortrat. Klarissa bremste heftig und versuchte, den beiden auszuweichen. Der Hund kläffte sie aufgeregt an. In einer matschigen Pfütze kam sie ins Schleudern und konnte sich gerade noch abfangen.

Endlich stand sie sicher und wollte erleichtert eine beschwichtigende Bemerkung dem Herrn gegenüber äußern, der sie aufmerksam musterte, dass sie ja alle, einschließlich des winzigen Hundes, mit einem Schrecken davongekommen seien.

Der Herr im Sonntagsstaat kam ihr jedoch zuvor und belehrte sie ernsthaft über das anhaltende Bellen seines Hundes hinweg: „Madla, Madla, wärst du beim Kartoffelreiben für die Sonntagsklöße daheim geblieben, wärst du hier nicht in Gefahr geraten." Er schüttelte nachdenklich den Kopf, zog an der Leine seines Hundes und wandte sich zum Gehen.

Klarissa starrte ihm verblüfft hinterher. Kartoffeln reiben? „Schönen Sonntag noch“, murmelte sie und beschloss, zügig nach Hause zu fahren und besser auf ihren Weg zu achten. „Beim Kartoffelreiben handelte es sich hier wohl um eine reine Frauenaufgabe“, dachte sie noch.

Im Heimatdorf angekommen, bog sie vom schmalen Feldweg in die Hauptstraße ab und folgte ihr. Niemand war zu sehen. Die Dorfbewohner hatten sich wohl schon nach dem Kirchgang in die Wirtschaft zum Frühschoppen zurückgezogen oder sich zum Fußballspiel der Jugend Richtung Sportgelände aufgemacht.

Die Sonntagstouristen aus den umliegenden größeren Städten saßen sicherlich bereits in den beliebten einheimischen Gaststätten, die Speisekarte vor sich aufgeschlagen, die sie seit Jahren kannten, und berieten sich, ob sie zum Schäuferla Sauerkraut oder Wirsing oder am besten beides als Beilage wählen sollten. Salat dazu fanden manche nicht so passend. Doch wenn er schon serviert wurde, wurde er auch gegessen.

Als Klarissa am Mirsberger-Hof vorbeiradelte, wunderte sie sich über die zahlreichen Menschen, die auf dem Platz vor dem Haupthaus standen und aufgeregt miteinander redeten. Es waren ganz eindeutig zu viele, um über den neuen Schmuck oder ein frisch erworbenes Kostüm einer Dorfbewohnerin beim Kirchgang zu tratschen.

Der rechteckige, grob gepflasterte Hof war von drei Seiten umrahmt. Rechts stand das Wohnhaus, ein einstöckiger, alter, gepflegter Fachwerkbau, an der hinteren Seite befand sich der Kuhstall und links der Schweinestall und verschiedene, gedrungene Nebengebäude mit unterschiedlichen Funktionen, wie Hühnerstall, Schafstall und Werkstatt. Im Hof wuchsen hohe Kastanienbäume, die Schatten spendeten, und Holztröge mit prächtigen bunten Blumen zierten die Einfahrt. Auf den Fensterbrettern waren tiefe weiße Schalen angebracht, die mit weißen, rosafarbenen und hellroten Geranien bepflanzt waren, die garantiert regelmäßig jemand zupfte, so prächtig blühten sie.

Erst dachte sie an ein Familienfest, doch die Atmosphäre schien eher bedrückend. Neugierig schob sie ihr Bike näher an die Leute heran, erkannte in einer der Personen ihren Nachbarn und Kumpel, schick herausgeputzt für den Sonntag in schwarzer Jeans und weißem Hemd, und fragte beunruhigt: „Konrad, was ist denn hier los, ist etwas passiert?"

Ihr Nachbar Konrad, ein mittelgroßer, kräftiger Mittvierziger, normalerweise die absolute Ruhe in Person, fuhr zu ihr herum, gestikulierte aufgeregt mit seinen Armen und rief: „Der Schorsch hat einen Unfall gehabt, er liegt regungslos in seinem Kuhstall." Klarissa starrte ihn sprachlos an. „Der Austräger der ‚Bild am Sonntag' hat ihn vor wenigen Minuten gefunden, blutüberströmt im eigenen Sautrog. Das Wasser darin war ganz rot gefärbt und der Zeitungsausträger hat vor lauter Angst und Schrecken laut um Hilfe gerufen. Ein Nachbar, der junge Hubert, hat sofort Polizei und Notarzt verständigt."

Genau in diesem Augenblick ertönte schrilles Sirenengeheul, das sich rasch näherte.

„Was für ein tragischer Unfall", Konrads Ehefrau Anneliese kam mit vor Aufregung geröteten Wangen hinzu, „im eigenen Kuhstall verunglückt, ich mochte ihn ja nicht so gerne, den arroganten Kerl, aber so ein Ende hat er nicht verdient." Schaudernd schüttelte sie den Kopf mit den perfekt gestylten magenta schimmernden Sonntagslocken. „Was redest du denn da", herrschte ihr sonst so besonnener Ehegatte sie an, „vielleicht ist er nur bewusstlos, Feuerwehrkameraden kümmern sich um ihn. Sie hatten zum Glück gerade eine Rettungsübung vor dem Feuerwehrhaus und waren gleich zur Stelle. Zwei von ihnen sind Rettungssanitäter beim ASB in Gräfenberg", erklärte Konrad mit wichtiger Stimme, „die kennen sich aus."

An Klarissa gewandt fuhr er fort: „Der Zeitungsausträger hat sich am Ende seiner Runde gewundert, dass die ‚Bild' zu Beginn des Frühschoppens noch immer in der Rolle steckte, weil der Schorsch sie doch normalerweise bereits beim Frühstück liest. Da die Tür zum Stall offen stand, warf er einen kurzen Blick hinein." Konrad verstummte, als ein Polizei- und ein Krankenwagen in den Hof einbogen.

Notarzt und Polizei begaben sich rasch in den Kuhstall. Kurz darauf begannen die Polizisten, den Unfallort abzusperren und die aufgewühlten Dorfbewohner nach Hause zu schicken.

Auch Klarissa begab sich in Gedanken versunken auf den Heimweg.

Es machte im Dorf schnell die Runde, dass Georg „Schorsch" Mirsberger, zweiundsechzig Jahre alt, Mitarbeiter im Ruhestand einer großen, bekannten Firma, Landwirt, Schnapsbrenner, Partei- und Sportfunktionär und Mitglied der Dorfhonoratioren, tot war.

Sonntag, 5. Juni, mittags

Klarissa bog in den heimischen, breiten Hof ein und sprang vom Fahrrad.

Gregor und Klarissa hatten vor einigen Jahren dieses alte Bauernhaus gekauft und nach und nach in vielen Arbeitsstunden abends und an Wochenenden mit Hilfe von Freunden liebevoll renoviert.

Das hell verputzte Haupthaus verfügte über sechs renovierte, geschmackvoll eingerichtete Räume.

Aus dem ehemaligen Ziegenstall war eine luxuriöse Wellness-Oase geworden. Für den Anbau, in dem früher der Taubenstall und das Lager für die Obstkisten untergebracht waren, hatte das Ehepaar bereits einige kreative Ideen verwirklicht.

Am hinteren, rechten Rand des Hofes befand sich eine geräumige Scheune, deren Bestimmung noch ungewiss war. Links daneben wucherte wild eine Bauernwiese mit einem kleinen Goldfischteich.

Im Hof verteilt standen üppig bepflanzte Blumenkübel mit Oleander, verschiedenfarbigen Margeriten, Trompetenblumen und anderen Gewächsen.

An der Mauer des Nachbarhauses entlang standen übereinander aufgereihte, runde Steine, die mit verschiedenen Kräutern bepflanzt waren, für einen passionierten Koch eine absolute Notwendigkeit.

Klarissa wurde von ihren zwei Katzen begrüßt. Eine der beiden hatte wieder im Thymian gesessen. Einige kleine Zweige waren umgeknickt. Klarissa wusste nicht, wer von beiden der Übeltäter war, den sie ausschimpfen sollte. Sie strichen laut maunzend und mit vorwurfsvollen Blicken um Klarissas Beine und die anklagend leeren Futterschüsseln.

„Charlotte, Rudi, ihr armen, vernachlässigten Tiere, seit zwei Stunden habt ihr kein Futter mehr bekommen, die Stadtwurstreste von Herrchen hebt ihr für die Wildkatzen auf, wie großzügig."

Charlotte, die weißorangegraue Glückskatze, und Rüdiger, genannt Rudi, ein weißgrauschwarz melierter Kater, waren nicht zu einem Plausch aufgelegt. Sie wollten ihr Fressen, und zwar sofort.

Klarissa füllte Futter und Katzenmilch in die Näpfe und kraulte die beiden im Nacken. Als der Familienhund aus der von seinem Herrchen geöffneten Haustüre stürzte und freudig an Klarissa hochsprang, würdigten die beiden Katzen ihn keines Blickes.

Das Verhältnis zwischen den Katzen und dem tollpatschigen, riesigen Neufundländer war eher kühl. Sie musterten ihn verachtungsvoll, als er sich begeistert über die geschnittene Stadtwurst hermachte. Er war rabenschwarz und hatte ein schlichtes Gemüt. Als Wachhund war er nicht zu gebrauchen, dafür konnte er Türen öffnen und sich tot stellen.

Klarissas liebevoller Klaps und ihr strenger Hinweis, dass die Wurst nicht für ihn bestimmt sei, beeindruckten das Tier keineswegs. Genüsslich leckte es die Katzenschüssel aus.

Klarissas Ehemann Gregor betrat, bekleidet mit einer Kochschürze über Jeans und kariertem Hemd, den Hof und begrüßte seine Frau zärtlich.

Als ehemaliger Fußballspieler immer noch durchtrainiert und kräftig gebaut, mit strahlenden blauen Augen, sehr charmant und aufmerksam, entsprach er absolut der Vorstellung von Klarissa, wie ein Lebensgefährte sein sollte.

„Du bist spät dran, hast du dich verfahren“, scherzte er, „die Klöße verkochen.“

Er hielt eine Schere in der Hand und begann, Schnittlauch für die Suppe abzuschneiden.

„Der Schorsch ist verunglückt“, platzte Klarissa heraus, „er liegt voll mit Blut in seinem Kuhstall, gerade sind Polizei und Notarzt eingetroffen.“

„Gestern Abend auf der Parteiversammlung war er ja noch ganz munter“, erwiderte Gregor erstaunt. „Er hat praktisch den ganzen Ort beleidigt, vielleicht hat irgendjemand seine Beschimpfungen besonders persönlich genommen und wollte ihm einen Denkzettel verpassen. Auf mich ist er auch losgegangen, verbal meine ich.“

„Auf dich, warum denn das? Er ist doch dein Kumpel?“, wunderte sich Klarissa.

„Jetzt nicht mehr, aber die Geschichte erzähle ich dir beim Mittagessen“, bemerkte Gregor und ging voraus in die Küche. Er hatte den Tisch bereits festlich gedeckt, Servietten farblich passend zum weinroten Stofftischtuch aufgelegt, einen Blumenstrauß arrangiert und weiße Kerzen angezündet.

„Ich serviere das Menü, so wie die Gnädigste es sich gewünscht hat. Als Vorspeise fränkische Hochzeitssuppe und als Hauptgang Sauerbraten mit Preiselbeeren, Blaukraut und gekochten Klößen. Zum Nachtisch gibt es gemischtes Milcheis mit Vanille-Zimt-Sauce.“

„Das hört sich köstlich an, ich habe riesigen Hunger“, freute sich Klarissa. Als sie mit dem Essen begannen, bat Klarissa ihren Mann, doch Näheres von den Vorfällen auf der gestrigen Parteiversammlung zu berichten.

Ihr Ehemann hatte sich gestern Abend mit anderen Parteimitgliedern zur Versammlung im Dorfgasthof „Zum Goldenen Hirsch“ im Nebenzimmer getroffen. Monate vor der Kommunalwahl gab es noch wichtige Themen zu besprechen. Es galt Wahlkampfstrategien festzulegen, Kandidaten zu nominieren und diverse andere Punkte zu klären. Alles wurde total wichtig genommen.

Während dieser Versammlung kam es mehrmals zu erhitzten Diskussionen, die jedoch zu mehrheitsgetragenen Ergebnissen führten. Als die Parteiversammlung zu Ende war, gingen die engagierten, teilweise haarsträubenden Debatten weiter. Man bestellte Bier und selbst gebrannten Birnenschnaps. Das war immer so und gehörte einfach dazu.

Georg „Schorsch“ Mirsberger, Pressewart und Kassier, wurde immer wütender und lauter. Vorwürfe wie Dummheit, Unfähigkeit und mangelndes Urteilsvermögen wurden geäußert. Beschwichtigungsversuche besonnener Parteifreunde, denen dieses rüde, unbeherrschte Verhalten leider nicht unbekannt war, gingen ins Leere.

Zwei Kameraden traf es besonders hart. Einer davon war Gregor König, dem der aufgebrachte Schorsch nahelegte, sich als Zugezogener aus der Kommunalpolitik und auch sonst aus allem anderen herauszuhalten, weil er von den Hintergründen sowieso keine Ahnung hätte und er sich nicht einbilden solle, es hätte irgendjemand im Ort gerade auf ihn gewartet. Selbst seine Herkunft, seine berufliche Tüchtigkeit, seine Glaubwürdigkeit, einfach alles war von Schorsch angezweifelt worden.

Der emotionale Ausbruch wurde von oberfränkischen Schimpfwörtern begleitet, die Gregor König zum Teil gar nicht verstand. Dafür hätte er einen Dolmetscher gebraucht, aber so genau wollte er es auch gar nicht wissen.

Das zweite Opfer war Hans Güthlein, schon immer in dem kleinen Dorf ansässig, und ehemaliger Schulkamerad von Schorsch. Sie waren zusammen aufgewachsen und kannten sich sehr gut. Schorsch sprach dem Hans jede Kompetenz ab, parteipolitisch tätig zu sein. Er nannte ihn einen erfolglosen Bauern, einen unfähigen, faulen, seit Jahren arbeitslosen Menschen, dessen Rente nun von der Gemeinschaft bestritten würde. Auch seine Kinder hätten es, im Vergleich zu seinen, zu nichts gebracht und würden dem Steuerzahler auf der Tasche liegen. Das Haus wäre auch nicht abbezahlt. Das wüsste er aus sicherer Quelle. Er solle nach Hause gehen und seine mageren Kühe füttern.

Hans Güthlein war blass geworden und völlig verstummt. Der gutmütige, friedliebende Wirt des „Goldenen Hirsch“ begann, von ihm gespendete Zigarren zu verteilen, und goss noch eine Runde Birnenschnaps auf Kosten des Hauses ein, um die erhitzten Gemüter zu besänftigen.

Ein guter Freund von Schorsch hatte diesem den Arm um die breite Schulter gelegt und redete eindringlich auf ihn ein. Die Atmosphäre entspannte sich ein wenig.

Gregor König hatte an diesem Abend genug von der Dorfpolitik und machte sich auf den Heimweg. Er war sehr verletzt und enttäuscht von seinem Kumpel und wollte jetzt lieber zu seiner Frau ins gemütliche Bett kriechen.

Nur einschlafen konnte er nicht. Ein Verdacht, den Gregor selbst gegenüber seiner Frau verschweigen musste, wühlte ihn auf.

Fränkisches Schäuferle (Schäuferla) mit grünen Klößen und Wirsing

Sie brauchen für 4 Personen:
1,5 Kilogramm Schäuferla-Braten (Schweineschulter mit Knochen und Schwarte) oder 4 Stück vom Metzger zugeschnittene Stücke (in Franken überall auch so erhältlich)
2 große Zwiebeln
1 Würfel oder 1 Teelöffel Fleischbrühe
Ganzer oder gemahlener Kümmel
2 Knoblauchzehen
2 Flaschen dunkles Landbier 0,5 Liter
Dunkler Soßenbinder
2 Löffel Butterschmalz, Schweineschmalz beziehungsweise anderes Fett

1 Pack fertiger Kloßteig nach Wahl

Zubereitung:
Fleisch kalt abwaschen und gut trocken reiben. Die Schwarte mit einem scharfen Teppichmesser rautenförmig in gewünschter Größe der „Knusperle" einschneiden. Vorsicht, nicht zu tief.
Knoblauchzehen ausdrücken und den Kümmel darunter rühren. Eventuell etwas Öl dazu, damit es mehr wird.
Damit die Schwarte gut einreiben. In einem Topf zugedeckt eine halbe Stunde ruhen lassen.
Danach das Fleisch rundum, auch mit der Schwartenseite, anbraten.
Zwiebeln fein würfeln, einen Flasche Bier mit der Fleischbrühe in einem Topf aufkochen. Zu dem Fleisch in den Topf geben und alles in einen auf 180 Grad Celsius vorgeheizten Backofen geben.
(Ober- und Unterhitze), Garzeit zirka 3 Stunden.

Alle halbe Stunde das Fleisch mit Bier übergießen beziehungsweise bepinseln und dazwischen ebenso mit der Soße. Eventuell etwas Wasser nachgießen. Die letzten 20 Minuten dann den Grill einschalten und die Kruste toll rösch fertig grillen. Wenn die „Knusperle" nicht aufspringen, etwas Salzwasser auf die Schwarte pinseln. Vorsicht, nicht zu viel. Schäuferla herausnehmen, in Portionen teilen und warm stellen.
Soße mit Pfeffer abschmecken, eventuell etwas Wasser nachgießen und mit dunklem Soßenbinder binden.
Die Soße extra dazu reichen. Das restliche Bier darf der Koch trinken.
Nach 2,5 Stunden der Bratzeit die Klöße formen und nach Anleitung in kochendes Wasser legen und 20 Minuten ziehen lassen.

Dazu Wirsing als Fertigprodukt wärmen oder aber inzwischen frischen Wirsing kochen:
Sie brauchen:
1 Kopf Wirsing in gewünschter Größe
1 Teelöffel oder einen Würfel Gemüsebrühe
1 Zwiebel
Schmalz
1 Knoblauchzehe
Heller Soßenbinder
Zubereitung:
Wirsing vierteln und gut waschen. Strunk herausschneiden (bitter) und alles in schmale Streifen schneiden.
In einem großen Topf mit reichlich Wasser zirka 3 Minuten aufkochen, Wirsing herausnehmen und in eiskaltem Wasser abschrecken. Kochwasser nicht wegschütten.
1 Zwiebel würfeln, Knoblauch hacken und mit etwas Schmalz anschwitzen, nicht bräunen. Einen halben Liter Wirsingwasser mit einem Teelöffel oder Würfel Gemüsebrühe dazugeben. Aufkochen, Wirsing ausdrücken und in möglichst kleine

Stücke schneiden. In das Wasser geben und zirka 20 Minuten leicht köcheln. Der Wirsing sollte maximal zur Hälfte mit Flüssigkeit bedeckt sein.
Vom Herd nehmen und mit einem Pürierstab alles ganz fein zerkleinern. Wieder auf den Herd stellen und eventuell etwas Wirsingwasser dazugeben. Abschmecken und mit hellem Soßenbinder etwas binden. Manche lieben zum Abschmecken auch einen kleinen Schuss Maggi.

Vexierkapelle Sankt Nikolaus bei Kirchehrenbach

Sonntag, 5. Juni, abends

Klarissa und ihr Ehemann Gregor machten sich gegen neunzehn Uhr auf den kurzen Weg in die Dorfwirtschaft zum traditionellen Sonntagsstammtisch. Ein großer, ovaler Holztisch im Wirtshaus „Zum Goldenen Hirsch" war für die Stammgäste vorgesehen. In der Mitte stand eine bronzefarbene Glocke, falls jemand das Bedürfnis verspürte, eine Runde auszugeben. Der „Goldene Hirsch" war auch unter den Touristen eine sehr beliebte, gemütliche Bauernwirtschaft. In dem großen, hellen Gastraum befanden sich acht rechteckige Tische vor einer stabilen Holzbank, die rund um den ganzen Raum verlief. Um die Tische herum standen dazu passende Holzstühle. Auf der Sitzbank waren bunte Sitzkissen verteilt. Der Boden der Gastwirtschaft bestand aus alten, sauber geschrubbten Holzdielen. An den Wänden hingen Ölgemälde und Fotos mit typisch fränkischen Motiven, wie dem „Walberla", dem Hausberg der Franken, von goldenen Barockrahmen eingefasst.

Der Stammtisch traf sich jeden Sonntagabend. Es war eine lose, offene Runde. Jeder war eingeladen, sich dazuzusetzen. Es gab jedoch einen engeren Kreis, der bis auf wenige Ausnahmen immer erschien. Für Klarissa und Gregor war dieser Abend ein netter, entspannter Wochenendausklang vor der neuen Arbeitswoche.

Eine weitere regelmäßige Teilnehmerin war die hiesige Pfarrerin, manchmal in Begleitung ihres Ehemannes, wenn sie einen Babysitter aufgetan hatten, die beiden Dorfunternehmer mit ihren Gattinnen, der Vorsitzende des Sportvereins, kürzlich von seiner Frau wegen eines braungebrannten Tennislehrers verlassen und seitdem eher kleinlaut und wortkarg, und die Konditoreibesitzerin mit ihrem Lebensgefährten.

Thema Nummer eins war an diesem Tag natürlich der tote Schorsch. Die Pfarrerin Regina Engeltal, die sich mit ihrem Mann eine Ganztagsstelle teilte und mit ihm zusammen einige kleine Gemeinden seelsorgerisch betreute, war eine herzliche, patente Frau. Sie trug einen praktischen hellbraunen Kurzhaarschnitt und wog etliche Kilos zu viel. Voller Begeisterung erwartete sie ihr viertes Kind und nippte an einem Kirschsaft. Darüber hinaus war sie die beste Freundin von Gunda Mirsberger, und deshalb auf dem neuesten Stand der Geschehnisse.

Alle in der sonst fröhlichen Runde hatten ihre Getränke bestellt, vorwiegend ein sehr beliebtes Gräfenberger ungespundetes, dunkles Bier, und studierten nun die Speisekarte, aber die sonst so schmackhaften Brotzeiten und Hausspezialitäten interessierten heute keinen der Anwesenden wirklich.

„Es war Mord", platzte Regina heraus und rollte schaudernd die runden, freundlichen Augen. „Der Schorsch hatte eine klaffende Wunde am Hinterkopf, er ist erschlagen worden, in seinem eigenen Kuhstall. Neben seiner Leiche lag der alte Melkschemel, blutverschmiert", sie hielt erschüttert inne, „schade, dass ich keinen Birn trinken darf bei der Aufregung. Das Opfer ist in die Rechtsmedizin nach Bamberg gebracht worden. Die Familie und das ganze Dorf stehen unter Verdacht. Ein brutaler, kaltblütiger Mörder weilt unter uns. Dabei ist die Familie völlig erschüttert. Gunda hat ein starkes Beruhigungsmittel bekommen und ruht." Sie machte eine Pause und holte tief Luft. „Ich bin schwanger und darf mich nicht aufregen."

Die Konditoreibesitzerin Manuela Henneberger, eine Dame von Welt, direkte Nachbarin der Mirsbergers und seine wohlgelittene Cousine, die alle zwei Wochen einen Starfriseur in Nürnberg aufsuchte, der ihre blonden, langen Haare in perfekte Wellen gelegt hatte, wandte sich an Klaus, ihren Lebensgefährten, wobei sie ihre perfekt scharlachrot lackierten Fingernägel in seinen gebräunten Arm drückte: „Mein Liebster“, flötete sie, „würdest du mir bitte einen Schoppen von diesem köstlichen, trockenen Frankenwein bestellen, und dann hätte ich noch gerne eine große Portion Stadtwurst mit Musik mit extra viel Zwiebeln.“

„Wahrscheinlich hat ihn jemand von der Familie erschlagen“, stellte sie unbekümmert fest. „Schorsch hatte mit allen Streit. Er war ein Tyrann und wollte ständig über die Familienmitglieder bestimmen. Außerdem war er ein Schürzenjäger. Ich könnte euch Geschichten erzählen.“

„Vor zwanzig Jahren vielleicht“, berichtigte sie Regina, „der Schorsch hat sich seine Hörner abgestoßen. Gunda und Schorsch waren ein vorbildliches Ehepaar.“

„Sei doch nicht so pietätlos, Manuela“, mahnte Klarissa, die sich nicht entscheiden konnte, ob sie eine Kleinigkeit zu sich nehmen sollte, und bestürzt an ihrem Radler nippte. „Der arme Mann ist ermordet worden. So redet man nicht über einen Toten, womöglich bringst du dich durch solche Aussagen noch in Verdacht.“

„Meine Manuela ist ein sanftes Lämmchen, die krümmt keinem auch nur ein Haar“, nahm Klaus seine Freundin sofort in Schutz. Die beiden hatten sich kürzlich in der Sauna kennengelernt und waren seitdem schwer verliebt und unzertrennlich.

Er nahm vom Wirt die bestellte Stadtwurst entgegen und platzierte sie fürsorglich vor Manuela. „Lass es dir schmecken, mein Engel“, strahlte er sie an.

Der Engel machte sich sofort über die Riesenportion her. Zwischendurch, ihre Mahlzeit unterbrechend, berichtete sie weiter. „Am Freitagabend fand bei den Mirsbergers eine wichtige Familienkonferenz statt. Es gab eine fürchterliche Auseinandersetzung zwischen den Familienmitgliedern. Ich habe die Streitereien und das Geschrei bis auf meinen Balkon gehört. Rücksichtslos war das, ich bin schließlich eine hart arbeitende Geschäftsfrau, die abends Ruhe braucht." Klaus nickte zustimmend.

„Worum ging es denn bei dieser Auseinandersetzung?", fragte Gregor. „Keine Ahnung", erwiderte Manuela. „Ich wollte Gunda am Samstagnachmittag besuchen und den Grund des Streites in Erfahrung bringen, aber bis zum frühen Abend suchten viele Gäste mein Café auf, darunter eine Reisegruppe aus Fürth, die von meinen Riesenwindbeuteln mit frischen Erdbeeren ganz begeistert waren."

Der Vorsitzende des hiesigen Sportvereins, der verlassene Rainer Rohlederer, der seiner untreuen Gattin nachtrauerte und einen abwesenden Eindruck machte, schaltete sich überraschend in das Gespräch ein: „Vielleicht war es ein Fremder, der das Haus ausrauben wollte, und Schorsch kam ihm in die Quere?"

„Das kann ich mir nicht vorstellen", überlegte Klarissa, „es scheint doch nichts zu fehlen. Mir kommt es eher wie Mord vor, aus Rache oder wildem, ungezügeltem Hass."

Sie schauten sich ernst und fragend an und Klaus bestellte eine Runde Birn.

Sonntag, 5. Juni, spät abends

Klarissa und Gregor gingen, jeder in seine Gedanken versunken, Händchen haltend nach Hause. Gregor wollte noch Spätnachrichten schauen, seine Frau Klarissa hatte noch ihre allabendliche Aufgabe vor sich, nämlich mit dem Hund eine Runde zu drehen. Als sie die Hundeleine vom Haken im schmalen, länglichen Flur des alten Bauernhauses nahm, sprang Julius voller Vorfreude an ihr hoch und warf sie beinahe um.

Die beiden machten sich auf den üblichen Weg einmal rund um das Dorf. Als sie außer Sichtweite waren, ließ Klarissa den Hund von der Leine. Gregor schätzte das keinesfalls, weil er Angst hatte, der Hund könnte wildern gehen und ein Jäger würde ihn erschießen. Aber Klarissa wusste, dass er immer nur ein paar Meter von ihr weg im Gebüsch stöberte, dann kam er wieder zu seinem Frauchen zurück. Er hing wie eine Klette an ihr.

Klarissa schritt energisch aus und genoss die frische Nachtluft nach dem bedrückenden Abend. Alles war ganz still, als sei das Dorf vor Schreck ob des brutalen Verbrechens erstarrt. Klarissa grübelte. Was war gestern Nacht wohl in diesem Kuhstall geschehen? Als sie den Mirsberger-Hof passierte, lag er düster und verlassen in der Dunkelheit. Gunda hatte ja ein Beruhigungsmittel bekommen und würde wohl schlafen. Die beiden alten Mirsberger, die Eltern von Schorsch, die im Erdgeschoss wohnten, gingen immer zeitig ins Bett. Julius trollte über den Hof und war plötzlich von der Dunkelheit verschluckt. „Julius, komm sofort her“, rief Klarissa verhalten. Sie wollte niemanden wecken. Keine Reaktion, der Hund war verschwunden. Klarissa folgte der Richtung, in die er gelaufen war. So leise wie möglich bewegte sie sich in ihren Sportschuhen auf den Stall zu. Die kleine Eingangstür rechterhand des großen, zweiflügligen Tors stand einen Spalt offen. War der dumme Hund womöglich in den Kuhstall gelaufen, an einen Tatort? Klarissa schauderte. Die Atmosphäre war unheimlich. Sie konnte jedoch kein Absperrband entdecken, anscheinend war die Untersuchung des Tatortes bereits abgeschlossen. Also konnte auch jeder hinein, wenn man zum Beispiel seinen Hund suchen musste.

Klarissa blickte kurz über die Schulter, der Hof lag völlig verlassen hinter ihr, und schon war sie durch den Türspalt in den Stall geschlüpft. Ihre Augen hatten sich inzwischen an die Dunkelheit gewöhnt und sie sah die Kühe friedlich in zwei Reihen stehen. Keine Spur von ihrem Hund. Am Ende des Durchgangs befand sich eine weitere Tür, die ebenfalls geöffnet war. Wahrscheinlich hatte in der Aufregung und der Trauer keiner der Hofbewohner daran gedacht, bei einem abendlichen Rundgang die Türen zu verschließen.

Klarissa trat durch die zweite Tür, die zu einem Feldweg führte, der beidseitig von Gattern gesäumt war. Dahinter befanden sich üppige Wiesen für die Kühe. „Julius, sofort hierher zu mir", flüsterte sie mit strenger Stimme. Sie nahm ihre kleine Taschenlampe, die sie ihrem Ehemann zuliebe bei ihren nächtlichen Touren immer mit sich führte, aus der Tasche ihrer Strickjacke und leuchtete den Weg entlang. Die Lampe warf einen Lichtstrahl von zirka fünf bis sechs Metern, weiter reichte sie nicht.

Da fielen Klarissa Hufspuren auf, die auf dem Feldweg Richtung Stall verliefen und ihn in die entgegengesetzte Richtung wieder verließen. Am Samstagabend hatte es geregnet, jetzt waren die Hufabdrücke getrocknet. „Das ist ja hoch interessant", murmelte sie, „da ist jemand zum Kuhstall geritten." Hier auf dem Land war das im Grunde nichts Ungewöhnliches. Es gab Pferdehöfe und viele begeisterte Reiter, doch soweit sie wusste ritt niemand von den Mirsbergers.

Als sie weiter am Gatter entlang leuchtete, machte sie,

etwa fünfzehn Meter von der hinteren Tür entfernt, noch eine Entdeckung. An einem herausragenden, rostigen Nagel hing ein Stofffetzen. Sie nahm ein Taschentuch und löste das Stück Stoff vorsichtig vom Nagel. Jemand war wohl an dem krummen Eisenteil hängen geblieben und hatte sich eine Triangel aus seiner Arbeitsjacke gerissen. Gregor besaß ebenfalls eine solche Jacke. Sie wickelte das Stückchen Stoff rasch in das Taschentuch und ließ es behutsam in ihre Jackentasche gleiten.

Plötzlich kam ihr Hund aus einem Gebüsch gerannt und hüpfte bellend um Klarissa herum. Sie schnappte ihn und nahm ihn an die Leine. „Du bleibst jetzt schön bei mir, du ungehorsames Vieh, besser wir verschwinden jetzt. Wir gehen um den Hof herum, in diesen Kuhstall bringt mich heute keiner mehr."

Sich gruselnd blickte sie sich noch einmal kurz um, dann gingen sie los.

Aus dem dichten, grünen Gestrüpp, das sich über die seitliche Kuhstallwand und auf die Wiese erstreckte, blickte ihr ein grün glitzerndes Augenpaar neugierig hinterher. Die Begegnung mit dem großen, schwarzen Hund war sehr erfreulich verlaufen. Er hatte sich kraulen und tätscheln lassen, und nachdem er einen aufmunternden Klaps erhalten hatte, rannte er mit weiten, munteren Sprüngen zu seinem Frauchen zurück.

Montag, 6. Juni, morgens

Am Montagmorgen auf dem Weg zur Arbeit machte Klarissa einen Zwischenstopp beim katholischen Kindergarten. Es war eine großzügig angelegte, moderne Einrichtung mit mehreren Flachbauten, die ineinander verschachtelt waren, jeder davon in einer anderen Pastellfarbe bunt gestrichen.

An den Fensterscheiben baumelten lustige, bunte Figuren aus verschiedenen Märchen, den Kleinen hatten es wohl besonders das Rumpelstilzchen und der Froschkönig angetan. Eine Rumpelstilzchenfigur schien mit einem Mikro in der Hand zu rappen, ein Froschkönig trug statt der goldenen Krone ein pinkfarbenes Stirnband und hatte ein Skateboard unter den Arm geklemmt.

Der Kindergarten verfügte über ein weiträumiges Grundstück, auf dem Spielgeräte und kleine Kugelzelte standen. Die Kinder durften in den Sommermonaten manchmal in den runden Zelten übernachten und abends am Lagerfeuer Steckerlbrot und zuckerfreie Öko-Marshmallows rösten. Ausnahmslos alle Zwerge nahmen dieses Angebot mit unbändiger Begeisterung an. Nur einmal, als die Erzieherinnen ein Gespenst bestellt hatten, war es bei den Jüngsten zu erheblichen Irritationen gekommen. Der Elternbeirat hatte energisch interveniert und es blieb bei diesem einzigen Vorfall.

Klarissa parkte ihren alten, bronzefarbenen Geländewagen direkt vor dem Eingang, sprang aus dem Fahrzeug und knallte die Tür zu.

Die ersten Kinder waren bereits im Anmarsch. Ein niedlicher Knirps mit blonden Locken, der wichtig Eimer und Schaufelchen bei sich trug und mit der anderen Hand die seiner Mama umklammert hielt, baute sich vor Klarissa auf und belehrte sie ernsthaft: „Große Autos fressen Benzin, das ist außerordentlich umweltschädlich."

„So einen Wagen brauche ich aber dringend, wenn ich auf Großwildjagd gehe, wegen der Elefanten", grinste ihn Klarissa an. Der Kleine nickte wissend und machte sich mit seiner Mama auf den Weg zum Eingang. „Die

Tante hält sich öfter in Afrika auf", berichtete er seiner Mama. „Klugscheißer", murmelte Klarissa.

Klarissa ging zielstrebig durch die offen stehende Tür in das Büro der Erzieherinnen. Die Leiterin Rebekka Schneider saß an ihrem Schreibtisch und schrieb an ihrem Wochenplan. Sie war eine äußerst attraktive junge Frau, hatte eine Modelfigur und trug ihr dunkelbraunes langes Haar mit roten Reflexen zu einem Zopf geflochten, der ihr über die Schulter hing. Die enge Levi's Jeans und das blaugrün karierte Holzfällerhemd standen ihr hervorragend.

Sie hatte an der Uni Bamberg Pädagogik und Psychologie studiert und keiner konnte so recht verstehen, warum sie mit ihrem fabelhaften Aussehen und ihrer Bildung den ortsansässigen Landschaftsbauer Friedrich Schneider geheiratet hatte, einen eher grobschlächtigen, einfach strukturierten Mann, und sich mit einer Stelle als Kindergartenleiterin zufriedengab.

Manche sprachen von wahrer Liebe, missgünstige Menschen behaupteten, sie wäre eher an den stattlichen Erträgen des florierenden Gartenbaubetriebes ihres Mannes interessiert. Aber diese Interpretation der Ehe tat Klarissa als ein übles Gerücht ab. Sie hielt die Verbindung für glücklich und kannte Rebekka als herzlichen, offenen Menschen. Die Kinder liebten sie.

„Hi Bekki, guten Morgen", begrüßte Klarissa die junge Frau. „Ich habe Tennisbälle für die Kleinen mitgebracht, mit denen spielen und basteln sie doch so gerne, Gregor hat die aussortierten Bälle vom Tennisplatz mitgebracht. Außerdem hat er gestern Küchle gebacken, natürlich viel zu viele, wie immer." „Guten Morgen, Klarissa", entgegnete Rebekka, „das ist lieb von dir. Aber du weißt doch, dass Süßigkeiten verboten sind, ich kriege Ärger mit dem Elternbeirat." Die grünen Augen Bekkis waren hinter einer dunklen Sonnenbrille versteckt. Die strahlende Frische, die sie sonst ausstrahlte, war heute Morgen verschwunden. Sie wirkte niedergeschlagen. „Ach was“, erwiderte Klarissa, „wir halten alle dicht und wenn uns jemand auf die Schliche kommt, waren es eben Öko-Küchle.“

„Ist was mit deinen Augen, hast du gestern beim Feuerwehrfest über die Stränge geschlagen und mit dem Kommandanten die Nacht durchgetanzt?“ „Nein, natürlich nicht“, Rebekka versuchte ein Lächeln. „Ich leide anscheinend neuerdings unter Heuschnupfen.“ „Na, dann gute Besserung, du Arme, ich muss los, die Klienten warten. Tschüs bis heute Abend in der Gymnastikgruppe.“

„Was sagst du eigentlich zum toten Schorsch?“, fragte Klarissa noch schnell. „Ich bin fassungslos“, flüsterte Rebekka, „ein Verbrechen hier auf dem Land hätte ich nicht für möglich gehalten. Ich werde mit den Kindern nicht mehr im Garten zelten, offensichtlich treibt hier ein gefährliches, gewaltbereites Monster sein Unwesen. Ich weiß noch nicht, ob ich heute Abend kommen werde, ich fühle mich etwa angeschlagen. Bye, bye.“

Montag, 6. Juni, später morgens

Klarissa fand einen Parkplatz direkt vor der sozialen Beratungsstelle. Die Einrichtung in einem wunderschön restaurierten, alten Fachwerkhaus nahm das gesamte Erdgeschoss ein. Sie hatte keinen Blick für das edle Ambiente, sie war spät dran und stürzte in ihr Büro.

„Dein Telefon klingelt im Zwei-Minuten-Takt“, berichtete ihre Sekretärin, „das muss ein Klient von dir sein, keine Frustrationstoleranz, gib ihnen doch deine Handynummer.“ Klarissa schnitt eine Grimasse und machte sich auf den Weg zum Telefon, das schon wieder beharrlich klingelte. Sie meldete sich freundlich, doch die Stimme am anderen Ende hatte keine Muße für Begrüßungsfloskeln. Laut tönte Klarissa die empörte Stimme ihrer Klientin Frau Siebenhaar entgegen: „Ich habe einen heftigen Stromschlag bekommen, auf der Arbeit, beim Auswischen einer Fleischtheke. Sofort bin ich zu meinem Hausarzt gerannt. Ich protestiere gegen solche gefährlichen Arbeitsbedingungen. Mein Verlobter sagt das auch, er will das Bundesgesundheitsministerium einschalten und einen Brief an den Vatikan schreiben. Ich bin zwei Wochen krankgeschrieben und muss mich einem Langzeit-EKG unterziehen.“

„Wie kann man denn an einer Metzgereitheke einen Stromschlag bekommen?“, fragte Klarissa mit besänftigender Stimme. „Wechselstrom“, belehrte sie Frau Siebenhaar, „meine Chefin wird Sie informieren. Ich brauche jetzt Ruhe, einen schönen Tag noch.“

Frau Siebenhaar unterbrach das Gespräch abrupt und ließ eine verblüffte Beraterin zurück. Ein klärendes Gespräch mit der Vorgesetzten von Frau Siebenhaar ergab, dass der hinzugezogene Elektrikermeister nach einer gewissenhaften Prüfung zu dem Schluss gekommen war, dass ein Stromschlag völlig auszuschließen war und es sich wohl um eine statische Aufladung gehandelt hatte.

Montag, 6. Juni, nachmittags

Kommissar Gerd Förster fuhr mit seiner Partnerin Mandy auf dem Frankenschnellweg von Bamberg Richtung Forchheim. Er hatte vor, einige Befragungen zu dem Verbrechen in dem kleinen oberfränkischen Ort durchzuführen und sich eine Weile in diesem Ort aufzuhalten, auch um ein Gespür für die Menschen und die Atmosphäre dort zu bekommen. Eventuell würden Mandy und er in der Dorfgaststätte übernachten. Er plante auch, mit den Angehörigen des Opfers zu sprechen und zu erfahren, was Georg Mirsberger für ein Mensch war und wie er gelebt hatte, um irgendwelche Ansatzpunkte zu finden. Was war in den letzten Tagen und Stunden vor seinem Tod geschehen? Wer hatte einen Grund gehabt, ihm den Melkschemel über den Schädel zu ziehen? Mit wem hatte er Streit?

Einen Zugang zu finden durfte ihm nicht so schwerfallen, schließlich war er ebenfalls Oberfranke. Er stammte aus der kleinen Ortschaft Schlaifhausen südlich unterhalb des Walberlas, hatte das Ehrenbürg-Gymnasium in Forchheim besucht und sich danach für die Polizeilaufbahn entschieden. Einige Jahre hatte er seinen Job erfolgreich in Berlin gemacht, doch dann hatte es ihn wieder zurück in seine fränkische Heimat gezogen. Gerade zu diesem Zeitpunkt war eine Stelle in Bamberg frei geworden, auf die er sich beworben hatte. Wenn er ehrlich zu sich selbst war, hatte er genug von den unzähligen Gewalt- und Drogenverbrechen in einer Großstadt.

Gerd Förster war dreiundvierzig Jahre alt, einsneunzig groß, schlank, durchtrainiert und trug seine dunkelblonden, welligen Haare kurz geschnitten. Er hatte hellblaue, sanfte Augen und angenehme, weiche Gesichtszüge. Es war ihm selbst nicht so ganz klar, aber viele Frauen waren von seiner charmanten, sympathischen Art sehr angetan. Er trug Jeans und ein blaues Hemd, das seine Augen betonte, dessen Ärmel hatte er hochgekrempelt.

Seine Partnerin Mandy, eine aufgeweckte, resolute Frau, etwas jünger als er mit pumucklfarbenen, kurzen Haaren, hatte die Fensterscheibe des Dienstwagens heruntergedreht und fächelte sich mit einer Zeitung Luft zu. Ihre mandelförmigen Augen waren braun mit grünen Sprenkeln, sie hatte einen breiten erotischen Mund und eine hübsche kleine Nase. Sie trug eine sandfarbene Cargo-Hose mit vielen aufgesetzten Taschen und ein enges weißes Top. Seine Kollegin war über einssiebzig groß und gut in Form. Sie konnte jederzeit und überall, ebenso bei jedem Wetter, einen Zehn-Kilometer-Lauf hinlegen. Im Winter glitt sie am liebsten auf Langlaufskiern durch die verschneiten Wälder.

„Ist es bei euch in Franken immer so heiß? Ich brauche eine Erfrischung." „Ich kann mir nicht vorstellen, dass das Wetter im schönen Leipzig recht viel anders ist als hier", antwortete der Kommissar.

Mandy arbeitete schon seit vier Jahren in Bamberg bei der Kripo. Er schätzte sie überaus als Kollegin. Doch mit ihrer unentwegten Männersuche wollte er nichts zu tun haben. Ständig hatte sie einen neuen Traumprinzen im Visier. Sie wollte gerade etwas entgegnen, als das Diensthandy klingelte. Mandy ging ran, meldete sich und lauschte. „Aha, verstehe, ist ja interessant", kommentierte sie den telefonischen Bericht, „die neuen Erkenntnisse werden uns bei der bevorstehenden Befragung sehr nützlich sein. Vielen Dank Carlo", flötete sie. „Wie wäre es am Wochenende mit einer Runde Joggen und dann ab ins Schwimmbad?" Auf den Bamberger Rechtsmediziner Karl-Heinz von Hohenfels, dessen Auftreten eher an einen Dressman als an einen Mediziner erinnerte, hatte sie ein Auge geworfen. Anscheinend fiel die Antwort so aus, wie sie Mandy erhofft hatte. „Ciao Carlo, dann bis bald", lächelte sie ins Handy und drückte auf die rote Taste.

„Es gibt Neuigkeiten", begann Mandy, Carlo hat soeben die rechtsmedizinische Untersuchung beendet und schreibt jetzt seinen Bericht. Die wichtigsten Details wollte er uns sofort telefonisch durchgeben. Georg Mirsberger ist nicht an dem heftigen Schlag auf den Hinterkopf gestorben, er ist ertrunken. Das bedeutet, dass er noch lebte, als er in den alten Sautrog stürzte. Carlo konnte Wasser in seiner Lunge nachweisen."

„Wir fahren zum Kuhstall der Mirsbergers und versuchen, den Tathergang zu rekonstruieren. Den Bericht und die Tatortfotos unserer Spurensicherung haben wir doch dabei, nicht wahr?"

„Selbstverständlich", antwortete Mandy geduldig, „ich habe alle Unterlagen mitgenommen, außerdem habe ich immer noch Durst." „Wenn wir in Forchheim von der A 73 fahren, halte ich kurz an der Tankstelle und wir holen uns kalte Getränke."

Bei der Tankstelle angekommen, kaufte Gerd Förster einen Eistee für sich und für Mandy eine zuckerfreie Cola.

Sie fuhren weiter auf der Landstraße an einem lang gezogenen Berg entlang. „Das ist der Berg der Franken, das Walberla", erklärte Gerd Förster seiner Kollegin. „Eigentlich heißt der Tafelberg ‚Die Ehrenbürg' und die nördliche Kuppe wird als Walberla bezeichnet. Dort wohnen Hexen und Dämonen.“ Mandy schaute ihn mitleidig an, runzelte die Stirn und trank einen Schluck von ihrer kalten Cola.

„Siehst du die Kapelle dort oben?“, fragte Gerd seine Kollegin. Mandy drehte den Kopf und blickte interessiert nach oben. „Eine schöne, kleine Kapelle. Weißt du, wie sie heißt?“ „Die Kapelle heißt Sankt Walburga, in ihr befindet sich die Figur der heiligen Walburga aus dem 16. Jahrhundert. Die fromme Frau wollte auf dem Tafelberg eine Kapelle errichten, doch der Pfarrer von Kirchehrenbach warnte sie und bat sie, von diesem Vorhaben abzulassen. Dort oben wohnen seit Menschengedenken Geister und Hexen und diese dunklen Mächte durfte man keinesfalls stören. Unendliches Leid würde ansonsten über die umliegenden Gemeinden hereinbrechen. Die fromme Walburga ließ sich davon weder beeindrucken noch von ihrem Vorhaben abbringen. Ihr gelang es, die Geister zu bannen, und sie zwang sie, ihr beim Bau der Kapelle zu helfen. Als die Kapelle aufgebaut und Walburga mit dem Werk zufrieden war, schenkte sie den bösen Geistern als Belohnung für eine Nacht im Jahr ihre Freiheit wieder. Das ist die erste Nacht im Mai. Die sogenannte Walpurgisnacht. Dann feiern die Hexen und Dämonen dort oben ausgelassene Feste“, erklärte er ihr.

Mandy staunte. „Du warst ein Streber auf dem Gymnasium, richtig, einer, der immer alles wusste?“ „Nicht nur“, grinste Gerd, „wir haben auch wilde Partys gefeiert, auch da oben auf dem Berg in der besagten Nacht. Eine Hexe hat mir dort oben die Unschuld geraubt.“

Mandy stieß einen anerkennenden Pfiff aus: „Donnerwetter“, rief sie, „da kann ich nicht mithalten, eine wahrhaftige Hexe!“

„Meine Freunde und ich haben einige Jahre die Walpurgisnacht auf dem Berg verbracht. Wir hatten Schlafsäcke, Leckereien, zubereitet von unseren Mamas, und Getränke dabei. Traditionell verkleideten wir uns als Hexen und Dämonen, feierten und tanzten nachts um das Lagerfeuer. Eines Nachts, als ich erschöpft und bierselig in meinem Schlafsack lag, fragte mich plötzlich eine liebliche Stimme, ob sie in meinen Schlafsack kriechen dürfte. Sie hätte ihren vergessen und fröre so sehr. Es handelte sich nicht um eine hässliche Hexe, sondern um ein traumhaft schönes Geschöpf, und ebenso gestaltete sich der weitere Verlauf dieser Nacht."

„Wie romantisch", seufzte Mandy, „verführt von einer Hexe in einer lauen Maiennacht, wie alt warst du damals?"

„Zarte sechzehn Jahre alt", schmunzelte Gerd. „Ist lange her."

Inzwischen waren sie in der kleinen fränkischen Ortschaft angekommen. Gerd Förster lenkte den Dienstwagen in den Hof des Mirsberger-Anwesens. Mandy und er stiegen aus und blickten sich um. Es war kein Mensch zu sehen.

Mandy begab sich zur stabilen Haustüre aus hellem Eichenholz und klingelte. Als sich niemand rührte, klingelte sie erneut und klopfte energisch gegen das Holz. Keine Reaktion. „Lass uns in den Kuhstall gehen und dort versuchen, den Tathergang zu rekonstruieren", schlug Gerd vor, „die Kuhstalltür ist nur angelehnt, im Rahmen unserer Ermittlungen sehe ich kein Problem darin, das Gebäude zu betreten."

Sie gingen in den Kuhstall und sahen sich um. Der Tatort war bereits am Sonntag wieder freigegeben worden. Sie hatten vorläufig nichts gefunden, was ihnen weiterhelfen konnte. Nur am Boden waren noch teilweise die groben Umrisse einer Kreidezeichnung der Spurensicherung, die die Form eines am Boden liegenden Menschen darstellte, zu sehen.

Der Kommissar studierte den Bericht und besah sich die Fotografien vom ausgeleuchteten Tatort. „Die Zeichnung beschreibt den Abdruck des bewusstlosen Georg Mirsberger, als er im Stroh auf dem Boden lag“, erklärte er Mandy. „Hier auf dem vergrößerten Fotoausschnitt sieht man es ganz deutlich. Der Abdruck eines großen, starken Mannes, der auf der Erde lag. Da wo der Kopf sich befunden hatte, sind auch Blutspuren gefunden worden.“

„Und wie ist er dann mit dem Oberkörper in den mit Wasser gefüllten Sautrog gelangt?“, fragte Mandy und schüttelte nachdenklich den Kopf. „Vielleicht hat er sich nach dem Schlag nach einer Weile wieder aufgerappelt, wollte ins Haus gehen, um sich Hilfe zu holen, ist in die falsche Richtung gelaufen, gestolpert und unglücklicherweise in den Sautrog gestürzt? Dann war er zu schwach, um sich selbst zu befreien. Unser Unbekannter wollte ihm einen Denkzettel verpassen und hat ihm eine übergebraten, ist geflüchtet, und dann ist ein wahrhaftig schrecklicher Unfall passiert. Maximal gefährliche Körperverletzung, kein Mord.“

„Ruf bitte Karl-Heinz an und frage ihn, wie viel Promille das Opfer zur Tatzeit im Blut hatte und ob der Hergang in Kombination mit der Schwere der Schädelverletzung so gewesen sein könnte“, bat der Kommissar Mandy, die diesen Auftrag sehr gerne erledigte.

„Karl-Heinz hat einen Promillewert von eins Komma sechs Promille festgestellt und meint, dass ein dickschädliger Franke sich wohl nach einem Sturz aufrappeln könnte, aber auf Grund der Schwere der Kopfverletzung hält er dies für eher unwahrscheinlich. Er geht davon aus, dass das Opfer bewusstlos war. Hundertprozentig kann er jedoch keine Auskunft geben, ermitteln müssten wir schon selbst."

„Mandy, frage ihn bitte noch, ob er Abdrücke an den Schultern oder am Rücken des Opfers gefunden hat, so als ob jemand ihn gewaltsam unter Wasser gedrückt hätte." Mandy gab die Frage an den Rechtsmediziner weiter. „Er sagt, dass er keinerlei Abdrücke gefunden hat, aber er vermutet stark, dass Georg Mirsberger sich höchstwahrscheinlich in einem Zustand der Bewusstlosigkeit befand, sodass ein Drücken unter Wasser nicht erforderlich war."

„Ich danke dir, Carlo, ja Carlo, ich richte es aus", kicherte Mandy.

„Wir haben ihn beim Tennisspielen gestört, jetzt erwartet er eine gepflegte Einladung in ein Nobelrestaurant von uns."

Der Rechtsmediziner Karl-Heinz von Hohenfels, von Kollegen und Freunden auf Grund seiner stilvollen Kleidung liebevoll Carlo Colucci genannt, war ein Gourmet und Weinkenner und außerordentlich kultiviert. „Eine Currywurst und Dosenbier kann er haben", murmelte Gerd Förster geistesabwesend.

„Also, entweder hat sich Georg Mirsberger doch hochgerappelt und ist in den Sautrog gestürzt oder jemand hat nachgeholfen und hat den wehrlosen Georg hochgehoben und ihn mit dem Oberkörper und dem Gesicht nach unten in den Sautrog gelegt. Sicher in der Annahme, dass er wenige Minuten später ertrunken sein würde. Und das, teure Mandy, ist vorsätzlicher Mord. Jetzt müssen wir nur noch den Mörder finden."

Die beiden Kommissare ließen noch einen letzten Blick über den Tatort schweifen, als sie plötzlich das Geräusch der Tür zum Kuhstall vernahmen, die knarrend weit geöffnet wurde. Helles Sonnenlicht fiel herein und zwei alte Menschen, die einen verstörten und ängstlichen Eindruck machten, betraten den Stall.

Als die Frau auf den Sautrog blickte, begann sie jämmerlich zu weinen. Sie sah aus, als hätte sie schon vorher viel geweint. Der alte Mann legte unbeholfen tröstend den Arm um sie.

Er war mit einer abgetragenen Arbeitshose, Arbeitsstiefeln und einem beigebraun karierten Hemd bekleidet. Auf dem Kopf trug er eine blaue Kappe, die alte Frau ein schlichtes, schwarzes Baumwollkleid, schwarze, dichte Stützstrümpfe und dunkle Gesundheitsschuhe. Beide schätzte der Kommissar auf Anfang, Mitte achtzig.

„Mein Schorscherl, mein Kind, du kannst doch nicht vor mir sterben“, schluchzte sie erbarmungswürdig. Der alte Mann hatte nun ebenfalls Tränen in den Augen. „Schorsch war unser einziger Sohn, wir dachten immer, er würde uns beerdigen“, äußerte der Mann mit leiser, ausdrucksloser Stimme. „Was ist hier nur geschehen, ich kann es einfach nicht fassen!“ Er verstummte und machte den Eindruck, als hätten ihn sämtliche Kräfte verlassen.

Gerd Förster kam freundlich auf die beiden zu. „Wir haben uns gestern schon kurz gesehen, wir wollten Sie jedoch in Ihrem ersten Schock und Ihrer Trauer nicht behelligen. Mein Name ist Gerd Förster von der Kripo Bamberg und das ist meine Partnerin Mandy Bergmann. Dürfen wir Ihnen unser tiefes, aufrichtiges Beileid aussprechen.“ Er schüttelte beiden die Hand, Mandy tat es ihm nach und lächelte den Eheleuten voller Mitleid schüchtern zu.

„Sie sind die Eltern von Georg Mirsberger, nicht wahr?“ Die zwei alten Leute nickten. „Wollen wir ins

Haus gehen und uns ein wenig unterhalten?", fragte Gerd Förster mit einfühlsamer Stimme. Er konnte einen Stein zum Weinen bringen, wenn er wollte. Mandy bewunderte in solchen Augenblicken immer seine Sensibilität den trauernden Angehörigen gegenüber.

„Ja, natürlich, gehen wir in die gute Stube, meine Frau kann Ihnen einen Kaffee kochen, wenn Sie möchten", stimmte Heinrich Mirsberger zu und ging in Begleitung seiner Frau auf das Haus zu. „Eine Tasse Kaffee wäre großartig, wenn es Ihrer Gattin keine Umstände macht, da sagen wir nicht nein."

Elise Mirsberger war bereits dem sanften Charme dieses sympathischen, sensiblen Kommissars erlegen, und Kaffee kochen würde gewiss keine Umstände machen. Sie hatte auch noch einen halben, selbst gebackenen Apfelkuchen in der Speisekammer stehen. Junge Leute hatten doch immer Hunger. Außerdem wusste sie von der Fernsehserie „Tatort", den sie jeden Sonntagabend mit ihrem Heinrich zusammen anschaute, dass man auf die Polizei einen ordentlichen Eindruck machen musste. Und dann der weite Weg von Bamberg hierher.

Sie betraten gemeinsam das schöne, alte Bauernhaus. Gerd Förster hatte den Eindruck, dass die beiden das Bedürfnis hatten, über das schreckliche Ereignis zu reden.

Der Flur war lang und schmal. Die mit Rauputz weiß verkleideten, niedrigen Wände waren mit Jagdtrophäen und geschmackvollen, alten Stichen, die fränkische Motive darstellten, geschmückt. Auf dem Holzdielenboden lagen bunt gestreifte Flickerlteppiche. Die beiden gebrochenen, trauernden, alten Menschen gingen langsam voraus in die Wohnküche. Gegenüber der modernen Küchenzeile, in der es an nichts fehlte, standen eine einladende Sitzbank, die sich über zwei Seiten erstreckte, und ein wuchtiger Tisch aus massivem, hellem Holz. An den beiden anderen Seiten standen dazu passende, bequeme Stühle mit eingeschnitzten Herzchen in den Lehnen. Gegenüber befand sich ein ausladender Kachelofen, der mit flaschengrün glänzenden, lackierten Fliesen verkleidet war, auf denen Jagdmotive abgebildet waren. An den kleinen Fenstern mit Holzkreuzen hingen gehäkelte Scheibengardinen und auf den Simsen waren üppige Grünpflanzen dekoriert. Es war eine sehr anheimelnde Stube, in der man sich wohlfühlen konnte.

Alles schien sehr ordentlich und sauber. Mandy dachte stirnrunzelnd an den Zustand ihrer eigenen Wohnung.

„Sind Sie Jäger?“, fragte Gerd Förster Heinrich Mirsberger interessiert. „War ich mal, vor langer Zeit, unsere Familie besitzt ein große Jagd. Aber jetzt machen die müden, alten Beine nicht mehr mit, ich bin vierundachtzig Jahre alt. Mein Sohn Schorsch hatte die Jagd übernommen.“

Elise Mirsberger hatte frische Kaffeebohnen gemahlen und schaltete nun die moderne Kaffeemaschine an. Sie verließ den schmucken Wohnraum und kam kurze Zeit später mit einem Tablett zurück, auf dem sich ein duftender, halber Apfelkuchen befand. Sie begann, den Holztisch mit feinem Porzellan und weißen Stoffservietten einzudecken. „Das gute Service für unseren Besuch“, erklärte sie. Die Beschäftigung schien sie ein wenig abzulenken.

„Sie haben es sehr schön hier“, versuchte Mandy das Gespräch in Gang zu halten. „Der Haushalt und die Landwirtschaft, wie schaffen Sie das alles?“

„Unsere Schwiegertochter Gunda hilft mir hie und da, und um die Landwirtschaft hat sich Schorsch hauptsächlich gekümmert, er war ja seit vier Jahren in Rente und hatte Zeit. Mein Mann und ich sind beide noch recht gut beieinander für unser Alter, wahrscheinlich liegt es an der regelmäßigen körperlichen Arbeit an der frischen Luft. Wir haben unsere Aufgaben auf dem Hof. Es war ein Übereinkommen zu aller Zufriedenheit, dachte ich bis letzten Freitag. Wir haben unserem Schorsch schon vor Jahren unser Anwesen überschrieben, mit der Vereinbarung, dass mein Mann und ich das Erdgeschoss bewohnen, damit uns mit zunehmendem Alter das Treppensteigen erspart bleibt, und mein Sohn und Gunda im ersten Stock wohnen. Ihre beiden Kinder Clara und Constantin sind schon vor einiger Zeit ausgezogen. Über diese Absprache gibt es keine schriftliche Vereinbarung, bei uns gilt noch ein Ehrenwort", berichtete Elise Mirsberger.

Sie füllte die filigranen Tassen mit rosagoldenen Ranken mit aromatisch duftendem Kaffee und bot dazu Kuchen an. „Selbst gebackener Apfelkuchen", strahlte Gerd Förster, „da kann ich nicht nein sagen."

Heinrich Mirsberger schlurfte zu einem winzigen, mit Schnitzereien verzierten Wandschränkchen, das neben dem Kachelofen an der Wand befestigt war, und entnahm ihm eine weiße Glasflasche ohne Etikett. „Darf ich Ihnen ein Glas Birn anbieten, aus unserer eigenen Schnapsbrennerei, kein Fusel wie aus dem Supermarkt?", fragte er die beiden Kripobeamten. Er machte den Eindruck, als könne er einen Schluck vertragen. „Normalerweise trinken wir keinen Alkohol im Dienst", erwiderte Gerd Förster, „aber wenn es sich um Selbstgebrannten handelt, probiere ich gerne ein Gläschen." Mandy warf ihm einen skeptischen Blick zu, aber er gab ihr mit den Augen ein Zeichen, dass es schon in Ordnung wäre. „Hervorragend", lobte er, „der Kaffee, der köstliche Apfelkuchen, und der Schnaps schmeckt intensiv nach Birnen." Die beiden Alten freuten sich, dass die Beamten aus Bamberg ordentlich zulangten, die Atmosphäre entspannte sich. „Erzählen Sie mir doch bitte ein wenig von Ihrem Sohn“, setzte Gerd Förster das Gespräch fort. „Was war er für ein Mensch?“

„Unser Schorsch war ein Machtmensch“, begann Heinrich Mirsberger zögerlich, „schon als kleiner Junge wollte er immer seinen Kopf durchsetzen. Er war erfolgreich in seinem Beruf als Mechaniker und viel in der Welt unterwegs. Nebenher hat er immer in unserer Landwirtschaft gearbeitet. Er hat sich um unsere Jagd gekümmert und die Schnapsbrennerei betrieben. Er war in etlichen Vereinen und in der Kommunalpolitik aktiv. Georg war ein treuer Ehemann und ein fürsorglicher Vater. Aber es musste immer alles nach seinem Willen gehen. Wenn nicht, gab es Ärger, sein Verhältnis zu seinen beiden Kindern war, nachdem sie volljährig geworden waren, nicht besonders gut. Sie wollten ihr Leben nach ihren Vorstellungen gestalten, damit war Schorsch ganz und gar nicht einverstanden. Gunda und er haben in letzter Zeit häufiger gestritten, besonders seit er in Rente gegangen war, machte er ihr ständig Vorschriften.“

Der alte Mann hielt erschöpft inne. „Auch mit unseren Nachbarn hatte er Streit“, fuhr seine Gattin fort. „Die Familie Heinlein, die den Bauernhof neben uns betreibt, redet nicht mehr mit uns. Nicht, dass Sie einen falschen Eindruck gewinnen, mein Schorsch war ein guter, tüchtiger Junge. Wenn man sich nicht durchsetzen kann, kann man im Leben auch nichts erreichen, und mein Schorsch hat viel erreicht. Wer hat ihm das nur angetan?“, sie begann wieder zu weinen.

„Frau Mirsberger, ich kann mir vorstellen, wie grausam dieser Verlust für Sie und Ihren Ehemann ist, wir wollen Sie auch nicht länger belästigen“, versuchte Gerd Förster sie zu beruhigen. „Ich habe nur noch eine Frage, zumindest für heute. Sie berichteten vorhin in unserem

Gespräch, es hätte ein Abkommen zwischen Ihnen und Ihrem Sohn gegeben, was das Arrangement bezüglich Ihres Wohnrechtes hier in diesem Bauernhaus betrifft. Was ist letzten Freitag passiert?"

Die Eheleute Mirsberger sahen sich an. „Erzähle du es den beiden Kommissaren", bat Heinrich Mirsberger seine Frau. „Mir bricht es das Herz."

Elise Mirsberger machte den Eindruck, als würde es ihr nicht anders ergehen. Eine Träne lief über ihre Wange. „Also gut, ich will aufrichtig sein. Am Freitag hat uns unser Schorsch in helle Aufregung und Angst versetzt. Er und Gunda hatten uns und unsere beiden Enkelkinder zu einem schönen Abendessen eingeladen. Er sagte, er müsste eine Familienkonferenz einberufen und etwas sehr Wichtiges mit uns besprechen. Wir freuten uns riesig auf einen gemeinsamen Abend mit unseren Lieben. Seit unsere Enkelkinder ausgezogen sind und Schorsch in seinen Vereinen und der Dorfpolitik so aktiv war, saßen wir nicht mehr so häufig beisammen. Wir spekulierten, er wolle über die Erhöhung des Schnapspreises mit uns sprechen oder eine Kuh verkaufen. In solche Entscheidungen hat uns unser Sohn immer mit einbezogen. Wir würden in trauter Runde das Essen genießen, anstehende Entscheidungen diskutieren und danach einige Partien ‚Mensch ärgere Dich nicht' spielen, so wie früher. Aber es kam ganz anders. Georg verlangte, dass mein Mann und ich in ein Seniorenheim ziehen", schluchzte sie auf, „weil wir alt und senil würden. Er plante, dass Gunda und er in das Erdgeschoss ziehen würden, und im ersten Stock wollte er zwei Ferienwohnungen mit extra Zugang über eine Außentreppe ausbauen und vermieten. Das ergäbe gute zusätzliche Einkünfte, als ob er nicht schon genug Geld hatte. Und uns, seine Eltern, wollte er loswerden und in ein Altenheim stecken. Da geht man zum Sterben hin, das weiß doch jeder", jetzt weinte sie hemmungslos.

Die Hände ihres Mannes zitterten unkontrolliert, als er nach seiner Kaffeetasse griff.

„Wir haben unseren Sohn geliebt, wir haben ihn nicht umgebracht", beteuerte Elise Mirsberger um Fassung ringend. „Stecken Sie uns jetzt ins Untersuchungsgefängnis, so wie im Fernsehen?"

Montag, 6. Juni, abends

Alvina Messingschlager schlüpfte durch die hintere Türe des Bauernhauses, lief hastig einen Feldweg entlang und begann dann, querfeldein einen sanften, grünen Hügel zu erklimmen. Die Kirschen auf den dicht belaubten Bäumen begannen bereits rot zu werden. Die Obstbauern erwarteten dieses Jahr eine gute Ernte.

Sie blickte gehetzt über die Schulter, konnte aber weit und breit keine Menschenseele erblicken. Sie hatte sich davongeschlichen. Ihre Schwiegereltern, die immer ein Auge auf sie hatten, arbeiteten um diese Zeit im Stall, ihr Ehemann Paul trank sein wohlverdientes Feierabendbier im „Goldenen Hirsch". Ihre Aufgabe war es, für die Familie ein gehaltvolles fränkisches Abendessen zuzubereiten. Das hatte sie jedoch schon heute Nachmittag heimlich erledigt, als die beiden Alten ihren Mittagsschlaf hielten. Sie musste das Gericht nur noch erwärmen. So hatte sie ein wenig Zeit, um ihren Plan auszuführen.

Alvina war eine adrette, junge Frau, etwas übergewichtig, aber sie hatte ein hübsches Gesicht und eine sehr liebe Wesensart. Ihr mittelbraunes Haar trug sie lang, weil ihr Paul das gerne mochte. Ihre Apfelwangen wurden durch den hastigen Aufstieg noch rosiger. Es war immer noch ziemlich heiß. Sie trug ein hellblaues Baumwollkleid mit weißen Blümchen und bequeme Sandalen.

Sie wollte Helene besuchen, die Kräuterhexe, wie sie im Dorf genannt wurde, die weiter oben geschützt am Waldrand in einem alten Bauwagen lebte. Sie würde ihr helfen können.

Alvina war seit gut einem Jahr verheiratet. Als sie nach einer prunkvollen Bauernhochzeit in die wohlhabende Landwirtschaft einzog und nicht mehr Tag für Tag im Supermarkt in Forchheim an der Kasse sitzen musste, sah sie ihren Lebenstraum erfüllt. Paul ging liebevoll mit ihr um und mit den Schwiegereltern kam sie ganz gut zurecht. Sie war schließlich fleißig.

Als aber nach neun Monaten immer noch kein Stammhalter unterwegs war, nahm der Druck auf Alvina zu. Ihr Mann gab ihr die Schuld und aus den leidenschaftlichen Liebesnächten waren lästige Pflichtübungen geworden. Ihr Frauenarzt hatte keinerlei Verständnis für ihr Problem. Er belehrte Alvina unsensibel, so eine Schwangerschaft käme nicht auf Kommando, sie solle ganz entspannt bleiben, es würde schon werden. Körperlich war bei ihr alles in Ordnung.

Nach weiteren zehn Minuten stetigen Aufstiegs gelangte Alvina an den Bauwagen der Hexe.

Seit einigen Jahren wohnte dort Helene, eine Aussteigerin, die außerordentlich bewandert in der Kräuterheilkunde war. Sie wanderte zu unterschiedlichsten Tages- und Nachtzeiten und Witterungen einsam durch Wälder und Felder und sammelte Kräuter. Dabei hatte sie immer einen Stock und ihren Korb dabei und trug einen alten Schlapphut. Sie schlich auch häufig durch das Dorf und machte so ihre Beobachtungen. Sie wusste alles, was im Ort so vor sich ging.

Helene trocknete die verschiedenen Kräuter in ihrem Bauwagen über dem Feuer, verpackte sie in Säckchen und verkaufte sie. Ebenso fertigte sie Heiltinkturen, Kräuterhonig und Massageöle an. Die Kräuter halfen gegen Rheuma, Seelenprobleme, Frauenleiden – und gegen alles andere auch.

Helene stand regelmäßig dienstags in Gräfenberg auf dem Bauernmarkt und verkaufte dort ihre Schätze. Man konnte sie jedoch auch in ihrer Behausung aufsuchen und sich beraten lassen.

Neuerdings bot sie ausgedehnte Kräuterführungen an, bei denen interessierte Damen aus der Stadt aufgeregt in der Morgendämmerung durch die nebligen Wälder streiften und diverse Kräuter zupften. Genervt vom Großstadtstress wollten sie definitiv zurück zur Natur. Das war mittlerweile ein lukratives Geschäft geworden.

Helene wurde immer schrulliger und absonderlicher und auch einer Hexe irgendwie immer ähnlicher. Aber ihr Wissen in Bezug auf Kräuter und ihre Beratungskompetenz auf diesem Fachgebiet waren völlig unumstritten. Ihre getreuen Anhängerinnen waren restlos begeistert.

Helene hatte vor einiger Zeit beschlossen, als Höhepunkt ihrer nächtlichen Wanderungen mit den Damen aus der Stadt dem örtlichen Friedhof einen Besuch abzustatten. Der lag idyllisch an einem Hang neben der alten Kirche, die aus alten Feldsteinen erbaut war. Über die Gräber erhoben sich zum Teil wunderschöne, schmiedeeiserne Grabkreuze. Im dämmrigen Morgennebel entstand eine schaurige Atmosphäre.

Helene pflegte ihre Anhängerinnen auf den Stufen eines uralten, verwitterten Steinbrunnens nahe der Kirche unter einer ausladenden Weide, in deren Zweigen Nebelfetzen wie Geister hingen, um sich zu scharen und mit ernsthafter, tragender Stimme ein Gedicht von Georg Trakl zu rezitieren, das in Salzburg auf dem Sankt-Peters-Friedhof in eine Marmorplatte, die in eine wuchtige Steinmauer eingelassen war, gemeißelt ist:

RINGSUM IST FELSENEINSAMKEIT.
DES TODES BLEICHE BLUMEN SCHAUERN
AUF GRÄBERN, DIE IM DUNKEL TRAUERN –
DOCH DIESE TRAUER HAT KEIN LEID.

DER HIMMEL LÄCHELT STILL HERAB
IN DIESEN TRAUMVERSCHLOSSENEN GARTEN,
WO STILLE PILGER SEINER WARTEN.
ES WACHT DAS KREUZ AUF JEDEM GRAB.

DIE KIRCHE RAGT WIE EIN GEBET
VOR EINEM BILDE EWIGER GNADEN,
MANCH LICHT BRENNT UNTER DEN ARKADEN,
DAS STUMM FÜR ARME SEELEN FLEHT –

INDES, DIE BÄUME BLÜHN ZUR NACHT,
DASS SICH DES TODES ANTLITZ HÜLLE
IN IHRER SCHÖNHEIT SCHIMMERNDE FÜLLE,
DIE TOTE TIEFER TRÄUMEN MACHT.

GEORG TRAKL 1887–1914

Das war der absolute Renner, viel besser als jedes Wellness-Wochenende. Die Nachfrage nach Helenes nächtlichen, wundersamen Kräuterwanderungen wuchs stetig.

Inzwischen wunderte sich in dieser Gegend niemand mehr, wenn er plötzlich im Wald auf eine Hexe und auf eine Gruppe von Großstadtdamen mit Schuhproblemen stieß.

Offiziell wurde das Treiben von den Dorfbewohnern als Unfug bezeichnet, heimlich schlich der eine oder die andere öfter mal zu Helene, wenn er Probleme hatte. Ihre Diskretion war legendär. Deshalb wurde die Hexe Helene in ihrem Bauwagen am Waldrand geduldet. Wohlgesonnene Bürger brachten ihr Holz und Kohlen für ihren Ofen oder frisches Wasser für ihren Kanister und legten Erzeugnisse aus ihrer Landwirtschaft vor ihre Tür.

Helene plante bereits ein neues Projekt. Sie würde im Spätsommer einen Kräuterkongress veranstalten. Nur über die Einzelheiten musste sie sich noch Gedanken machen, zum Beispiel über den passenden Veranstaltungsort.

Alvina klopfte an die Türe des Bauwagens. Er war stabil, in einem freundlichen Tannengrün gestrichen und etwa acht Meter lang. Zu der Tür führte eine schmale Holztreppe. An der hinteren, windgeschützten Seite des Wagens war Brennholz aufgeschlichtet, das durch eine Plane vor Nässe geschützt wurde und sich wie durch Zauberhand immer wieder auffüllte.

„Helene", rief Alvina aufgeregt, „bist du da? Mache doch bitte auf, ich bin es, Alvina. Ich habe Schinken und Eier mitgebracht, und frisches Holzofenbrot."

Sie hämmerte erneut gegen die Tür. Hoffentlich war Helene zu Hause, sie hatte nicht viel Zeit.

Endlich vernahm sie ein Geräusch im Inneren des Bauwagens. Die Tür öffnete sich langsam und knarrte. Helene spähte heraus.

Ihre rötlich grauen Haare standen wirr vom Kopf ab,

sie trug ein langes, weites, indisches Kleid. Es war in purpur- und mitternachtsblauen Tönen gehalten und mit Goldbrokat verziert.

Ihre Füße waren nackt. Alvina wurde intensiv von grünen Augen gemustert, die aus einem faltigen Gesicht mit großer Hakennase leuchteten. Die Lippen der Kräuterhexe waren schmal. Alvina schätzte sie auf Mitte sechzig. Im Dorf wurde erzählt, dass Helene früher mit einem Grafen aus der Nähe von Gräfenberg verheiratet gewesen war, der sich dann leider als völlig verarmt herausstellte. Damals soll sie Helene von Falkenstein geheißen haben und sehr schön gewesen sein, das war aber schon lange her.

„Hallo Alvina, mein Mädchen, schön, dass du mich besuchst. Ich habe gerade ein Schläfchen gehalten. Kinder aus dem Dorf waren bei mir und ich habe ihnen die Geschichte von den Quellnymphen der Stempfermühle erzählt. Möchtest du die Geschichte hören, sie ist zauberhaft?“

„Ich habe jetzt leider keine Zeit, Helene, ich muss zurück, gerne ein anderes Mal.“ „Komm rein“, entgegnete Helene, „ich kann dir vermutlich helfen.“ Alvina betrat den Bauwagen und blickte sich unsicher um. Ihr war ein wenig unheimlich zumute. Helene stöberte zielgerichtet in einem Regal, das mit Kräutersäckchen voll geschlichtet war.

„Hier, nimm das Säckchen. Dreimal am Tag brühst du dir einen starken Tee davon auf, sieben Wochen lang. Das dürfte genügen.“ Alvina war äußerst verwirrt. „Helene, du weißt doch gar nicht, warum ich dich aufgesucht habe.“ „Ich kann es mir denken, die Messingschlager-Sippe verlangt nach einem Stammhalter, mache dich nicht verrückt, mein Mädchen, das wird schon.“

Alvina war sprachlos. Nachdem sie sich gefangen

hatte, stammelte sie: „Ich danke dir ganz herzlich, Helene.“ „Keine Ursache“, grinste Helene, „ich bedanke mich für deine schönen Geschenke, davon bereite ich mir jetzt ein köstliches Abendbrot.“

Sie kramte in einer Schublade: „Hier ist noch ein Massageöl für deinen Gatten, du weißt schon wofür, das wird auch helfen. Und jetzt mach, dass du nach Hause kommst, sonst wirst du noch vermisst.“ Sie öffnete für Alvina, die von den Geschehnissen völlig durcheinander war, die Tür. Die um Rat Suchende machte sich glücklich auf den Weg. Einmal drehte sie sich um und winkte Helene strahlend zu.

„An deiner Stelle würde ich eher mit einem süßen kleinen Mädchen rechnen“, rief die Kräuterhexe ihr nach. Dann schlug sie kichernd die Tür zu.

Montag, 6. Juni später abends

Die Damengymnastikgruppe des kleinen Ortes traf sich jeden Montagabend im Sportlerheim. Im Keller gab es einen Raum für derartige Aktivitäten. Er war geräumig genug, mit dicken Isomatten, einer Sprossenwand und allerlei Gerätschaften, wie zum Beispiel Gymnastikbällen und Dehnbändern, ausgestattet.

Die Gruppe bestand aus einem harten Kern von sechs Frauen, die zu ihrer Leibesertüchtigung regelmäßig unter der Anleitung einer Gymnastiklehrerin trainierten. Andere, wie Klarissa und Rebekka, kamen nur sporadisch dazu. Heute fehlte Gunda aus nachvollziehbaren Gründen.

Wichtiger noch als das Training waren die Zusammenkünfte danach in der Sportlerkneipe. Die Damen hatten sich immer viel zu erzählen. Schließlich passierte in so einem Dorf täglich eine Menge, und das musste besprochen werden. Die Gymnastiklehrerin Mathilde hatte bis zu ihrem zweiten Kind als Sportlehrerin an der Realschule in Gräfenberg gearbeitet und darüber hinaus einige Fortbildungskurse besucht. So befanden sich die aktiven Damen in kompetenten Händen. Mathilde war inzwischen stolze Mutter von drei Söhnen im Alter zwischen zwei und sieben Jahren, nicht mehr ganz so schlank wie vor den Schwangerschaften, aber immer noch fit und beweglich, was sicherlich auch mit ihren lebhaften Söhnen zusammenhing. Die hellblonden, feinen, glatten Haare hatte sie zu einem sportlichen Pferdeschwanz hochgebunden und trug zu diesem Treffen einen pinkfarbenen, engen Trainingsanzug und ein dazu passendes Stirnband.

„Auf geht's, Mädels“, rief sie energisch. „Wir beginnen mit Aufwärm- und Dehnübungen. Keine Müdigkeit vorschützen.“ Alle fünf Damen, die an diesem Abend deswegen gekommen waren, um sich über das grauenhafte Verbrechen am Mirsberger-Schorsch auszutauschen, zeigten wenig Begeisterung, ihr Verlangen aufzuschieben. Doch die energische Mathilde kannte kein Erbarmen und beschäftigte die Damen schweißtreibend eine Stunde lang. Manuela Henneberger knickten nach der vierten Liegestützübung die Arme ein. Stöhnend sank sie auf den Boden. Sie hasste jede Art von Sport und nahm nur deshalb an der Gymnastikstunde teil, um für ihren Klaus in Form zu bleiben. Das giftgrüne Sportoberteil war schweißnass. „Verdammt noch mal“, fluchte sie laut, „was quäle ich mich überhaupt hier, Klausi liebt füllige Frauen.“ Sie würde, hoffentlich bald, in der Sportlerwirtschaft ein herzhaftes Schäuferle zu sich nehmen. Das hatte sie sich wahrhaftig verdient. Sie hatte es ja quasi bereits abtrainiert. Luise Walz, hiesige Unternehmersgattin eines Obstgroßhändlers, bekleidet mit einem eleganten, schwarz glänzenden Trainingsanzug, ließ sich neben Manuela sinken. „Ich bin heute zu nervös, um zu trainieren. Schließlich treibt ein Mörder in unserem Dorf sein Unwesen." Froh, einen Grund gefunden zu haben, die Liegestütze einzustellen, rappelte sie sich mühsam auf. Schweißperlen standen auf ihrer Stirn, die ein neongelbes Stirnband auffingen.

Regina Engeltal nahm wegen ihrer Schwangerschaft nur vorsichtig an manchen Übungen teil, sie kam eigentlich wegen der Unterhaltung. „Denkt an unser Projekt", mahnte sie die Freundinnen, „wir müssen einfach durchtrainierter werden. Oder wollt ihr euch blamieren?"

„Wir trainieren doch jede Woche hart", stöhnte Paulina Regenfuß, während sie weitere Liegestützen bewältigte, „schließlich ist mitten unter uns ein Verbrechen geschehen." Paulina war etwas jünger als die anderen Damen und beneidenswert rank und schlank. Sie hatte sich kürzlich bei einem Forchheimer Friseur einen schicken Bob schneiden und ihre dunklen Haare mit blonden und granatroten Strähnchen verzieren lassen. Ihr hübsches Gesicht war schmal und ebenmäßig und die Frisur stand ihr ausgezeichnet. Diese spontane Tat, die mit ihrem Freund nicht abgesprochen war, hatte eine mittlere Beziehungskrise ausgelöst. Ihr Freund Manni war der Meinung, dass Frauen ihr Haar lang tragen sollten.

Er war äußerst eifersüchtig und erlaubte es nicht, dass sie ohne ihn etwas unternahm. Die wöchentliche Gymnastikstunde nahm er murrend in Kauf, weil er montags mit der ersten Fußballmannschaft auf dem Sportplatz trainierte und so ein Auge auf seine Freundin haben konnte. Paulina arbeitete als Bedienung beim hiesigen

Wirt, und wenn sie Dienst hatte, saß er immer in der Wirtschaft und bewachte sie. Dort hatten sie sich auch kennengelernt. Paulina störte dieses Verhalten nicht, sie war glücklich, endlich einen Freund gefunden zu haben.

Regina, die glasklare, feministische Ansichten vertrat und deren Gatte trotz seiner vergeistigten Veranlagung die Hälfte der Hausarbeit und der Kindererziehung kompromisslos übernehmen musste, versuchte immer wieder, dieses Verhalten, das sie als Weibchenschema bezeichnete, mit Paulina zu diskutieren. Diese jedoch erwies sich als beratungsresistent.

Für Anneliese Schüpferling, die ebenfalls regelmäßig an der Gymnastikstunde teilnahm, war der Montagabend der Höhepunkt der Woche. Sie wischte sich den nassen magentafarbenen Pony aus der Stirn und rang nach Luft. Sie war sehr zufrieden, denn nun würde gleich der gemütliche Teil des Abends beginnen.

Anneliese war eine tüchtige Hausfrau und hielt ihr Haus und den kleinen Garten absolut in Schuss. Ihr Haushaltsgeld besserte sie mit einigen Putzjobs auf, doch litt sie häufig unter Langeweile.

Luise Walz, ihre Nachbarin, die die anfallenden Büroarbeiten für den Obstgroßhandel erledigte, hatte nicht so viel Zeit, um sich regelmäßig bei Kaffee und Kuchen über die Vorkommnisse in dem kleinen Dorf auszutauschen.

Mathilde sah ein, dass es den Mädels heute an der nötigen Konzentration mangelte. Sie beschloss, die Gymnastikstunde etwas früher als sonst zu beenden. „Schluss für heute!“, rief sie. „Wir machen noch die nötigen Dehnübungen, dann wird aufgeräumt und geduscht. Danach treffen wir uns zum Sportlerinnenstammtisch.“

Erleichtert machten sich die Damen ans Werk. Kurze Zeit später waren sie um einen runden Tisch in der Gaststätte versammelt, bestellten sich Getränke und überlegten, womit sie sich stärken könnten. Ansonsten befanden sich hauptsächlich Männer in der Kneipe und einige Auswärtige, die die bodenständigen, günstigen Speisen genossen. Die anwesenden Herren schenkten den Gymnastikdamen kaum Beachtung, sie waren an den munteren Haufen gewöhnt.

Obwohl in der Gaststätte Rauchverbot herrschte, genossen einige Gäste ihre Zigarette. Das kürzlich in Bayern eingeführte Rauchverbot war ihnen völlig egal.

„Seit Stoiber ist Rauchen in Kneipen verboten, Hannes", rief Regina einem älteren Mann mit grauem Käppi zu, der in sein Schafkopfspiel vertieft war. „Außerdem bin ich schwanger." Sie zwinkerte den Mädels zu. Der angesprochene Hannes blickte irritiert von seinen Spielkarten auf. Normalerweise hätte er so eine vorlaute Henne nach Hause an ihr Bügelbrett geschickt, doch eine Pfarrerin musste respektvoll behandelt werden. Er beschloss, die Damen zu ignorieren, trank einen großen Schluck von seinem Bier und spielte aus. „Raus die Sau!", rief er noch extra laut.

Mathilde schenkte jeder der Frauen ein Glas Erdbeersekt in dünnwandige Sektschalen ein, den sie gleich nach ihrer Ankunft bei der Bedienung bestellt hatten. Sie tranken nach dem Training immer gemeinsam eine Flasche eisgekühlten Erdbeersekt, um auf ihren gemeinsamen Plan anzustoßen.

Die Gymnastikstunde war nämlich nur die erste Stufe eines umfangreicheren Vorhabens. Die eifrigen Sportlerinnen träumten davon, in Forchheim an der Volkshochschule einen Bauchtanzkurs für Anfängerinnen zu buchen und mit den erworbenen, spektakulären Fähigkeiten beim nächsten Faschingsball im heimischen Sportlerheim als Bauchtanzgruppe aufzutreten.

Gehüllt in schillernde, bunte Saris und auf indische Art und Weise betörend geschminkt, würden sie mutig vor ihr Publikum treten. Sie würden die Sensation des Abends werden. „Auf unseren Plan“, sprach Mathilde feierlich. Sie stießen mit ihren Sektschalen an und riefen gemeinsam strahlend: „Auf unseren Geheimplan“, und genossen jede einen Schluck von dem kalten, prickelnden Getränk, das sie so gerne mochten.

Klarissa hatte an diesem Abend ebenfalls an der Sportstunde teilgenommen. Das tat sie nur unregelmäßig, weil sie es nicht mochte, über andere Leute zu tratschen, und über keinerlei Vereinsmentalität verfügte. Heute hatte sie die Neugierde hergetrieben. Vielleicht konnte sie Neuigkeiten in Erfahrung bringen. Rebekka war nicht erschienen, sie litt wohl noch unter Heuschnupfen.

„Ich habe vorhin bei Gunda vorbeigeschaut“, berichtete Luise, „die Arme ist völlig am Boden zerstört, sie nimmt noch Beruhigungsmittel. Sie liebte ihren Schorsch, auch wenn sie in letzter Zeit öfter Auseinandersetzungen hatten, das kommt in jeder Ehe vor.“ „Was für Auseinandersetzungen?“, fragte Klarissa interessiert.

„Wir wollen im Juli ein verlängertes Wellnesswochenende in Bad Staffelstein verbringen, Massagen, Schönheitspackungen, erlesenes Essen und so“, erklärte ihr Manuela. „Mein Klausi findet die Idee großartig. Schließlich bin ich eine hart arbeitende Geschäftsfrau und muss mich mal erholen. Aber Schorsch, der Stoffel, weigerte sich, Gunda diesen Aufenthalt zu finanzieren. Das würde auch nichts mehr helfen, hat er gemeint. Gunda war sehr gekränkt. Wir haben schon überlegt, für die arme Gunda zusammenzulegen und diesen uncharmanten Geizhals auszutricksen. Und außerdem haben wir noch unsere Sportlerkasse.“

Die eifrigen Gymnastikmädels zahlten pro Person jede Woche fünf Euro in die Kasse, die von Mathilde pflichtbewusst und streng verwaltet wurde, und unternahmen einmal im Jahr eine Reise.

„Aber deshalb bringt man doch seinen Ehemann nicht um", sinnierte Mathilde. „Da sind schon andere aus nichtigeren Gründen um die Ecke gebracht worden", raunte Paulina vielsagend. „Du schaust zu viele Krimis, Paulina", rügte sie Regina, „lies doch lieber mal ein gutes Buch." Paulina rollte gutmütig die braunen, glänzenden Augen. „Ja, Mama", grinste sie. Alle kicherten.

Sie bestellten sich noch eine weitere Flasche Erdbeersekt. Manuela orderte als zweiten Gang einen Bananensplit mit Schokoladen- und Haselnusseis, Eierlikör und extra viel Schlagsahne. Doch anstatt sich, wie üblicherweise, hemmungslos dem Klatsch hinzugeben, zerbrachen sie sich die Köpfe, wer Schorsch Mirsberger das angetan haben könnte.

Mandy Bergmann und Gerd Förster fuhren nach dem Gespräch mit den beiden alten Mirsbergers zum „Goldenen Hirsch". Gerd Förster parkte den Dienstwagen direkt vor der Eingangstür unter schattigen Linden. An einem der einladend wirkenden Gartentische hatte sich eine Gruppe Wanderer niedergelassen. Mandy bekam mit, dass sie wohl eine längere Wanderung unternommen hatten, über einen Zuckerhut, und sich nun auf eine deftige Brotzeit und ein kühles Radler freuten.

Die beiden Kommissare hatten vor, in der Gastwirtschaft zu Abend zu essen und im „Goldenen Hirsch" zu übernachten, um ein wenig mit den Einheimischen zu plaudern und sich von der Stimmung im Dorf ein Bild zu machen.

Die Kripobeamten betraten das kühle Gasthaus und grüßten freundlich. Es war noch nicht viel los, nur um den Stammtisch saßen einige Männer, die abrupt verstummten. An einem weiteren Tisch saß ein Paar von auswärts. Es war mit einer gewaltigen Schlachtplatte beschäftigt und trank dazu dunkles Bier.

„Haben Sie freie Zimmer", wandte sich Gerd Förster an den Wirt, der hinter dem Tresen stand und ein Bier zapfte. „Ein Doppelzimmer?", fragte der augenzwinkernd. Mandy errötete, als sie bemerkte, wie die Gäste am Stammtisch feixten. „Zwei Einzelzimmer, bitte", erwiderte Gerd Förster höflich. „Wir ermitteln im Todesfall Georg Mirsberger und sind dienstlich unterwegs. Darf ich vorstellen, dass ist meine Kollegin Mandy Bergmann und ich bin Gerd Förster, Kripo Bamberg." Einen Moment war es still. Dann hatte sich der Wirt wieder gefangen und entgegnete: „Ich habe zwei schöne Zimmer für Sie, ruhig nach hinten hinaus gelegen, jedes Zimmer mit Bad. Wenn Sie sich hier bitte eintragen würden, dann zeige ich Ihnen Ihre Unterkunft."

Die beiden Beamten holten ihr kleines Gepäck aus dem Wagen und folgten dem Wirt die alte, gewundene Holztreppe hoch. Beide Zimmer waren geräumig und hell, verfügten über ein bequem aussehendes Doppelbett mit einer rosenbestickten Tagesdecke und waren ansprechend eingerichtet.

Die Bäder wirkten frisch renoviert. „Sehr schön, hier kann man es wirklich gut aushalten", bedankte sich Gerd Förster beim Wirt. Der korpulente, rotwangige Eigentümer des „Goldenen Hirsch" war sehr stolz auf seine bekannte und beliebte Gastwirtschaft und seine geschmackvollen, rustikal eingerichteten Gästezimmer. Er hatte häufig Anfragen von Wandergruppen und Mountainbikefahrern, auch von weiter weg, zum Beispiel aus

Westfalen oder sogar aus dem Ausland, und er war meistens gut ausgebucht.

In der Fränkischen Schweiz konnte man eben zu jeder Jahreszeit wundervolle Urlaube verbringen. Außerdem war die fränkische Küche seiner Ehefrau bis weit hinter Nürnberg bekannt und geschätzt. Ihre Spezialität war gefüllte Flugente mit Seidenknödeln, wirklich ein Gedicht.

„Zeit für ein Feierabendbier, etwas Ordentliches zum Abendessen und eine erste Bilanz", meinte Gerd Förster zu seiner Kollegin. Sie gingen zurück in den Gastraum und ließen sich an einem Ecktisch nieder. Auf der derben Holzplatte stand eine kleine, perlmuttfarbene Porzellanvase mit frischen, bunten Wiesenblumen. Durch das Fenster fiel schräg die Abendsonne herein. Der Wirt näherte sich mit der Speisekarte und fragte nach ihren Getränkewünschen.

„Heute gibt es noch zusätzlich Bohnenkerne mit Klößen", informierte er die beiden Kommissare. Inzwischen hatte sich die Wirtschaft mit Dorfbewohnern und Touristen gefüllt, die hungrig und durstig waren und Unterhaltung suchten. Gerd Förster bestellte sich ein Pils und Mandy einen trockenen Frankenwein und ein großes Glas Mineralwasser mit Zitrone. „Ich bin völlig ausgehungert", erklärte sie ihrem Kollegen, „was kannst du mir empfehlen, du stammst doch aus der Gegend. Isst man hier nicht Karpfen, ich mag Fisch gerne." „Mandy", Gerd Förster betrachtete seine Kollegin geduldig. „Karpfen gibt es nur in den Monaten mit ‚r'. Im Juni kann man keine Karpfen essen." „Warum denn nicht?", fragte Mandy verwundert. „Weil sie jetzt wachsen." Mandy studierte aufmerksam mit gerunzelter Stirn die Speisekarte. „Was sind Bohnenkerne mit Klößen?", fragte sie neugierig. „Das ist eine fränkische Spezialität", erklärte ihr Gerd Förster. „Rote und braun gesprenkelte Bohnenkerne mit Soße, gekocht mit geräuchertem Bauch, dazu isst man grüne Klöße." Mandy schauderte. „Ich nehme ein Schnitzel mit Pommes", entschied sie. Ihr Kollege wählte einen Schweinebraten mit Klößen und Wirsinggemüse.

Als sie auf ihr Essen warteten, berieten sie sich leise. „Die beiden Alten haben ein starkes Motiv", überlegte Mandy. „Georg Mirsberger wollte sie aus ihrem eigenen Haus vertreiben, wie grausam und gefühlskalt den beiden alten Menschen gegenüber." Gerd Förster schüttelte nachdenklich den Kopf. „Ob sie deshalb ihren eigenen Sohn niederschlagen oder gar ertränken würden? Das kann ich mir nicht vorstellen, die Trauer war echt. Eine Auseinandersetzung, ja, aber dass einer der beiden sich von hinten an Georg Mirsberger heranschleicht und dann zuschlägt? Außerdem bezweifle ich, dass die beiden auf Grund ihrer körperlichen Verfassung dazu überhaupt in der Lage wären." „Trotzdem, ein Einzug in ein Pflegeheim ist eine absolute Horrorvorstellung", warf Mandy ein. „Da kann man schon mal in unbezähmbarer Wut zum Melkschemel greifen."

Ihre heiß geliebte Mutter hatte jahrelang in einem Pflegeheim mit einer Magensonde dahinvegetiert und war schließlich an einer Lungenentzündung gestorben. Erlöst, nannte es Mandy.

„Das alte Ehepaar hat einen Nachbarn erwähnt, mit dem Georg Mirsberger Streit hatte. Mit dem müssen wir sprechen, ebenso mit seiner Witwe und seinen beiden Kindern." Die Wirtin, etwa um die vierzig Jahre alt, so wie ihr Ehemann, mit einer frisch gestärkten, rosa getupften Kittelschürze bekleidet, brachte die bestellten Speisen und schenkte Gerd Förster ihr schönstes Lächeln aus hingebungsvollen blauen Augen. „Guten Appetit, die Herrschaften“, strahlte sie den Kommissar an. Mandy amüsierte sich, die Wirkung ihres Kollegen auf Frauen jeden Alters war nur mit der einer Dampfwalze zu vergleichen. „Wenn man so charmant bedient wird, schmeckt es umso besser, danke schön“, antwortete Gerd Förster ihr lächelnd. Die Wirtin errötete leicht, ging in Richtung Küche am Stammtisch vorbei und bekam überhaupt nicht mit, dass die Biergläser von zwei Gästen geleert waren und nachgefüllt werden wollten.

Mandy Bergmann und ihr Kollege machten sich mit gutem Appetit über die zwei großen, vorzüglich schmeckenden Portionen her.

Die beiden hatten gerade ihre Mahlzeit beendet und waren mehr als satt, als das Handy klingelte. „Hallo Carlo“, freute sich Mandy. „hast du deinen Tennispartner vom Platz gefegt?“ Sie lauschte: „Natürlich, ein überragender Sieg, pures Können deinerseits“, neckte sie den Rechtsmediziner. „Neuigkeiten? Schieß los.“ Mandy hörte eine Weile zu. Dann bedankte sie sich bei Carlo für die gute Arbeit und schaltete ihr Handy aus.

„Die Spurensicherung hat deutliche Fingerabdrücke von mehreren Personen auf dem alten Melkschemel sicherstellen können. Wir brauchen die Fingerabdrücke von allen, die im Kuhstall arbeiten, um sie mit denen auf dem Schemel vergleichen zu können. Und von weiteren verdächtigen Personen. Vielleicht bringt uns das weiter.“ „Das werden wir morgen veranlassen“, nickte Gerd Förster. „Wir finden schon heraus, was in dieser Nacht im Kuhstall vorgefallen ist.“

Am Stammtisch wurde nun ein Holzbrett aufgebaut. Mandy Bergmann beobachtete das Geschehen aufmerksam. „Was haben die Männer vor, ist das ein Spiel, wie ein Schachbrett sieht es nicht aus?“ „Die Stammtischbrüder wollen schnorgeln, das ist ein beliebtes Spiel hier, typisch für diese Gegend, aber nur in wenigen Ortschaften. Ich kenne es durch Schulfreunde, die hier aus der Gegend stammten." „Schnorgeln?", fragte Mandy. „Davon habe ich noch nie gehört." „Du wirst es gleich sehen", versprach ihr Kollege. Das Spielbrett maß etwa dreißig auf fünfzig Zentimeter und war aus hellem Holz gebaut. Es wurde leicht schräg auf dem Tisch platziert. Auf dem Brett befand sich eine Glasplatte. Hinter einer durchgezogenen Linie standen neun kleine, hölzerne Kegel. Einer der Männer, ein älterer Herr im blauen Arbeitsanzug, nahm einen kleinen Holzkreisel in seine schwielige Hand, sodass der fast darin verschwand, dann setzte er den Kreisel behutsam gegenüber den Kegeln auf das Spielbrett, fixierte die Kegel mit zusammengekniffenen Augen, und mit einer energischen Drehung ließ er ihn los. Der Kreisel näherte sich auf dem Spielbrett schwingend den Holzkegeln und berührte dann drei Kegel, die umkippten. „Klasse, Erwin", jubelte ein Stammtischbruder, der wohl in der gleichen Mannschaft spielte. „Ein toller Anfang." Erwin freute sich über das Lob. Als Nächster kam ein junger dunkelblonder Mann mit gegelter Igelfrisur an die Reihe. Er drehte den Kreisel lässig, der, kaum hatte er die Linie hinter sich gelassen, vier Kegel erlegte. Seine Mannschaft freute sich lautstark. Zwei Kegel standen noch an Ort und Stelle. „Jetzt wird es spannend", Erwin rieb sich voller Vorfreude die Hände. „Ein Kegel noch, die Bärbel muss stehen bleiben, das gibt die meisten Punkte."

Die Bärbel war ein etwas größerer Holzkegel, der in der Mitte platziert war. Mandy war fasziniert. Sie liebte Gesellschaftsspiele und brannte darauf, diesen winzigen Kreisel auf den Weg zu schicken. Gerd Förster sah es ihr an, dass sie überlegte, wie sie sich am besten in diese Stammtischrunde einklinken könnte.

Inzwischen hatte sie ihren Platz am Ecktisch verlassen und sich hinter zwei am Stammtisch sitzende Männer gestellt. Plötzlich wurde Erwin auf sie aufmerksam. „Schöne Dame", sprach er sie schüchtern und um äußerste Höflichkeit bemüht an, „möchten Sie eine Runde mitspielen? Unserer Mannschaft fehlt der dritte Mann beziehungsweise die dritte Frau, natürlich." Er errötete. Die anderen grinsten. Die hübsche Mandy mit ihren roten Haaren schien ihm zu gefallen.

Nur der junge Mann, den sie Ecki nannten, runzelte die Stirn. „Sie hat keine Übung, wir haben nur noch zwei Kegel", wandte er ein. „Ach was", brummte Erwin, „lass sie doch mal, sie ist schließlich von der Kriminalpolizei." Diese Tatsache schien ihn mächtig zu beeindrucken. Mandy durfte sich an den Stammtisch auf einen eilig herbeigeholten Stuhl vor das Holzbrett setzen. Erwin bestellte für alle eine Runde dunkles Bier und Birn. Mandys Augen leuchteten. Sie umfasste den Kreisel, konzentrierte sich und brachte ihn mit einer kräftigen Drehung auf den Weg. In munteren Kreisen bewegte er sich elegant und zielgerichtet über das Spielbrett, umrundete die Bärbel, verlor an Geschwindigkeit, taumelte schließlich mit letzter Kraft auf den übrig gebliebenen Kegel zu und brachte diesen zum Kippen. „Ich habe den richtigen Kegel erwischt", jubelte Mandy und strahlte.

Die Stammtischbrüder klatschten begeistert Beifall. „Ein Naturtalent", lobte Erwin. Fast hätte er ihr anerkennend auf die Schulter geklopft. Die gegnerische Mannschaft brauchte vier Kreiselrunden, um alle acht Kegel zu treffen und leider auch die Bärbel. Erwins Mannschaft hatte die erste Partie gewonnen. Der Kommissar wurde ebenfalls an den Tisch gebeten. Sie spielten gemeinsam, unter der Aufmerksamkeit aller Gäste des „Goldenen Hirsch", einige Runden und amüsierten sich köstlich.

Die beiden Kommissare schlugen sich wacker. Gerd Förster kannte dieses Spiel ja aus seiner Jugend und Mandy Bergmann besaß offensichtlich ein besonderes Talent für das Schnorgeln.

Sie nippten zurückhaltend an ihrem dunklen Bier, während die Stammtischbrüder eine Runde nach der anderen bestellten. Dadurch wurden sie etwas mutiger. Reinhold, der, wie sie inzwischen wussten, einen großen Bauernhof besaß, traute sich als Erster. „Wissen Sie schon etwas über das Verbrechen an dem Schorsch", wollte er treuherzig wissen. „Über laufende Ermittlungen dürfen wir keine Auskunft geben", erklärte ihm der Kommissar. „Aber erzählen Sie uns doch, was der Schorsch für ein Mensch war, war er öfter hier in der Gastwirtschaft?" „Der Schorsch war häufig hier", übernahm Erwin das Wort. „Er war einer von denen, die im Dorf das Sagen haben. Eigentlich war er ganz in Ordnung, er hat oft eine Runde spendiert. Aber er konnte auch ziemlich arrogant und überheblich sein."

Hermann, ein weiteres Mitglied der Runde, fuhr fort, nachdem er einen kräftigen Schluck von seinem Bier getrunken hatte. „Wenn er ein paar zu viel getrunken hatte, konnte er ziemlich gemein und ausfällig werden. Erst am letzten Samstag, bei der Parteiversammlung, hat er sich mit einigen Dorfbewohnern heftig angelegt. Den Gregor König und den Hans Güthlein hat er ziemlich schwer beleidigt. Und seinen Nachbarn, den Erich, hat er erst kürzlich über den Tisch gezogen und ihn um seinen großen Obstgarten gebracht." Erwin schüttelte den Kopf. „Er hatte nicht nur Freunde. Aber ich kann mir trotzdem nicht vorstellen, dass ihn einer aus dem Dorf erschlagen hat, das muss ein Fremder gewesen sein." „Vielleicht ein Physiopath", überlegte Ecki, „so wie die im Fernsehen." Er kippte einen Birn und grübelte weiter.

„Wie war das Verhältnis zu seiner Familie?", bohrte Mandy weiter. Reinhold dachte nach und rieb sich dabei die dicke Knollennase: „Er hat sich einfach in alles eingemischt, wollte immer bestimmen, wo es langgeht. Seine Gunda hat sich oft bei meiner Erika ausgeweint. Und sein Vater, der alte Heinrich, hatte schon lange nichts mehr zu sagen. Er hätte ihm den Bauernhof nicht schon zu Lebzeiten vermachen dürfen."

„Aber er war ein sehr guter Schnapsbrenner", erinnerte sich Ecki und bestellte noch eine Runde Birn. Gerd Förster hatte genug gehört. Er machte Mandy, die inzwischen müde aussah, ein Zeichen und verlangte die Rechnung. Die beiden Kommissare bedankten sich für den interessanten Abend und wünschten eine gute Nacht. Sie zogen sich in ihre Gästezimmer zurück und planten, am nächsten Morgen das weitere Vorgehen zu besprechen. Die Stammtischrunde war einhellig der Meinung, dass die zwei einen recht sympathischen Eindruck machten, und vertiefte sich dann wieder in ihr Spiel.

In der Nacht peitschten Gewehrschüsse durch den nahen Wald. An der Kirchenmauer lehnte geduckt eine dunkle Gestalt, die entschlossen versuchte, die Weide neben dem alten Steinbrunnen in Brand zu stecken.

Der helle Mond wurde ab und zu von vorbeiziehenden Wolken bedeckt.

Plötzlich näher kommende Schritte ließen sie in ihrem Tun erstarren, dann rannte sie querfeldein auf das dichte, düstere Unterholz zu.

Bohnakern mit Kloß

Für 4 bis 5 Portionen

Sie brauchen:
500 Gramm Feuerbohnen trocken (nicht aus der Dose)
2 große Zwiebeln
250 Gramm normaler Essig
500 Gramm Räucherbauchfleisch nicht zu mager
1/2 Teelöffel Zucker
1 Löffel Bohnenkraut getrocknet
Schweineschmalz, Mehl, dunkler Soßenbinder

Zubereitung:
Bohnen über Nacht beziehungsweise mindestens 14 Stunden in Wasser einweichen.
Dann mit sehr fein geschnittenen Zwiebeln, Zucker, Essig, Bohnenkraut und Räucherbauch weich kochen. Danach alles absieben und die Flüssigkeit auffangen.
In einer großen Pfanne das Schmalz erhitzen und mit Mehl anschwitzen.
Die aufgefangene Flüssigkeit (Soße) dazurühren und aufkochen lassen.
Dunklen Soßenbinder unterrühren, aber nicht zu dick werden lassen.
Bohnen und so weiter wieder dazugeben und dann noch mit Pfeffer, eventuell Bohnenkraut, abschmecken.
Bauchfleisch in zirka 1 Zentimeter starke Scheiben schneiden und auf die Teller legen.
Bohnenkerne darüber geben und einen Kloß dazu.

Rohe Klöße aus Fertigteig in gewünschter Größe formen. Wer mag, legt in der Mitte der Klöße ein paar Bröckerle (trockenes Stück Toastbrot/Semmelstück et cetera) hinein.

Ortsansicht Kunreuth

Dienstag, 7. Juni, morgens

Klarissa König hielt auf dem Weg zur Arbeit im Nachbardorf vor der Landschaftsgärtnerei Schneider. Heute war sie sehr schick gekleidet. Sie trug ein dunkelblaues Kostüm mit kurzen Ärmeln und hatte ihr Haar zu einem Knoten hochgesteckt. Der Landrat hatte seinen Besuch in der sozialen Beratungsstelle angekündigt, um sich einen Eindruck von den Problemen in seinem Landkreis zu verschaffen. Klarissa empfand eine gewisse Skepsis. Bei seinem letzten Besuch hatte er die Beratungsstelle als „sozialpädagogische Insel“ bezeichnet. Außerdem hatte Maria, eine ihrer Kolleginnen, heute Geburtstag. Klarissa wollte einen Blumenstrauß für sie besorgen. In der Gärtnerei Schneider wurden frisch geschnittene Blumen in großer Auswahl verkauft.

Sie trat mit Schwung durch die Glastür des Verkaufsraumes und begrüßte die Floristin Janine, die gerade langstielige weiße und lachsfarbene Rosen in einer geschmackvollen Glasvase arrangierte. „Guten Morgen Janine, wie geht es dir?“ „Prima, wie immer“, lächelte Janine, „ich habe nur dienstags besonders viel Arbeit, weil der Friedrich mit seinem Stand den ganzen Tag auf dem Gräfenberger Bauernmarkt steht, aber das schaffe ich locker. Was kann ich für dich tun?“ Klarissa äußerte ihren Wunsch, und gemeinsam wählten sie leuchtend blauen Rittersporn und himmelblaue Margeriten aus, die Janine geschickt zu einem prächtigen Strauß band. Marias Lieblingsfarbe war Blau. Mit einem fröhlichen Gruß verließ Klarissa den Blumenladen und fuhr etwas behutsamer als sonst Richtung Forchheim. Auf dem Rücksitz stand eine mächtige Schwarzwälderkirschtorte, die Gregor König für das Geburtstagskind Maria gebacken hatte. Das war Marias Lieblingstorte.

Die beiden Kommissare saßen morgens am selben Ecktisch beim Frühstück. Sie hatten beide ausgezeichnet geschlafen und schrieben das der gesunden Landluft zu. Die Wirtin hatte ihnen ein üppiges, herzhaftes Frühstück serviert und mit dem schönen Kommissar aus Bamberg verhalten geflirtet. Ihr Gatte, der eifrig die Theke polierte, bemerkte davon nichts. Das Frühstück bestand aus frischen Brötchen, gelber Landbutter und von der Wirtin selbst hergestellter Himbeermarmelade. Ein Teller mit verschiedenen Käsesorten und ein weiterer mit Wurst und Schinken, appetitlich mit Tomaten und Essiggurken garniert, standen auf dem Tisch. Gerd Förster hatte sich Spiegeleier bestellt, die die Wirtin persönlich für ihn briet. Die Portion war gewaltig. Nachdem die Wirtin guten Appetit gewünscht und sich widerwillig entfernt hatte, besprachen die beiden ihr weiteres Vorgehen.

In der Gastwirtschaft befanden sich keine weiteren Gäste. Die Wirtin hatte sie aufgeklärt, dass eine Wandergruppe bereits früh am Morgen Richtung Walberla aufgebrochen sei und das Haxenessen, das jeden Dienstag stattfand, um zehn Uhr beginnen würde. Dazu waren sie herzlich eingeladen. Nach einem Blick auf den Frühstückstisch lehnten die Kommissare höflich dankend ab.

„Wie gehen wir weiter vor?“, wollte Mandy von Gerd Förster wissen, während sie genüsslich ein Marmeladenbrötchen verspeiste und dabei ihren Kaffee trank. „Wir werden Hans Güthlein und Gregor König zu ihrem Verhältnis zu Georg Mirsberger und nach den Vorgängen am Samstagabend auf der Parteiversammlung befragen. Wir gehen nach dem Frühstück gleich los, vielleicht haben wir Glück und treffen sie zu Hause an“, antwortete Gerd Förster, der gerade begriff, dass er die Portion Spiegeleier nicht schaffen würde. Sie beendeten ihr Frühstück und tranken ihren Kaffee aus.

Nachdem Gerd Förster die Rechnung beglichen hatte, selbstverständlich nicht ohne die errötende Wirtin für das hervorragende Frühstück zu loben, machten sie sich auf den Weg zum Bauernhof von Hans Güthlein. Im Vergleich zu Georg Mirsbergers Anwesen wirkte der alte Bauernhof etwas heruntergekommen und abgewirtschaftet. In einer Ecke der breiten Hofeinfahrt lagen achtlos hingeworfene Reifen, daneben stand eine verrostete Egge, deren untere Streben bereits von Gras überwachsen waren. Bauschutt und Eimer lagen verstreut auf der gegenüberliegenden Seite. Ein Kinderfahrrad und ein Springseil lagen mitten im Hof auf der Erde, direkt neben dem Misthaufen, auf dem ein stolzer Hahn thronte. Davor parkte ein in die Jahre gekommener alter Ford Taunus. Ein Altdeutscher Schäferhund lag träge in dessen Schatten und beobachtete sie mit schläfrigen Augen. Er rührte sich nicht von der Stelle. „Na, du bist vielleicht ein Wachhund", neckte ihn Gerd Förster. Der Hund wedelte schwach mit dem Schwanz, dann schloss er die Augen und döste weiter. Es war keine Menschenseele zu sehen. Gerd Förster betätigte den fleckigen alten Türklopfer. Während er wartete, betrachtete er die Frontseite des Bauernhauses. Oberhalb der Eingangstüre entdeckte er eine Inschrift, die mit Buchstabenschablonen auf die Mauer gemalt war:

„Dies Haus ist mein und doch nicht meins,
der vor mir war, dacht' auch s' wär seins,
er ging hinaus, ich ging hinein,
nach meinem Tod wird's auch so sein."

„Was für ein trauriges Gedicht", murmelte der Kommissar.

Rechts neben der Eingangstür zierte ein etwa drei Meter hohes, in Gelbtönen gehaltenes Bildnis des heiligen Christophorus, Nothelfer der katholischen Kirche gegen Hagelschlag und plötzlichen Tod, die gräuliche Hauswand.

Nach einer geraumen Weile vernahmen sie schlurfende Schritte im Inneren des Hauses. Eine Frau um die sechzig, bekleidet mit einer fleckigen, grüngelb gestreiften Kittelschürze, und mit grauen, kurz geschnittenen Haaren, öffnete zögernd die Haustür. Sie sah ziemlich abgearbeitet aus und betrachtete die Kommissare ängstlich. „Was wollen Sie?", fragte sie unsicher.

Gerd Förster stellt Mandy und sich höflich vor. „Wir möchten Hans Güthlein sprechen, ist er zu Hause?" „Kommen Sie herein, er ist gerade aus dem Stall gekommen und macht in der Küche Brotzeit." Sie führte die beiden durch einen düsteren Flur in eine karg wirkende Küche. Die Kücheneinrichtung wirkte altmodisch, aber ordentlich. Die Bäuerin ging an den Herd und rührte in einem wuchtigen Topf. Es roch nach Erbseneintopf. Hans Güthlein saß an einem geschrubbten einfachen Holztisch und war gerade dabei, mit einem Brotzeitmesser ein Stück einfache Stadtwurst und zwei Scheiben Brot auf einem Brettchen in mundgerechte Bissen zu schneiden. Misstrauisch blickte er auf. Er trug eine Arbeitshose, grobe Stiefel und ein dunkelblaues Baumwollhemd, das an den Ellbogen abgewetzt war. Sein Gesicht war wettergegerbt und irgendwie sympathisch. Unbeirrt fuhr er in seiner Tätigkeit fort.

Gerd Förster begrüßte Hans Güthlein und stellte Mandy und sich erneut vor. „Wir müssen Ihnen ein paar Fragen stellen, Herr Güthlein, es geht um das Verbrechen an Georg Mirsberger Samstag auf Sonntagnacht", begann der Kommissar freundlich. Der Bauer zeigte ausdruckslos mit dem Messer auf zwei Küchenstühle. „Setzen Sie sich, ich habe mir schon gedacht, dass Sie kommen, ich habe Sie gestern Abend im ‚Goldenen Hirsch' gesehen. Die anderen Gäste haben sicherlich von der Parteiversammlung am Samstag erzählt. Schorsch hat mich und meine Familie wieder einmal beleidigt, aber deswegen habe ich ihn nicht umgebracht. Ich bin unschuldig."

Bedächtig begann er seine Mahlzeit. „Ich bin seit heute Morgen um fünf Uhr auf den Beinen", erklärte er, „Stallarbeit, wie jeden Morgen, danach mache ich immer Brotzeit."

Die beiden Kommissare nahmen dankend Platz und rückten die Stühle zurecht. „Vielen Dank, Herr Güthlein", setzte Gerd Förster an. „Entschuldigen Sie bitte, dass wir Sie beim Essen stören. Wir haben nur einige Fragen. Was ist auf dieser Versammlung geschehen?"

Hans Güthlein seufzte: „Es war schon später Abend und der Schorsch hatte bereits einiges intus. Manchmal wird er dann ausfallend. Wir kennen uns gut, wir sind hier im Dorf zusammen aufgewachsen und haben gemeinsam die Volksschule besucht. Der Schorsch durfte eine Ausbildung machen und hat eine gute Stelle bei einer großen Firma gefunden. Er hat viel von der Welt gesehen. Meine Eltern waren nicht so wohlhabend. Ich habe eine Arbeit in einer Fabrik in Forchheim angenommen. Nach Feierabend und am Wochenende war auf dem Hof viel zu tun. Aber wir hatten unser Auskommen. Dann wurde ich vor zirka zehn Jahren arbeitslos. Die Fabrik hat ihren Standort nach Osten verlagert und ich habe keine Anstellung mehr gefunden, weil ich mit fünfzig zu alt war, noch dazu ungelernt", er hielt inne und seufzte erneut. Seine Brotzeit hatte er vergessen. „Wir kommen gerade so über die Runden", fuhr er mit müder Stimme fort.

„Gertraud, biete den Beamten doch einen Kaffee an. Schorsch hat mich arbeitsscheu genannt, einen Sozialschmarotzer. Meine Kinder würden nach mir geraten."

Gertraud Güthlein stellte für die Kommissare zwei bunte, gefüllte Kaffeebecher und Milch und Zucker auf den Tisch. Der Kaffee dampfte und roch verlockend. Sie bedankten sich artig.

„Herr Güthlein, ich kann gut verstehen, dass Sie nach diesen Beleidigungen wütend waren. Wie haben Sie darauf reagiert?", fragte Gerd Förster. „Ich habe ihn ignoriert, ich wollte keinen Streit." „Wann haben Sie die Veranstaltung verlassen?", wollte Mandy wissen. „Kurz nachdem der Schorsch gegangen war, es war spät und ich wollte in mein Bett." „Und Sie sind direkt nach Hause gegangen?", insistierte Mandy. „Ja", versicherte Hans Güthlein ernst. „Ich habe mit diesem Verbrechen nichts zu tun." „Ist Ihnen vielleicht auf dem Heimweg etwas Ungewöhnliches aufgefallen?" „Nein, gar nichts, ich bin keiner Menschenseele begegnet, alles war wie immer", entgegnete der Bauer. „Das muss irgendein Verrückter gewesen sein", meldete sich Gertraud Güthlein energisch zu Wort, „das hier ist ein kleines, friedliches Dorf und mein Mann ist kein Mörder."

Gerd Förster leerte den Kaffeebecher und stand auf. „Im Moment haben wir keine weiteren Fragen, herzlichen Dank für den Kaffee. Falls Ihnen noch etwas einfällt, hier ist meine Visitenkarte, und ich muss Sie auffordern, morgen in Bamberg zur erkennungsdienstlichen Behandlung das Polizeipräsidium aufzusuchen, wir brauchen Ihre Fingerabdrücke."

Hans Güthlein erwiderte nichts und setzte seine Brotzeit fort. Seine Frau erschrak und brachte die Gäste stumm zur Haustür.

Wieder im Hof, sahen sich die beiden an. Mandy runzelte die Stirn. „Ich weiß nicht“, dachte sie nach, „ein fleißig arbeitender, redlicher Bauer, würde der einen alten Schulfreund niederschlagen und womöglich ertränken, wo doch die Ausfälle von Georg Mirsberger bekannt waren?“ „Er hat die Familie Güthlein schlechtgemacht, noch dazu in der Öffentlichkeit. Zorn ist ein starkes Motiv“, entgegnete ihr Kollege.

Gertraud Güthlein stand mitten in der Küche und blickte ihrem Mann verstört in die Augen: „Wenn die Polizei wieder kommt und mich fragt, ob ich deine Aussage bestätigen kann, was soll ich darauf antworten?“

Dienstag, 7. Juni, später Vormittag

Gregor König war nicht zu Hause. Niemand öffnete die Tür, als Mandy Bergmann mehrmals energisch klingelte. Anneliese Schüpferling, mit Jeans und T-Shirt bekleidet und die üppigen magentafarbenen Haarsträhnen zu einem lockeren Dutt zusammengesteckt, war gerade dabei, die schmale Gasse zu kehren. Sie fegte entschlossen und kam dann mit dem Besen in der Hand neugierig auf die beiden Kommissare zu, denen mittlerweile zwei maunzende Katzen um die Beine strichen.

Sie grüßte freundlich und musterte Gerd Förster anerkennend von oben bis unten. „Klarissa und Gregor sind nicht zu Hause, nur die beiden gefräßigen Katzen.“ Gerd Förster stellte sich und seine Kollegin vor. „Wissen Sie, wann die beiden wieder nach Hause kommen? Wir würden sie gerne sprechen.“ Annelieses Augen weiteten sich vor Sensationsgier. „Haben die beiden Nachbarn etwa etwas mit dem Meuchelmord zu tun?", fragte sie ganz aufgeregt. „Da täuschen Sie sich aber, das sind ganz nette, hilfsbereite Nachbarn."

„Nein, nein, wir wollen die Königs nur befragen", antwortete Gerd Förster besänftigend. Anneliese Schüpferling beruhigte sich etwas und streichelte der Katze Charlotte zärtlich über den Kopf. „Klarissa arbeitet in einer sozialen Beratungsstelle in Bamberg und kommt selten vor siebzehn Uhr heim. Gregor ist im Außendienst tätig und ist heute Morgen nach Fürth auf eine Baustelle gefahren, nachmittags hat er Bürodienst. Wir treffen uns um neunzehn Uhr in ihrer Grillecke. Es gibt gegrillte Doraden, Salat und Baguette. Das ist französisch. Gregor ist ein fabelhafter Koch und ein Gourmet. Die beiden haben mich und meinen Konrad eingeladen, weil wir uns während ihres Wochenendtrips nach Wien um ihre Katzen und Julius gekümmert haben. Julius, das ist ihr Hund", fügte sie erklärend hinzu. „Ein verwöhntes, verfressenes Riesenvieh." „Danke für Ihre Auskunft", erwiderte Mandy. „Würden Sie Ihren Nachbarn freundlicherweise ausrichten, dass wir heute Abend noch einmal vorbeikommen, wir werden sie nicht lange aufhalten. Machen Sie sich keine Sorgen um Ihren schönen Grillabend." „Wird gemacht", antwortete Anneliese Schüpferling pflichtbewusst. „Wenn Sie mich jetzt entschuldigen würden, ich muss mir für heute Abend noch die Haare richten." Sie verabschiedete sich winkend und verschwand mit wippenden Locken und ihrer Kehrausrüstung im Haus.

„Gehen wir doch einen Kaffee in der Konditorei trinken, dann versuchen wir es bei Gunda Mirsberger und dem Nachbarn, mit dem Georg Mirsberger Streit hatte. Ihre Kinder versuchen wir morgen zu erreichen", schlug der Kommissar vor. „Heute Nachmittag machen wir eine schöpferische Pause und ich zeige dir eine originelle fränkische Gastwirtschaft, die wird dir sicher gefallen. Ich lade dich zum Essen ein. Danach gehen wir zu den Königs. Heute Abend fahren wir nach Bamberg zurück." Mandy war einverstanden. „Der Abschied von der Wirtin wird nicht leicht werden", grinste sie.

Dienstag, 7. Juni, früher Mittag

Sie parkten ihren Dienstwagen direkt vor der Konditorei. Im großen, gepflasterten Hof, der von leuchtend roten Geranien in Terracottakübeln gesäumt war, lag wachsam eine ausgewachsene, schwarze Dogge, die sie anknurrte und die gelben, langen Zähne fletschte. Mandy hatte keine Angst vor Hunden, jetzt war sie jedoch erleichtert, dass das Tier angekettet war. Auf der Terrasse vor der Konditorei waren kleine weiße Bistrotische und Stühle arrangiert, die zum Verweilen in der Morgensonne einluden. Geschmackvolle, kegelförmige Glasvasen enthielten auf dem Grund aufgehäufte Kieselsteine in verschiedenen, rosafarbenen Schattierungen und winzige Rosen in denselben Farbtönen. Sie waren auf fünfeckigen, weißen Häkeldeckchen platziert.

Manuela Henneberger gestaltete ihre Konditorei mit sehr viel Geschmack und hatte auch immer neue kulinarische Ideen. Seit sie ihren Klausi kennengelernt hatte, platzte sie beinahe vor Kreativität.

Ein Pärchen aus Fürth hatte es sich auf der Terrasse bequem gemacht. Die beiden Gäste waren wohl Rentner, die sich vorgenommen hatten, gemeinsam einen schönen Tag in der Fränkischen Schweiz zu verbringen. Beide trugen fesche Wanderkleidung, sie eine rosaweiß karierte Bluse mit rosa Tüchlein um den Hals und er ein hellblauweiß kariertes Hemd mit blauem Tüchlein.

„Ich kann mich nicht entscheiden", erklärte die Frau soeben ihrem Gatten, „soll ich mir den Riesenwindbeutel mit Erdbeeren bestellen oder die frische Apfeltarte mit Marzipan und Bitterschokoladenglasur?" „Nimm doch beides", brummte ihr Gatte, der mit einem Stück Käsekuchen mit Sahne liebäugelte. „Aber denke daran, dass wir nach unserem kleinen Imbiss eine Wanderung auf das Walberla machen wollen." „Von hier aus?" Die Rentnerin aus Fürth fuhr entsetzt hoch. Sie bestellte zur vorherigen Stärkung bei Manuela Henneberger den Riesenwindbeutel, die Apfeltarte und einen großen Cappuccino. Ihr Ehemann blieb bei dem Käsekuchen und einem Kännchen Kaffee.

„Wir wandern vom Ort Schlaifhausen auf die Ehrenbürg", erklärte der Rentner seiner Ehefrau, das dauert etwa eine Dreiviertelstunde." „Das ist eine ordentliche Tour", erwiderte seine Gattin, „zeitlich ist das aber zu schaffen, wir treffen uns schließlich um dreizehn Uhr im ‚Roten Ochsen' in Leutenbach mit Lina und Bernhard, dienstags gibt es dort immer Rifferla mit Kraut und grünen Klößen."

Während Gerd Förster und Mandy Bergmann es sich an einem Bistrotischchen, das in der Sonne stand, bequem machten, lauschten sie belustigt dem Dialog des Ehepaares.

Manuela Henneberger kam mit Kuchen und Kaffee auf die Terrasse und servierte dem Rentnerehepaar die gewünschten Köstlichkeiten, das sich mit gutem Appetit darüber hermachte.

„So feines, selbst gemachtes Gebäck gibt es nur hier auf dem Land", bemerkte der Mann überaus zufrieden kauend.

Manuela Henneberger trat eifrig an den Tisch der beiden Kommissare und fragte aufmerksam nach ihren Wünschen. Heute hatte sie ihr langes, blondes Haar zu einer Banane am Hinterkopf gerollt und mit goldenen Spangen verziert. Dazu trug sie riesige Creolen und Armreife aus Gold. Die waren natürlich echt, ein Geschenk von Klausi, und stammten aus der Türkei. Das türkisfarbene, knielange Sommerkleid betonte ihren üppigen Busen. „Welchen Kuchen können Sie uns denn empfehlen?“, fragte Gerd Förster lächelnd.

Manuela Henneberger war entzückt. So ein attraktiver Mann kam nicht so häufig in ihr Café, hauptsächlich übergewichtige Rentner und ausgemergelte Rennradfahrer.

Bevor sich Manuela Henneberger aus ihrer Verzückung reißen konnte, rief die resolute Rentnerin vom Tischchen nebenan: „Probieren Sie die Apfeltarte, die ist wirklich zu empfehlen, junger Mann.“ Zufrieden aß sie weiter. „Also gut, dann bitte einmal die Apfeltarte und eine Tasse Kaffee“, grinste der Kommissar, „was möchtest du, Mandy?“ „Nur eine Tasse Kaffee bitte, ich arbeite an meiner Bikini-Figur.“

„Ab vierzig Jahren landet sowieso jedes Pfund direkt auf den Hüften“, mischte sich die Frau aus Fürth wieder ein, „genießen Sie lieber den Riesenwindbeutel.“ „Jetzt sei doch mal still, Christa“, rügte der Rentner seine Frau, „und lass das junge Paar in Ruhe.“ Christa schmollte und wandte sich dann wieder genüsslich ihrem Kuchen zu.

„Schön ist es hier“, bemerkte Mandy und hielt ihr Gesicht in die Sonne, „und so still und friedlich.“

„Normalerweise ja“, entgegnete Gerd Förster. Ihre Bestellung kam und sie genossen Kuchen und Kaffee im Sonnenschein. Über den Fall wollten sie angesichts der direkten Nachbarschaft lieber nicht sprechen. Außerdem bereiteten sie sich innerlich auf die nächste Befragung vor. Mit einer Witwe zu sprechen, die ihren Mann vor kurzem auf eine so tragische Art und Weise verloren hatte, erforderte ein hohes Maß an Sensibilität.

Manuela Henneberger betrat die Terrasse und stellte für beide Kommissare ein Glas Wasser neben die Kaffeetassen. „In guten Cafés ist das so üblich", erklärte sie ihren Gästen etwas kokett. Unentschlossen blieb sie stehen und betrachtete beide, dann platzte sie heraus: „Sie sind von der Kriminalpolizei, nicht wahr, Sie sind im ‚Goldenen Hirsch' abgestiegen und haben die Stammtischbrüder verhört. Es geht um den Mord an dem Schorsch. Haben Sie den Mörder schon gefunden?"

Das Rentnerehepaar am Nachbartisch spitzte die Ohren. „Ich bin die Cousine vom Schorsch, mir können Sie das schon verraten."

„Wir dürfen über laufende Ermittlungen keine Auskunft geben", erklärte der Kommissar Manuela Henneberger geduldig, „bitte haben Sie dafür Verständnis."

Manuela Henneberger hatte für alles Verständnis, was der attraktive Kommissar von sich gab.

„Nur eine Frage", er deutete auf das stattliche Anwesen schräg gegenüber, „wissen Sie, ob Frau Gunda Mirsberger zu Hause ist?" „Die Gunda ist daheim, der Arzt hat ihr Ruhe verordnet", erstattete Manuela Henneberger eifrig Bericht, „es geht ihr nach wie vor nicht gut. Schließlich hat sie ihren Gatten auf grausame Art verloren. Er war zwar ein alter Tyrann, ganz im Gegensatz zu meinem Klausi, aber deswegen hätte man ihn ja nicht gleich erschlagen müssen. Er wollte die beiden Alten aus ihrem eigenen Haus vertreiben, wissen Sie das bereits? Überhaupt hat er sich mit jedem angelegt. Das Rentnerdasein ist ihm nicht bekommen, er war auf dem besten

Weg, ein notorischer Querulant zu werden. Anscheinend ist er jemandem derartig auf die Füße getreten, dass er ihm den Schädel eingeschlagen hat, oder es war ein Killer von außerhalb."

Gerd Förster versuchte, den Redefluss zu bremsen, indem er der Konditoreibesitzerin aufmerksam zunickte und dann rasch die Rechnung verlangte. Sie verabschiedeten sich höflich und machten sich zu Fuß auf den Weg zum Hof der Mirsbergers.

Das Rentnerehepaar am Nachbartisch starrte ihnen fasziniert hinterher. Sie hatten vorübergehend ihren leckeren Kuchen komplett vergessen. Jetzt hatten sie daheim etwas zu erzählen.

Dienstag, 7. Juni, mittags

Mandy klingelte und nach einer Weile hörte man Schritte auf der Treppe. Eine vollschlanke, mittelgroße Frau um die sechzig öffnete zögerlich die Tür. Sie trug ein schwarzes Kleid, schwarze Strümpfe und Halbschuhe. Ihre halblangen, dunklen Haare umrahmten ein hübsches Gesicht, das jünger wirkte. Sie trug eine schicke, silberschwarze Brille. Die Frau sah blass und mitgenommen aus. Gerd Förster stellte Mandy und sich vor, bekundete ihr Beileid und fragte höflich: „Entschuldigen Sie bitte die Störung, sind Sie Gunda Mirsberger, wir möchten Ihnen ein paar Fragen stellen, wenn Ihr Zustand es erlaubt?" „Ja, ich bin Gunda Mirsberger, ich habe schon auf Sie gewartet", antwortete die Frau. „Mir geht es nicht besonders gut, ich nehme Beruhigungstabletten, aber ich kann natürlich Ihre Fragen beantworten, kommen Sie doch herein!"

Sie folgten Frau Mirsberger die Treppe hoch in den ersten Stock. Im Gegensatz zum Erdgeschoss war diese Wohnung moderner eingerichtet. Die Witwe führte sie in das helle Wohnzimmer und bat sie, Platz zu nehmen. Auf dem Parkettboden lagen geschmackvolle Teppiche, die Wände waren weiß gestrichen, der großzügige Raum war mit hellen Holzmöbeln eingerichtet. Die Wohnzimmercoach und die Sessel waren aus schwarzem Leder. Auf dem Wohnzimmertisch waren in einer wuchtigen, quadratischen Glasvase weiße Rosen arrangiert.

„Darf ich Ihnen etwas anbieten?“, fragte Gunda Mirsberger die beiden Kommissare höflich. Sie lehnten dankend ab. „Sagen Sie mir bitte“, der Witwe traten Tränen in die Augen, „wann kann ich meinen Schorsch begraben?“ Gerd Förster blickte sie mitfühlend an: „Ihr Mann wird sicher in den nächsten ein, zwei Tagen von der Rechtsmedizin freigegeben, dann können Sie ihn beerdigen, Frau Mirsberger, ich sage Ihnen sofort Bescheid, wenn ich es weiß.“ Mandy räusperte sich: „Frau Mirsberger, wir müssen Ihnen ein paar Fragen stellen. Hatte Ihr Mann Feinde?“

Gunda Mirsberger dachte nach und schüttelte dann den Kopf: „Mein Mann hatte keine Feinde, es gab manchmal Auseinandersetzungen und Streitereien mit seinen Kumpels in der Dorfwirtschaft oder auf dem Sportplatz, aber da geht es manchmal hoch her, das ist nichts Außergewöhnliches. Am nächsten Tag ist dann alles wieder in Vergessenheit geraten.“ „Er hat am Samstagabend bei einer Parteiversammlung im ‚Goldenen Hirsch‘ den Bauern Hans Güthlein und den zugezogenen Neubürger Gregor König massiv beleidigt“, insistierte Mandy.

„Ja“, antwortete Gunda Mirsberger ernsthaft, „das habe ich gehört, mein Mann war gelegentlich etwas unbeherrscht, meistens hat er sich danach entschuldigt und die Angelegenheit war vergessen." „Diesmal vielleicht nicht, Frau Mirsberger", setzte Gerd Förster das Gespräch fort, „angenommen, Ihr verstorbener Gatte ist diesmal zu weit gegangen und jemand hat sich an ihm gerächt, das wäre doch möglich." „Ich kann mir weder den Hans noch Herrn König vorstellen, wie sie nachts in unseren Kuhstall schleichen und zuschlagen, unmöglich", Gunda Mirsberger schüttelte energisch den Kopf, „so kann es nicht gewesen sein, aber ich kann mir auch überhaupt nicht vorstellen, wie es gewesen sein könnte. Ich bitte Sie, klären Sie den gewaltsamen Tod meines Mannes auf, diese Ungewissheit ist unerträglich für mich", wieder kamen ihr die Tränen. „Wir waren fünfunddreißig Jahre verheiratet", fuhr sie um Fassung ringend fort, „wir hatten auch unsere Probleme, wie andere Familien, aber ich habe ihn geliebt." Tränen liefen nun über ihre Wangen.

Gerd Förster fand sie in ihrer Trauer anmutig. Gunda Mirsberger war tatsächlich eine attraktive Frau. „Frau Mirsberger, ich muss Sie fragen, wo Sie sich in der Nacht von Samstag auf Sonntag zwischen zirka ein Uhr und vier Uhr aufgehalten haben?" Die Gattin des Toten fuhr empört hoch: „Glauben Sie etwa, ich hätte meinen eigenen Mann erschlagen, das kann doch nicht Ihr Ernst sein." Mandy wandte sich in beruhigendem Ton an sie: „Das sind reine Routinefragen, Frau Mirsberger, bitte haben Sie Verständnis, wir haben ein Verbrechen aufzuklären." „Ist schon gut", murmelte Gunda Mirsberger und schnäuzte sich die Nase mit einem blütenweißen Stofftaschentuch.

„Ich war in meinem Bett. Ich habe am Samstag mit meinen Schwiegereltern zu Abend gegessen, danach haben wir zusammen Fernsehen geschaut, so einen albernen Heimatliederabend, aber Elise und Heinrich mögen solche volkstümlichen Musiksendungen gern. Ich habe eine gute Flasche Frankenwein spendiert, die wir gemeinsam tranken. Mein Mann hat sich seinen Eltern gegenüber unmöglich benommen und es lag mir am Herzen, dass wir drei einen gemütlichen, friedlichen Abend verbringen."

„Inwiefern hat sich Herr Mirsberger unmöglich benommen?", hakte Mandy sofort nach. Gunda Mirsberger seufzte und fuhr sich mit der Hand durchs Haar: „Georg hatte am Freitagabend eine Familienkonferenz einberufen, ich wusste nicht, worum es geht. Familienkonferenzen haben bei uns Tradition, immer wenn wir in unserer Familie etwas zu besprechen hatten, setzten wir uns mit den Schwiegereltern und unseren beiden Kindern zusammen. Schon als diese noch klein waren. Das war so eine Art demokratisches Forum, in dem fair diskutiert wurde. Aber diesmal war es anders, Georg hat uns alle vor den Kopf gestoßen und uns mit seinen zukünftigen Plänen und Erwartungen konfrontiert. Ich habe meinen Mann an diesem Abend nicht mehr wieder erkannt."

„Welche Pläne und Erwartungen äußerte Ihr Mann?", bohrte Mandy weiter. Gunda Mirsberger berichtete nun, bei der Erinnerung an diesen Abend schien sie immer noch zu schaudern: „Er hat verlangt, dass seine Eltern ihren geliebten Hof verlassen und in ein Seniorenheim ziehen, um ihre Wohnung als Feriendomizil vermieten zu können. Unseren beiden Kindern gegenüber hat er verkündet, dass sie in Zukunft für ihren Lebensunterhalt selbst aufkommen müssen, da er nicht mehr bereit sei, zwei Lebenskünstler zu finanzieren, die sich beide für Studiengänge entschieden hätten, die völlig überflüssig und nutzlos wären, und die es im Leben sowieso zu nichts bringen würden. Er plante, seine finanzielle Unterstützung für Clara und Constantin ab September einzustellen. Als ich mich einmischte, um meine Kinder in Schutz zu nehmen, fuhr er mich an, dass ich seit Jahrzehnten ein gemächliches, sorgenfreies Leben auf seine Kosten führen würde, und schlug mir vor, mir einen Job zu suchen, dann könnte ich ja meine unfähige Brut weiter unterhalten."

Gunda Mirsberger hatte während ihrer Schilderung zornesrote Wangen bekommen.

„Welche Studienfächer haben Ihre Kinder denn belegt?", wollte Mandy wissen.

„Constantin studiert in Bamberg Sozialpädagogik. Clara hat ihr Kunststudium in München abgebrochen und sich in Nürnberg als freischaffende Malerin und Bildhauerin selbstständig gemacht, leider bisher relativ erfolglos. Beide leben in WGs und Constantin ist noch dazu mit einem Psychologiestudenten liiert."

„Sind Ihre Kinder über Nacht geblieben?", erkundigte sich der Kommissar. „Sie hatten es ursprünglich vor", antwortete Gunda Mirsberger, „sie verbringen beide gerne ab und zu ein Wochenende auf dem Land. Aber nach dem heftigen Streit wollten sie nicht bleiben. Sie sind nach Hause gefahren. Nicht, dass sie in der Landwirtschaft mithelfen würden. Meine Tochter wandert durch die Gegend und fertigt Malstudien an. Mein Sohn verschläft den halben Tag, die andere Hälfte reitet er am liebsten aus. Er ist ein sehr guter Reiter. Wir haben schon lange keine Pferde mehr, aber ein Kumpel von ihm aus dem Nachbardorf ist im Besitz eines kleinen Gestüts. Abends sitzt er sehr gerne in der Dorfwirtschaft und diskutiert über Politik. Er ist ein leidenschaftlicher Anhänger der ‚Grünen', das führt immer zu heftigen Debatten."

„Haben Sie eine Vorstellung, Frau Mirsberger, warum Ihr Gatte so außer sich war?" „Seit Freitagabend zerbreche ich mir den Kopf, welche Gründe er gehabt haben könnte, seine Familie so respektlos zu behandeln, doch dann geschah dieses schreckliche Verbrechen und wir hatten keine Gelegenheit mehr, uns wieder zu versöhnen", Gunda Mirsberger weinte nun heftig.

„Frau Mirsberger, nur noch zwei Fragen, dann lassen wir Sie in Ruhe. Haben Sie denn nicht bemerkt, dass Ihr Mann nicht nach Hause gekommen ist?"

Gunda Mirsberger blickte den Kommissar verzweifelt mit tränennassen Augen an: „Mein Mann ist vor einiger Zeit in unser Gästezimmer gezogen, mein Schnarchen würde ihm den Schlaf rauben, hat er behauptet. Deshalb ist es mir nicht aufgefallen, dass er in jener Nacht nicht nach Hause kam."

„Ist Ihnen sonst irgendetwas aufgefallen in jener Nacht, vielleicht ein ungewöhnliches Geräusch?" „Gar nichts, ich habe fest geschlafen."

„Gut, Frau Mirsberger, das wäre erst einmal alles von unserer Seite, wenn Ihnen noch etwas einfallen sollte, Sie können mich jederzeit anrufen", Gerd Förster reichte ihr seine Visitenkarte. „Eine Bitte habe ich noch", fuhr der Kommissar fort. „Ich möchte, dass Sie und Ihre Schwiegereltern morgen nach Bamberg auf das Polizeipräsidium zur erkennungsdienstlichen Behandlung kommen, das ist reine Routine, Frau Mirsberger. Ihre Tochter und Ihren Sohn werden wir in den nächsten Tagen nach Bamberg zur Befragung einladen. Wir danken Ihnen für das Gespräch."

Die beiden Kommissare verließen das Haus und blinzelten in die Mittagssonne.

Gunda Mirsberger drehte unbewusst den goldenen Ehering an ihrem Finger und starrte gedankenverloren aus dem Fenster. Sie hatte den zwei Kommissaren aus Bamberg nicht die ganze Wahrheit erzählt. Aber das war in Ordnung so. Sie würden es sowieso nicht herausfinden.

„Machen wir Mittagspause", schlug Mandy vor, „ich muss die vielen Eindrücke und Informationen verarbeiten, außerdem habe ich Hunger wie eine Wölfin, die Landluft macht Appetit."

„Die Gastwirtschaft, die ich dir zeigen will, verfügt über einen schattigen Biergarten und eine gute, bodenständige, fränkische Küche. Dort können wir in Ruhe unsere Gedanken ordnen."

Den Nachbarn, mit dem Georg Mirsberger Streit hatte, konnten sie später noch befragen.

Sie gingen die paar Schritte zu ihrem Dienstwagen, es war sehr heiß an diesem Tag. Als sie in das Auto stiegen, winkte ihnen Manuela Henneberger von ihrer Caféterrasse aus strahlend zu. Neben ihr saß Luise Walz und trank Kaffee. Das unternehmungslustige Rentnerehepaar aus Fürth war verschwunden, es befand sich vermutlich soeben auf einem sanft ansteigenden Wanderpfad in Richtung Ehrenbürg.

Dienstag, 7. Juni, später mittags

Gerd Förster saß am Steuer und lenkte den Dienstwagen einige Kilometer über gewundene, schmale Straßen durch die sanfte fränkische Hügellandschaft. Sie fuhren in Richtung Gräfenberg. Äcker, von Schwarzdornhecken begrenzt, saftige, hellgrüne Wiesen, manche mit gesunden, grasenden Kühen, und dunkle, kühle Fichtenwälder säumten die Landstraße. „Wirklich schön hier", bemerkte Mandy beeindruckt. „Ich werde mir für eines der nächsten Wochenenden eine Wandertour durch die Fränkische Schweiz vornehmen, vielleicht kommt Carlo mit", grinste sie. Gerd Förster schmunzelte: „Karl-Heinz geht nicht einfach so wandern, zuerst braucht er eine komfortable, funktionstüchtige Wanderausrüstung und zweitens einen Gourmet-Führer, dann könnte es klappen."

„Kein Problem", lachte Mandy.

Hinter Gräfenberg bog der Kommissar in eine schmale, unbefestigte Straße ein, der er noch etwa zwei Kilometer folgte. Sie gelangten in ein Dorf mit gepflegten Fachwerkhäusern, großen Bauernhöfen und einer stattlichen Kirche. Unter alten, Schatten spendenden Linden entdeckte Mandy einen einladenden Biergarten, die Gastwirtschaft dahinter war sehr schön renoviert und liebevoll herausgeputzt. An allen Fenstern befanden sich Blumenkästen, in denen Sommerblumen in allen erdenklichen Farben wuchsen. An der hölzernen Einzäunung des Biergartens waren ausladende Töpfe mit dunkelroten und weißen Oleanderstöcken verteilt. Der Boden war mit Schottersteinen aufgefüllt und zum Sitzen luden Biertischgarnituren und einfache grüne Tische und Stühle ein.

Die Kommissare ließen sich an so einem Tisch im Schatten nieder. Es war nicht viel los unter der Woche. Nur noch zwei weitere Tische waren mit Mittagsgästen besetzt.

Am Stammtisch links neben der alten, mit Schnitzereien verzierten Holztüre saßen drei Männer in Arbeitskleidung vor ihren Biergläsern und unterhielten sich angeregt.

Mandy streckte die Beine aus und seufzte wohlig: „Was für eine herrliche Ruhe und was für ein schöner

Ort für unsere Mittagspause, du hast mir nicht zu viel versprochen, Gerd. Wenn jetzt noch das Essen schmeckt." „Es schmeckt", versicherte Gerd Förster. „Wollen wir erst bestellen?"

Die Bedienung näherte sich bereits mit der Speisekarte. „Einverstanden", erwiderte Mandy. Mandy bestellte eine Diätcola und Gerd Förster ein alkoholfreies Bier, anschließend studierten sie die Speisekarte. Die resolute, dralle Bedienung hatte sie eifrig informiert, dass die Kalbshaxe, die auf der Karte aufgeführt war, aus sei, dafür gäbe es aber saure Lunge, die nicht auf der Karte stand. Spargelsalat hätten sie auch noch.

Gerd Förster strahlte: „Saure Lunge, großartig, die habe ich schon ewig nicht mehr gegessen, die nehme ich, hoffentlich mit Kartoffelbrei." Mandy sah ihn entsetzt an: „Du willst Innereien essen?" „Und ob", bestätigte Gerd Förster, „das ist eine fränkische Spezialität." Mandy entschied sich für den Kalbsnierenbraten mit Klößen und Blaukraut. Sie gaben ihre Bestellung auf und genossen die beschauliche Atmosphäre dieses Biergartens, die Lindenblätter raschelten leise im Wind.

Inzwischen brachte die Bedienung die gewünschten Getränke. Die Gläser waren von der Kälte des Inhaltes angelaufen. Sie stießen an und nahmen einen erfrischenden, großen Schluck.

Mandy sah sich ein wenig um. Ihr wacher Blick blieb an einem der besetzten Tische hängen. Sie runzelte die Stirn. „Siehst du die Frauen am Tisch links von uns? Sie sehen irgendwie aus, als würden sie einer Sekte angehören." Gerd Förster grinste und trank von seinem Bier.

Die beiden jungen Frauen am Nachbartisch trugen gehäkelte, lange Röcke und farblich dazu passende Batikhemdchen mit Spaghetti-Trägern. Das eine war orangerot, das andere schilfgrün. Ihre Füße kleideten schlichte, flache Ledersandalen. Die Lederriemchen waren mit bunten Glasperlen verziert. Sie trugen beide ihr hennagefärbtes Haar bis über die Schultern. Eine der beiden hatte sich eine gelbe Margerite aus Plastik ins Haar geklemmt. Die beiden Männer, die sie im Schlepptau hatten, trugen verwaschene Jeans und schwarze schlabberige T-Shirts. Sie machten einen verschlafenen Eindruck.

Die Frauen gaben sich umso lebhafter. „Du, Alma", rief die mit der Plastik-Margerite nach der Bedienung, „bringst du mir bitte noch ein Glas von diesem köstlichen, trüben Apfelsaft, du, den hat doch gewiss der Gerch selbst hergestellt. Wo steckt denn der Gerch heute überhaupt, ich wollte doch für Sonntag die Ente bestellen?" Alma servierte den Apfelsaft. „Wie geht es deinen Kindern, Alma, ist die Große wieder genesen? Ach und dann brauche ich noch Alufolie. Den restlichen Braten nehme ich mit nach Hause."

Ohne auf eine Antwort zu warten, wandte sich die junge Frau an ihre Tischnachbarin: „Du, wir sollten noch einmal mit Oliver reden, den Konflikt kann man so nicht stehen lassen, das muss jetzt ausdiskutiert werden." Sie fuchtelte energisch mit ihrer Gabel. Die andere junge Frau nickte zustimmend und widmete sich wieder ihrer Mahlzeit. Ihre männlichen Begleiter wurden in das Gespräch überhaupt nicht mit einbezogen.

„Das sind keine Sektenmitglieder", amüsierte sich Gerd Förster, „das sind Sozialpädagogen aus Nürnberg, die mögen es, aufs Land zu fahren und den Kontakt zu der heimischen Bevölkerung zu suchen. Außerdem finden sie Gefallen an der fränkischen Hausmannskost."

Mandy schüttelte den Kopf: „Da wäre ich nie drauf gekommen. So eine schöne Blume im Haar würde mir bestimmt auch einen besonderen Touch verleihen, vielleicht in Violett?" Gerd Förster rollte mit den Augen: „Du, das muss nicht sein, du."

Die Bedienung kam mit einem großen Tablett und stellte die gewünschten Speisen auf den Tisch. „Lasst es euch schmecken", meinte sie wohlwollend. Beide Kommissare machten sich mit gutem Appetit über das Essen her.

„Ich frage mich schon die ganze Zeit", begann Mandy, während sie ihren dicken Kloß zerteilte, „was plötzlich in Georg Mirsberger gefahren ist." „Vielleicht hatte er einfach genug davon, seine Kinder zu unterstützen", überlegte Gerd Förster, „sie sind schließlich schon seit einigen Jahren volljährig und er ist jetzt zu dem Schluss gekommen, dass sie selbst für ihren Lebensunterhalt sorgen müssen. Das ist schon nachvollziehbar."

Mandy nickte: „Aber die Geschichte mit dem Seniorenheim, das ist wirklich grausam, er hat die beiden Alten damit völlig verschreckt."

„Das ist richtig", fuhr Gerd Förster fort, „aber ich glaube nicht, dass er sich mit diesem Entschluss hätte durchsetzen können. Womöglich war er in der letzten Zeit in keiner guten Verfassung, eine Art verspätete Midlife-Krise, während der er sein bisheriges Leben überdachte. Vielleicht hatte er etwas vor mit dem zusätzlichen Geld, die Erfüllung eines Traumes, zum Beispiel eine Jacht am Gardasee, wer weiß?"

„Meinst du, seine Frau oder seine Kinder hätten ihm das antun können?", fragte Mandy zweifelnd.

„Seine Witwe macht auf mich einen besonnenen, kultivierten Eindruck", führte Gerd Förster aus, „ich nehme an, sie hätte gewartet, bis sich ihr Ehemann beruhigt hat, und dann versucht, vernünftig mit ihm zu sprechen. Sie sind schließlich seit fünfunddreißig Jahren verheiratet, da kennt man doch seinen Partner."

„Sollte man meinen“, erwiderte Mandy, „auch in Bezug auf ihre Kinder hätte sie ihn sicher noch einmal zur Rede gestellt, außerdem ist die Aufforderung, auf eigenen Beinen zu stehen, normalerweise kein Todesurteil. Ich denke, gegen einen kleinen Schubs ihrer Kinder in die Selbstständigkeit hätte auch Gunda Mirsberger nichts einzuwenden gehabt, und sie und die Großeltern hätten die beiden sowieso weiter unterstützt, wenn nötig heimlich.“

„Trotzdem, wer weiß“, sinnierte der Kommissar, „das hört sich alles recht vernünftig an, die Menschen handeln aber nicht immer vernünftig. Bei irgendjemandem hat Georg Mirsbergers Verhalten unbändigen Zorn ausgelöst, und denjenigen heißt es zu finden.“

„Wir sollten mit den Kindern der Mirsbergers einen Termin vereinbaren, um einen persönlichen Eindruck von den beiden zu gewinnen. Weiterhin möchte ich bald mit dem Nachbarn sprechen, mit dem Georg Mirsberger Streit hatte. Vielleicht ergibt sich daraus ein Motiv“, überlegte Mandy.

Gerd Förster stimmte zu und fragte seine Kollegin aufmerksam: „Wie schmeckt dir dein Mittagessen, Mandy?“ „Hervorragend“, Mandy kaute zufrieden, „hier kann man es sich gut gehen lassen.“

Dann schlug der Kommissar vor, nach einem Cappuccino und einem kleinen Verdauungsspaziergang das Gepäck aus dem „Goldenen Hirsch“ zu holen und danach Gregor König einen Besuch abzustatten. Gemäß der Auskunft von Anneliese Schüpferling müsste dieser dann zu Hause sein. Und Anneliese Schüpferling machte definitiv den Eindruck, dass sie den Tagesablauf ihrer Nachbarn besser kannte als diese selbst.

Direkt neben dem Stammtisch ließen sich ein Mann mittleren Alters, eine etwa gleichaltrige Frau und ein kleiner Junge in Freizeitkleidung nieder. Offensichtlich Touristen, die in der Fränkischen Schweiz ihren Urlaub verbrachten.

Nachdem die Frau in bestimmtem Ton bei der Bedienung bestellt hatte: „Zwei saure Sprudel und ein kleines Bier für meinen Mann“, wandte sie sich energisch an einen der Bauern, die noch immer am Stammtisch verweilten und mittlerweile Karten spielten.

„Eine Frage, guter Mann, Sie sind doch sicher Einheimischer, können Sie mir Auskunft geben, wie der Name dieses Berges lautet?“, sie zeigte auf die stattliche Erhebung, die sich vor ihnen mit einem langgezogenen, bewaldeten Sattel erstreckte und in weite bunte Wiesen auslief. „Das soll unser heutiges Wanderziel sein.“

Irritiert blickte der angesprochene Bauer von seinen Karten hoch und visierte die Dame aus der Großstadt an. Dann antwortete er langsam und bedächtig: „Waas i net“, und widmete sich wieder seinem Spiel.

Dienstag, 7. Juni nachmittags

Klarissa hielt sich noch in ihrem Büro in der sozialen Beratungsstelle auf. Sie hatte vor, ihren Arbeitsplatz heute etwas früher zu verlassen und sich mit ihrem Mann Gregor im Supermarkt zum Einkaufen zu treffen. Sie hatten ja für heute Abend die Nachbarn, Anneliese und Konrad Schüpferling, zu einem kleinen Grillfest in ihren Garten eingeladen. Die beiden waren ganz liebe, hilfsbereite Menschen, die sich gerne um die Versorgung der Tiere und das Gießen der Pflanzen, ebenso um die Post, kümmerten, wenn Klarissa und Gregor verreist waren. Gregor hatte den Fisch bereits vorbestellt.

Klarissa sortierte einige Papiere und heftete sie in verschiedenen Ordnern ab. Der Schreibtisch war schon so gut wie aufgeräumt. Danach warf sie einen Blick auf ihre Armbanduhr. Bevor sie die Beratungsstelle verlassen konnte, musste sie noch einen Beratungstermin wahrnehmen. Allerdings war Frau Obermaier, mit der sie verabredet war, um über ihr Schuldenproblem zu sprechen, schon seit fünf Minuten überfällig. Das war ungewöhnlich. Frau Obermaier war sehr zuverlässig und kam zu den vereinbarten Terminen stets überpünktlich. Sie hatten verabredet, dass die Kundin ihre beiden Kleinkinder, Chantal-Angelique und Joel-Tiger, mit in die Beratungsstelle brachte. Im Sekretariat existierte eine liebevoll, selbstverständlich nach neuesten pädagogischen Gesichtspunkten eingerichtete Spielecke für Kinder, die von der Verwaltungsangestellten Verena, einem mütterlichen Typ, herzlich und nicht so pädagogisch im Auge behalten wurden. Sie hatte in ihrer Schreibtischschublade immer mehrere Tüten Gummibärchen, Lollies und Schokoladenplätzchen gebunkert. Wenn ein Kind durstig war, holte sie aus der Teeküche cremigen Kakao oder Zitronenlimonade. Von der süßen Limonade wusste Klarissa nichts.

Plötzlich klingelte das Telefon, eine Handynummer war auf dem Display zu sehen. Klarissa meldete sich. „Hier spricht der Lebensgefährte von Frau Obermaier. Sind Sie das, Frau König?“

„Ja“, bestätigte Klarissa, „ich bin am Apparat.“ Der Lebensgefährte fuhr aufgeregt fort: „Susi, ich meine Frau Obermaier, ist Schlafwandlerin, und heute Nacht ist es passiert, sie ist beim Schlafwandeln vom Balkon gestürzt.“ Klarissa erschrak. Frau Obermaier bewohnte eine Dreizimmerwohnung im ersten Stock. „Aus dem ersten Stock“, berichtete ihr Lebensgefährte weiter. „Sie hat unheimlich viel Glück gehabt. Sie ist in einen Busch gefallen, der den Aufprall erheblich abfing. Sie hat Abschürfungen und Prellungen davongetragen, es ist aber nichts gebrochen. Nun muss sie jedoch ein, zwei Tage im Krankenhaus zur Beobachtung bleiben. Ich werde sie heute Abend besuchen." „Richten Sie ihr bitte von mir viele Grüße und gute Besserung aus", trug Klarissa dem Mann auf. „Ich bin sehr erleichtert, dass ihr nicht mehr zugestoßen ist. Wer kümmert sich um die beiden Kleinen?", wollte Klarissa noch wissen. „Susis Mutter und ich", antwortete er. Mit dieser Auskunft war Klarissa zufrieden. Sie verabschiedeten sich und Klarissa schüttelte den Kopf. Was war das wieder für eine Geschichte!

Klarissa schlüpfte in ihren karamellfarbenen Blazer, dann machte sie sich auf den Weg zum Supermarkt. Sie hatte auf Grund des ausgefallenen Gesprächstermins reichlich Zeit und überlegte, ob sie unterwegs noch einen Kaffee trinken gehen sollte.

Dann stieg sie in ihren alten Geländewagen und verließ Bamberg in südlicher Richtung. Schließlich fädelte sie sich auf den Frankenschnellweg ein. Von Bamberg nach Forchheim war es nur ein Katzensprung. Sie könnte eines der hübschen, kleinen Cafés am Forchheimer Marktplatz besuchen und in aller Ruhe bei einem Milchkaffee die Tageszeitung studieren. Danach würde sie ihren Mann treffen.

Klarissa fand einen Parkplatz gleich in der Nähe des Marktplatzes. Sie schlenderte an einer kleinen, individuellen Buchhandlung vorbei und konnte nicht widerstehen. Erwartungsvoll betrat sie den Laden und stöberte ein bisschen. Sie liebäugelte schon länger mit einem Psychothriller aus Schweden, der inzwischen Platz drei der Bestsellerliste erklommen hatte. Dann bestellte sie bei der sachkundigen und aufmerksamen Besitzerin der

Buchhandlung noch einen Reiseführer über die Vendée. Klarissa war Frankreichfan und plante, ihren Mann Gregor zu einer Frankreichreise im September zu überreden. Verlockende Bilder dieses traumhaft schönen Küstenstreifens wären sicherlich ein guter Einstieg.

Zufrieden ging sie weiter und entdeckte im Schaufenster einer kleinen Boutique ein Kleid, in das sie sich sofort verliebte. Für Gregors Geburtstagsparty, die nächsten Monat stattfinden sollte, genau das Richtige. Das ärmellose, etwa knielange Kleid war aus weichem, altrosafarbenem Stoff geschneidert, der leicht silbrig glänzte, und weit und gerade geschnitten. Dazu trug man ein farblich passendes Jäckchen mit dreiviertellangen Ärmeln. Ganz süß und die Farbe passte perfekt zu ihrem Haar und der leicht gebräunten Haut. Kurz entschlossen betrat sie die Boutique und probierte das Kleid an. Es passte ihr hervorragend und reichte ihr bis knapp über die Knie. Klarissa bezahlte mit ihrer Scheckkarte.

Glücklich mit ihrer neuen Errungenschaft lief sie die paar Schritte zum Café und blickte sich nach einem freien Platz im Schatten um. Eine junge Frau mit einem halblangen Bob, der perfekt geschnitten war und wie Ebenholz in der Sonne glänzte, saß alleine an einem Tischchen und hielt das aparte Gesicht mit geschlossenen Augen in die Sonne. Klarissa erkannte sie sofort. Dort saß Clara Mirsberger. Klarissa überlegte. Sie wollte Clara gerne ihr Beileid aussprechen und ein wenig mit ihr reden. Vielleicht konnte sie Neuigkeiten in Erfahrung bringen. Klarissa hielt sich nicht für neugierig. Als Bewohnerin der Ortschaft, in der dieses Verbrechen stattgefunden hatte, war ihr Interesse an diesem Fall durchaus berechtigt.

„Hallo Clara", grüßte Klarissa herzlich, „darf ich mich auf einen Kaffee zu dir setzen?" Clara öffnete die

Augen und blickte Klarissa irritiert an. Sie war wohl tief in Gedanken versunken gewesen. Dann erkannte sie Klarissa. Sie lächelte einladend: „Natürlich Klarissa, setz dich doch!“ Klarissa sprach ihr Beileid aus und Clara traten Tränen in die Augen. Sie sah ihrer Mutter ziemlich ähnlich, war jedoch größer als diese und sehr schlank. Sie trug schwarze Edel-Jeans und ein weites, schwarzes Männerhemd. Ihr Mund war kirschrot geschminkt, was die Blässe ihrer Haut noch betonte.

„So sehr er auch an meinem Lebensstil herumkritisierte“, sagte sie mit leiser Stimme, „ich habe meinen Vater sehr geliebt. Meist war es nur oberflächliches Gebrummel, letztendlich hatte er zumindest akzeptiert, dass er mir nicht vorschreiben konnte, wie ich mein Leben zu führen habe. Die regelmäßigen Schecks habe ich trotzdem gerne genommen. Es ist verdammt schwer, als freischaffende Künstlerin erfolgreich zu sein, vor allem, wenn man nicht die nötigen Beziehungen hat. Aber ich arbeite hart daran. Einige Bilder habe ich schon verkauft.“

Klarissa nickte verständnisvoll. Clara fuhr fort: „Nur in letzter Zeit schien er tatsächlich entschlossen, Constantin und mir den Geldhahn zuzudrehen, dabei hatte er doch genug. Allein die Schnapsbrennerei ist ein einträgliches Geschäft.“ Sie nippte an ihrem Espresso. „Hast du eine Erklärung, welche Gründe er für sein Verhalten hatte?“, wollte Klarissa wissen. Clara schüttelte den Kopf. „Constantin und ich konnten sich keinen Reim darauf machen. Aber er schien es wirklich ernst zu meinen. Und nun ist er tot, erschlagen. Die Kriminalpolizei hat Constantin und mich nach Bamberg zur Befragung bestellt, wir gehören wohl zum Kreis der Verdächtigen.“

Sie schwiegen. Klarissas Milchkaffee kam und sie trank einen Schluck. „Wann findet die Beerdigung statt?", fragte Klarissa. „Das wissen wir noch nicht", berichtete Clara, „wahrscheinlich Ende der Woche." Klarissa drückte Claras Hand. „Es tut mir so leid", flüsterte sie. „Und ich bin mir sicher, dass die Polizeibefragung reine Routine ist." Clara schnäuzte sich. „Es geht schon wieder, danke Klarissa", murmelte sie.

Klarissa leerte ihre Kaffeetasse: „Ich muss dann los, Clara, ich bin mit Gregor verabredet, wir sehen uns spätestens bei der Beerdigung." „Ich mache mich auch auf den Weg", Clara lächelte tapfer, „ich will Mama besuchen und versuchen, sie etwa zu trösten, sie hing an ihrem Schorsch, auch wenn er manchmal unausstehlich war. Sie fühlt sich sehr alleine und verwirrt."

Klarissa war nun doch spät dran. Als sie das Einkaufszentrum erreichte, wartete Gregor bereits vor der Eingangstür.

„Entschuldige Schatz", rief sie und gab ihm einen Kuss, „ich habe Clara getroffen, wir haben einen Kaffee zusammen getrunken." „Wie geht es ihr?", fragte Gregor mitfühlend. „Sie ist sehr traurig und durcheinander, dass sie ihren Vater verloren hat, noch dazu auf diese Weise. Ich kann mir nicht vorstellen, dass die Familie etwas mit diesem fürchterlichen Verbrechen zu tun hat", berichtete Klarissa. „Ich zerbreche mir die ganze Zeit den Kopf, wer es gewesen sein könnte."

„Du wirst es schon noch herausfinden, meine kleine Hobbydetektivin", lächelte Gregor und blickte seine Frau liebevoll an. „Du musst der Polizei aber von dem Stück Stoff berichten, das du in der Nähe des Tatortes gefunden hast." „Natürlich mache ich das", versicherte Klarissa sofort. „Das Zurückhalten von Beweismitteln ist strafbar."

Das Ehepaar kaufte die vorbestellten Doraden, die wirklich prächtig aussahen, und zwei knusprige Baguettes. Gregor packte noch kleine bunte Lampions und Duftkerzen in den Einkaufswagen, mit denen er den Garten und den Tisch schmücken wollte. Dann machten sie sich auf den Weg nach Hause, um die Grillparty vorzubereiten.

Dienstag, 7. Juni, später Nachmittag

Paulina Regenfuss hatte heute Dienst und betrat die Terrasse des „Goldenen Hirsch", um die ersten Gäste nach ihren Wünschen zu fragen. So ab halb fünf trafen nach und nach die Stammgäste ein, die nach der Arbeit ihr wohlverdientes Feierabendbier trinken wollten. Paulina trug enge, blaue Jeans und ein ebenso eng geschnittenes gelbes T-Shirt mit tiefem, rundem Ausschnitt. Den männlichen Gästen gefiel das sehr. Unauffällige, anerkennende Blicke ruhten auf Paulina. Keiner traute sich jedoch, anzügliche Bemerkungen zu machen. Sie waren gut erzogen. Paulinas Freund, der sicher noch eintreffen würde, wie immer wenn Paulina Dienst hatte, würde sehr verärgert über das großzügige Dekolleté reagieren, das war Paulina klar.

Aber Regina Engeltal hatte ihr gestern erst, als Paulina ihr einen kurzen Besuch abstattete, erklärt, dass sie ein Recht auf freie Selbstverwaltung hätte, oder so ähnlich, und Regina musste es ja wissen. Paulina hatte kurz auf einen Kaffee im Pfarrhaus vorbeigeschaut. Das alte Pfarrhaus lag ein Stück unterhalb der Kirche. Es war ein stattlicher Bau aus wuchtigen grauen und anthrazitfarbenen Sandsteinen, der der wachsenden Familie genug Platz bot. Mit den beiden verspielten Erkern im ersten Stock, dem Weinlaub, das sich über die Mauern schlängelte, und den lavendelfarben gestrichenen Holzfensterläden vermittelte es einen heimeligen Eindruck. Regina befand sich in ihrem Arbeitszimmer, das sich an den Süderker anschloss und mit erlesenen, antiken Möbeln ausgestattet war, und schrieb an der Sonntagspredigt. Ihr Ehemann Theo hantierte in der Küche. Er versuchte, seine drei lebhaften Kinder zu hüten und gleichzeitig Schinkennudeln zuzubereiten. Als Paulina die Küche passierte, schüttete sich die zweijährige, pausbäckige, hinreißende Lea-Sophie gerade Ketchup aus der Flasche über das goldblonde Lockengewirr und quietschte dabei vor Vergnügen, ehe ihr Vater einschreiten konnte.

Paulina nahm munter die Bestellung der abgearbeiteten, durstigen Männer auf, dann wandte sie sich an den großen runden Tisch unter dem mächtigen Kastanienbaum, an dem sich fünf verschwitzte Mountainbikefahrer niedergelassen hatten. Die waren hungrig und wollten eine Kleinigkeit zu sich nehmen, bevor sie sich auf den restlichen Weg nach Erlangen machten. Wahrscheinlich Studenten. Es handelte sich um eine lustige Truppe, die nach der Speisekarte fragte und große Gläser Mineralwasser mit Zitrone bestellte.

Gerade als Paulina den Männern ihr Bier servierte, fuhr der Wagen der beiden Kriminalbeamten auf einen der Parkplätze vor der Gastwirtschaft. Die Kommissare stiegen aus und gingen zielstrebig auf die Eingangstür zu, um ihr Gepäck zu holen, als der Bauer Erich, der bei den anderen Männern saß, ihnen etwas zurief.

Sie drehten sich um. „Guten Tag, die Herren“, grüßte Gerd Förster und lächelte freundlich, „was kann ich für Sie tun?“

Der Bauer Erich lief vor Verlegenheit rot an. Konversation war nicht seine Stärke. „Könnte ich Sie bitte kurz sprechen, Herr Kommissar?“, fragte er unsicher, „es geht um das Verbrechen an dem Schorsch.“ „Der Wirt hat sicherlich ein freies Zimmer, in dem wir ungestört reden können“, erwiderte der Kommissar. Mandy war interessiert neben ihn getreten. Gab es endlich Informationen, die ihnen bei ihren Ermittlungen weiterhelfen würden?

„Nicht nötig, Herr Kommissar“, Erich musste es einfach loswerden, „ich habe nichts zu verbergen, meine Kumpels wissen sowieso Bescheid.“ „Also gut“, antwortete Gerd Förster bereitwillig und ließ sich auf einem freien Stuhl nieder. Er bedeutete Mandy, sich neben ihn zu setzen.

„Schießen Sie los, wenn Sie mir nur bitte Ihren Namen nennen würden.“ „Ach ja“, Bauer Erich wurde noch verlegener, er hatte in der Aufregung vergessen, sich vorzustellen. „Ich heiße Erich Heinlein und besitze einen Bauernhof hier im Ort“, begann er und nahm einen kräftigen Schluck Bier aus seinem Krug. Seine Kumpel nickten ihm aufmunternd zu.

„Vor einem Jahr konnte ich die Raten für meinen neuen Mähdrescher nicht mehr bezahlen. Die Ertragslage hatte sich verschlechtert. Die Kirschen in meiner Obstplantage waren von einer Krankheit befallen und ich hatte eine Missernte, außerdem verfällt der Milchpreis.“

Die anderen nickten zustimmend. „Also bat ich meinen Nachbarn und langjährigen Kumpel Schorsch, mir in meiner Not zu helfen und finanziell etwas unter die Arme zu greifen. Er betreibt, nein betrieb“, verbesserte er sich, „nebenbei eine Schnapsbrennerei. Er hat viel schwarz an Touristen verkauft und gut verdient. Es sollte nur ein kurzfristiger Kredit sein. Zurückzuzahlen mit Zins und Zinseszins selbstverständlich. Alles sollte seine Ordnung haben. Meine Frau Gerda erwartete ein kleines Erbe, das aber noch eine Weile zur Auszahlung ausstand. Damit wollte ich die Schulden beim Schorsch zurückbezahlen. Aber er hat sich nicht darauf eingelassen, der Deckskerl. Er wollte mir das Geld geben unter der Bedingung, dass ich ihm meine Obstplantage überschreibe. Als die Bank sich weigerte, die Darlehenszahlungen für meinen Mähdrescher auszusetzen, habe ich mich in meiner Verzweiflung auf das Geschäft eingelassen." Er machte eine Pause, um erneut aus seinem Krug zu trinken. Erich Heinlein war es nicht gewöhnt, so viel zu reden.

Die Erinnerung an diese Erpressung, wie er es nannte, trieb ihm die Zornesröte und Schweißperlen ins Gesicht. „Auf den Mähdrescher konnte ich nicht verzichten. Den brauchte ich, um meinen Bauernhof effektiver zu bewirtschaften. Seit ich die Obstplantage verloren habe, kommen ich und meine Familie noch schwerer über die Runden. Für Schorsch wäre es eine Kleinigkeit gewesen, mir zu helfen, er hat es aber nicht getan." Gerd Förster signalisierte ihm, dass er fortfahren sollte. Da gab es also noch eine Person, die allen Grund hatte, wütend auf Georg Mirsberger zu sein. Der Tote wurde ihm immer unsympathischer.

Erich Heinlein nahm den Faden wieder auf: „Um dem Ganzen die Krone aufzusetzen, hat er mich am Samstag auf der Parteiversammlung auch noch als total geschäftsunfähigen, verblödeten, kleinen Bauern bezeichnet. Alle am Tisch konnten es hören."

Die anderen Anwesenden nickten erneut. „Am liebsten hätte ich ihm eine in seine hämische Fresse gehauen. Das habe ich aber nicht gemacht. Ich habe mich unter Kontrolle. Das wollte ich Ihnen erzählen, Herr Kommissar, bevor Sie es von anderer Seite erfahren. Ich habe die Parteiversammlung vor dem Schorsch verlassen und bin nach Hause gegangen. Meine Frau Gerda kann das bezeugen. Wir haben noch einen Obstler zusammen getrunken, weil ich mich so aufgeregt hatte, danach sind wir gemeinsam zu Bett gegangen. Ich bin kein Mörder." Feierlich beendete Erich Heinlein seine Rede.

Gerd Förster bedankte sich bei ihm für seine Offenheit und machte ihn darauf aufmerksam, dass er seine Aussage noch bei der Kripo in Bamberg zu Protokoll geben und unterschreiben musste. Weiter brauchten sie seine Fingerabdrücke. Erich Heinlein war einverstanden und verspürte Erleichterung, dass er die Geschichte losgeworden war. Jetzt konnte er bestimmt wieder besser schlafen.

Dann erhoben sich die beiden Kripobeamten. Sie mussten noch Gregor König einen Besuch abstatten, bevor die Grillparty beginnen würde. Sie holten ihr Gepäck, bezahlten die Rechnung und verabschiedeten sich vom Wirtsehepaar. Die Wirtin lud sie herzlich ein, doch bald wieder im „Goldenen Hirsch" abzusteigen. Gerd Förster bedankte sich charmant bei ihr und sie strahlte ihn an. Ihr Gatte runzelte die Stirn und schaute etwas genervt.

Paulina brachte den Männern, die eifrig Erichs Aussage diskutierten und ihm aufmunternd auf die Schulter klopften, eine neue Runde Bier, während die Kommissare in ihren Wagen stiegen und langsam vom Parkplatz fuhren.

„Und wenn er seinen Hof wieder verließ, nachdem seine Frau Gerda eingeschlafen war, und Georg Mirsberger auflauerte, um ihn zur Rede zu stellen", überlegte Mandy. „Den selben Gedanken hatte ich eben auch", stimmte ihr Gerd Förster zu, „Erich Heinlein muss eine gewaltige Wut auf Georg Mirsberger gehabt haben. Und es war ein cleverer Schachzug, die Geschichte von sich aus zu erzählen, wir hätten sie sowieso herausgefunden."

Wie so oft bei Vernehmungen regten sich bei Kommissar Förster Zweifel, irgendetwas beunruhigte ihn, wenn er auch im Moment noch nicht wusste, was es sein konnte.

Dienstag, 7. Juni, abends

Die Kommissare fuhren in den Hof des Ehepaares König und parkten dort ihren Wagen. Kaum waren sie ausgestiegen, kamen zwei Katzen um die Ecke, die vertrauensselig um ihre Beine strichen. Mandy ging eben in die Hocke, um die beiden Tiere zu kraulen, als ein riesiger, schwarzer Hund kläffend angetrabt kam. Erfreut über den Besuch sprang er Mandy an, die aus dem Gleichgewicht geriet und sich gerade noch abstützen konnte. „Na, du bist ja ein stürmischer Wachhund", schmeichelte sie ihm und kraulte ihn hinter den Ohren. „Wenn jemand hier einbrechen will, leckst du ihn so lange ab, bis er aufgibt, kluge Strategie." Als hätte er sie verstanden, leckte der Hund begeistert ihre Hand und versuchte immer wieder, an Mandy hochzuspringen, während er weiterbellte.

Wohl durch den Radau informiert, öffnete sich die Haustüre und ein Mann mit weißer Kochschürze, auf der in roten Buchstaben „Chefkoch" zu lesen war, trat auf die Treppe. Er trocknete sich mit einem Geschirrtuch die Hände ab. „Julius, Schluss jetzt", rief er dem Tier streng zu, „lass die Dame in Ruhe, sofort hierher!" Der Hund gehorchte widerwillig. Er trottete zu seinem Herrchen, wobei er Mandy nicht aus den Augen ließ. Er fand seine neue Freundin äußerst sympathisch. Der Mann begrüßte sie freundlich und fragte sie, was er für sie tun könne. Er war von kräftiger Statur und mittelgroß. Das dunkelblonde, leicht wellige Haar trug er kurz geschnitten nach hinten gekämmt. Erste graue Fäden durchzogen es. Die hellblauen Augen blickten offen und interessiert. Gerd Förster vermutete, dass er früher einmal Sportler war, vielleicht Fußballspieler, als sein Blick auf die breiten, muskulösen Schenkel fiel.

„Mein Name ist Gerd Förster und das ist meine Kollegin Mandy Bergmann", stellte er sich vor. „Wir sind von der Kripo Bamberg und ermitteln im Todesfall von Georg Mirsberger. Wir möchten gerne mit Gregor König sprechen." „Da sind Sie bei mir richtig", erwiderte der Mann mit einem ansprechenden Lächeln. „Kommen Sie doch bitte herein, meine Frau und ich sind in der Küche und bereiten einen kleinen Grillabend mit unseren Nachbarn vor."

Gregor König führte sie durch einen Flur, an dessen weiß verputzter Wand einige Gemälde hingen, in eine modern ausgestattete, geräumige Küche. In deren Mitte befand sich ein von allen Seiten zugänglicher Block mit einer ausladenden Arbeitsplatte aus Buchenholz und einem Herd aus Edelstahl mit einem Ceran-Kochfeld. Von einer Vorrichtung an der Decke hingen Töpfe und Pfannen in verschiedenen Größen und Formen.

Mandy staunte: „Sie kochen leidenschaftlich gerne, stimmt's?", fragte sie neugierig. Eine blonde Frau in verwaschenen Jeans und dunkelblauem Sonnentop, die gerade dabei war, Tomaten zu vierteln, wischte sich die Hände ab und kam auf sie zu. „Das sind Kommissarin Bergmann und Kommissar Förster von der Kripo Bamberg. Sie wollen mich zum Tod von Schorsch befragen. Das ist meine Frau Klarissa", erklärte er. Sie begrüßten sich und Klarissa wandte sich an Mandy. „Mein Mann ist bei uns der Chefkoch, so wie es auf seiner Schürze zu lesen ist. Und er kocht vorzüglich. Er bereitet gerade die Doraden für den Grill vor." Vier große Fische lagen auf der Arbeitsplatte auf Krepppapier ausgebreitet, bereits gewaschen und teilweise mariniert.

„Wir haben heute Mittag von Ihrer Nachbarin Frau Schüpferling erfahren, dass hier ein Grillabend stattfinden soll", meinte Mandy, „wir stören Sie nicht lange, am besten, wir kommen gleich zur Sache." „Selbstverständlich", Gregor König nickte, „wollen wir uns an den Küchentisch setzen?"

Sie ließen sich an einem groben alten Holztisch nieder, an dessen hinterer und rechter Seite sich eine einladende Eckbank aus dem gleichen dunklen Holz befand. An den beiden anderen Seiten waren unterschiedliche Stühle arrangiert, die wirkten, als wären es Sammlerstücke vom Trödelmarkt.

Kissen in schillernden Farben waren wie willkürlich verteilt. Ein schwerer Kerzenleuchter aus glänzendem Messing war mit fünf weißen Kerzen bestückt und befand sich in der Mitte des Tisches. Daneben stand eine geschmackvolle Glasvase mit bunten Wiesenblumen.

„Sie besuchten am Samstagabend eine Parteiversammlung im ‚Goldenen Hirsch'", begann Gerd Förster die Befragung. „Wir haben erfahren, dass Georg Mirsberger an diesem Abend einige Anwesende massiv beleidigt hat, auch Sie, Herr König. Entspricht das den Tatsachen?"

Gregor König bestätigte dies: „Ja, der Schorsch hat mich tatsächlich beleidigt, und wie. Meine Frau und ich wohnen seit einigen Jahren hier in diesem Dorf und ich bin der Ansicht, dass wir uns viel Mühe gegeben haben, uns zu integrieren." Seine Gattin nickte bestätigend mit dem Kopf. „Ich noch mehr als meine Frau", fuhr Gregor König fort. „Meine Frau arbeitet in einer sozialen Beratungsstelle in Bamberg und ist abends oft froh, wenn sie ihre Ruhe hat. Außerdem malt sie und ist gerne für sich. Nicht wahr, mein Herz?" Er blickte seine Frau verliebt an. Klarissa König signalisierte Einverständnis, sagte aber nichts. Sie überließ die Schilderung ihrem Gatten. In dieser Beziehung schien der Ehemann oftmals das Reden zu übernehmen, weil seine Frau einfach keine Lust hatte, sich zu äußern, mutmaßte Mandy, die solche Arrangements schon häufiger erfahren hatte. Gregor König berichtete weiter, nachdem er den Kommissaren etwas zu trinken angeboten hatte, die jedoch ablehnten:

„Ich hingegen gehe gerne unter Leute, ich bin im Baugewerbe tätig und gehe nach Feierabend häufig in die Dorfgaststätte, um ein Feierabendbier zu trinken und mich zu unterhalten. Wenn ich sechshundert Kilometer gefahren bin, brauche ich das, um abschalten zu können. Ich bin inzwischen auch Mitglied in diversen Vereinen. Deshalb war ich auf der Parteiversammlung anwesend. Der Schorsch und ich hatten uns angefreundet, trafen uns auf dem Fußballplatz und bei Vereinsveranstaltungen. Bisher hatten wir ein herzliches Verhältnis. Aber am Samstagabend war er in Stänkerlaune. Ich weiß nicht, was in ihn gefahren ist? Aber er ist zu fortgeschrittener Stunde verletzend und beleidigend geworden. Nicht nur mir gegenüber. Wahrscheinlich hatte es auch mit der konsumierten Alkoholmenge zu tun. Ich halte mich immer zurück, weil ich gerne nüchtern zu meiner Frau nach Hause gehe."

„Was hat er Ihnen gegenüber geäußert?", wollte Mandy wissen. „Ach, er hat mich einen zugezogenen Neubürger genannt, der sich in Dinge einmischt, von denen er keine Ahnung hätte. Ich solle mich aus der Kommunalpolitik heraushalten. Günstige Bauernhäuser auf dem Land kaufen und dann den Einheimischen die Welt erklären. Er sei schließlich in der ganzen Welt im Auftrag einer großen Firma herumgekommen, ihm könne keiner etwas erzählen."

Gregor schwieg einen Moment und runzelte die Stirn: „Verstehen Sie mich bitte richtig, diese albernen Vorwürfe habe ich gar nicht ernst genommen. Was mich getroffen hat, war der Sachverhalt, dass mich ein Kumpel nach ein paar Birn derartig angeht. Das hat mich wirklich erschüttert und verletzt."

„Waren Sie derartig erschüttert und wütend, dass Sie ihm in seinem Kuhstall auflauerten und ihn angegriffen haben?", hakte Mandy nach. Frau König blickte irritiert, aber nicht beunruhigt. „Wissen Sie, Frau Bergmann", antwortete Gregor König sachlich, „wenn ich mich durch solche Äußerungen provozieren lassen würde, wäre ich in meinem Beruf völlig fehl am Platz. Was glauben Sie, was man sich in diesem Job tagtäglich anhören muss!" „Wie bei uns", grinste Gerd Förster, dem der Zeuge sympathisch war. „Ist Ihnen an diesem Abend etwas Besonderes aufgefallen, hat irgendjemand aggressiv auf die Provokationen von Georg Mirsberger reagiert?"

Gregor König verneinte. „Nein, da kann ich Ihnen leider nicht weiterhelfen, alle, die die Beleidigungen mitbekommen hatten, betrachteten das ganze wüste Verhalten vom Schorsch eher als peinlichen Zwischenfall. Ich vermute, dass einige Anwesende planten, ihn am Sonntag beim Fußballschauen im Sportlerheim auf sein Benehmen anzusprechen, und dann wäre die Sache irgendwann in Vergessenheit geraten. Vielleicht hat das Verbrechen eine ganz andere Ursache? Obwohl ich zugeben muss, dass ich mich über den Schorsch sehr geärgert habe, aber ich habe ihn nicht erschlagen. Ich habe die Parteiversammlung als einer der Ersten verlassen und bin nach Hause gegangen."

„Können Sie das bestätigen, Frau König?“, fragte Mandy. „Mein Mann kam gegen dreiundzwanzig Uhr nach Hause und ist zu mir ins Bett gekommen“, bestätigte sie die Aussage ihres Ehemannes. „Könnte es sein, dass er das Haus wieder verlassen hat, nachdem sie eingeschlafen waren?“, bohrte Gerd Förster nach. Sie lächelte: „Wir haben nicht geschlafen. Aber ich wollte Ihnen noch etwas mitteilen. Ich habe am Sonntag spät abends noch eine Runde mit Julius, unserem Hund, gedreht. Dabei haben wir das Anwesen der Mirsbergers passiert. Wir kamen am Kuhstall vorbei und sind den Feldweg Richtung Fußballplatz weitergelaufen. Einige Meter vom hinteren Stalleingang entfernt habe ich am Holzgatter einen Stofffetzen entdeckt, der an einem rostigen Nagel hing. Nachdem Ihre Nachforschungen am Tatort bereits beendet waren, dachte ich mir, dass ich ihn mitnehmen darf, und wollte ihn nun an Sie übergeben. Ich weiß natürlich nicht, ob dieser Fund relevant ist. Aber ich muss ihn doch melden.“

Klarissa König zog die untere Schublade eines Bauernschrankes auf und holte vorsichtig ein weißes Leinentaschentuch heraus. Sie faltete es behutsam auseinander und präsentierte den Inhalt den Kripobeamten. „Eine Triangel aus beigem Stoff“, bemerkte Mandy. „Wie von einer Arbeitsjacke.“ Gerd Förster nickte. „Ich bedanke mich für Ihre Aufmerksamkeit“, lobte er Klarissa König. „Wir werden das Stück Stoff zur Untersuchung geben, vielleicht finden wir ja etwas, was uns weiterbringt? Wenn Ihnen noch etwas einfällt, rufen Sie uns an.“

Er reichte dem Ehepaar seine Visitenkarte. „Herr König, ich wäre Ihnen dankbar, wenn Sie morgen im Laufe des Tages nach Bamberg kommen könnten, wir brauchen Ihre Fingerabdrücke, keine Sorge, dass ist reine Routine.“ „Morgen früh muss ich geschäftlich nach Hof, auf der Hinfahrt kann ich vorbeikommen", entgegnete Gregor König hilfsbereit.

„Wenn Sie mich nun entschuldigen würden, ich möchte noch die Sauce für den Fisch fertig machen, bevor unsere Gäste eintreffen." Er begab sich zu seiner Arbeitsplatte, als durch die geöffnete Haustür Stimmen drangen: „Nachbarschaft, ist wer zu Hause?", klang es munter. „Unsere Nachbarn", erklärte Gregor König den Kommissaren. „Zu früh, wie immer, dann mache ich jetzt erst einmal den Aperitif, Kir Royal mit französischem Champagner, den Grill habe ich schon angeheizt. Viel Erfolg bei Ihren Ermittlungen, für unser Dorf ist es wichtig, dass das Verbrechen aufgeklärt wird. Es herrscht inzwischen großes Misstrauen, keiner traut mehr dem anderen."

Er begrüßte seine Nachbarn herzlich und eilte zum Kühlschrank. Klarissa König verabschiedete sich freundlich, bugsierte die vor Vorfreude strahlenden Nachbarn in die Grillecke und begann, den Tomatensalat zuzubereiten.

„Gibt es schon Erkenntnisse, Herr Kommissar?", rief Anneliese Schüpferling freudig erregt, als sie den Kommissar wahrnahm. „Wir ermitteln noch", erwiderte Gerd Förster und betrachtete amüsiert, wie beide ehrfurchtsvoll die filigranen Champagnerschalen entgegennahmen.

Als die Kommissare in ihren Dienstwagen stiegen, hörten sie noch, wie sich das Nachbarehepaar besorgt über die grassierende Schweinegrippe austauschte. „Ich gebe keinem mehr die Hand", erläuterte Konrad Schüpferling der verblüfften Klarissa König, „da ist nur noch ein Schulterklopfen drin bei mir."

„Und ich esse kein Schweinefleisch mehr", ergänzte Anneliese Schüpferling eifrig, „sicher ist sicher."

Klarissa konnte es nicht lassen: „Ich wasche mir ständig die Hände", behauptete sie, „am schlimmsten finde ich an der Seuche, dass einem Schweineohren wachsen." Das Ehepaar tauschte verunsicherte Blicke. „Heute gibt es Fisch", beruhigte Klarissa König ihre Nachbarn.

Die Kommissare machten sich auf den Weg nach Bamberg. „Genug für heute", seufzte Gerd Förster ein wenig erschöpft, „wir machen morgen früh weiter." „Hältst du Gregor König für verdächtig?", wollte Mandy wissen. „Schwer zu sagen", antwortete Gerd Förster und rieb sich die Stirn, die beiden machen einen sehr offenen Eindruck auf mich." „Ja, auf mich auch, sie scheinen sehr glücklich zusammen zu sein. Aber weißt du was, ich freue mich jetzt erst einmal auf ein heißes Bad und dazu ein Glas Rotwein. Leider liegt danach niemand in meinem Bett, der auf mich wartet."

Mittwoch, 8. Juni, zwei Stunden nach Mitternacht

Helene kletterte erleichtert die hölzernen Stufen zu ihrem Bauwagen hoch und trat langsam ein. Sie war müde und fröstelte. Obwohl es bereits Anfang Juni war, war es nachts im Wald noch kalt geworden. Sie hätte Wollstrümpfe und eine gefütterte Jacke anziehen sollen. So schloss sie die Türe und begann, Feuer zu machen. Bald würde es in ihrem kleinen Wagen gemütlich warm sein. Sie würde sich noch einen Kräutertee kochen, um sich aufzuwärmen, und dann in ihr Bett kriechen. Sie lagerte immer einen kleinen Vorrat Holzscheite und Briketts in einer Kiste unweit des alten Werkstattofens. Behäbig bückte sie sich und arrangierte Zeitungspapier, Holz und Briketts im Ofen. Mit einem Streichholz entzündete sie das Papier und bald brannte ein munteres Feuer.

In kleinen Schlucken genoss sie ihren Salbeitee mit Honig und dachte an die zurückliegende Wanderung. Sie war äußerst zufrieden, ihre Begleiterinnen waren restlos begeistert von der Unternehmung gewesen und in den nächsten Tagen würde sich der Stand ihres Bankkontos um einen stattlichen Betrag erhöht haben. Erst kürzlich hatte sie die Entscheidung getroffen, sich ein Bankkonto einzurichten. Ihr Kräutergeschäft und ihre Exkursionen verliefen immer erfolgreicher, und irgendwann war ihre Schublade voll mit Bargeld. Sie fand es doch leichtsinnig, so eine große Summe in ihrem Bauwagen aufzubewahren, zumal sie ihre Türe nie verschloss. Noch nie hatte von ihren bescheidenen Habseligkeiten etwas gefehlt, aber jetzt, bei ihren steigenden Einkünften, wollte sie nicht so viel Geld im Hause haben.

Mit vier betuchten Damen aus Nürnberg, die mit ihrer aktuellen Lebenssituation dennoch unzufrieden waren, hatte sie eine nächtliche Wanderung durch den Wald zum Moritzbrunnen unternommen. Er befand sich am Waldrand in der Nähe von Leutenbach, und die Exkursion hatte hin und zurück gute zwei Stunden gedauert. Wenigstens waren die Teilnehmerinnen diesmal entsprechend ausgerüstet gewesen. Sie hatten praktische, warme Kleidung getragen und keine hatte ihre Stirnlampe vergessen, ebenso wenig das kleine Körbchen für die diversen Kräuter. Wenn kein Vollmond war, so wie heute Nacht, war die Orientierung im finsteren Wald etwas schwierig. Für Helene natürlich nicht, aber für ihre Begleiterinnen.

Es war nur zu einem kleinen Zwischenfall gekommen, als die Damen aus der Stadt sich konzentriert im

Gänsemarsch hinter Helene her bewegten. Die Leuchten ihrer Stirnlampen warfen unruhige Lichtreflexe in die Dunkelheit. Margit schrie unvermittelt schrill auf. Alle fuhren zusammen. „Da war etwas, da ist etwas Haariges über meine Füße gehuscht." „Wahrscheinlich eine Bestie, ein zähnefletschender Luchs", frotzelte ihre Freundin Helga. „Reiß dich zusammen, Margit, du bist nur etwas nervös. Beruhige dich, da war gar nichts. Bei dem Geschrei kriegt man ja Löcher in der Aura."

Margit schwieg beleidigt. Da war doch etwas gewesen, sie litt schließlich nicht an Halluzinationen. Abgesehen von dem Fußmarsch durch den dunklen, stillen Wald in meditativem Schweigen, das zu innerer Ruhe und mehr seelischer Ausgeglichenheit führen sollte, ging es bei diesem spirituellen Angebot eher um die Ereignisse am Brunnen selbst. Der Sage nach handelte es sich bei dieser Quelle um einen Orakelbrunnen, der magische Kräfte besitzt. Außerdem verfügte er über prophetische Fähigkeiten. Das Wasser selbst half gegen verschiedene Krankheiten, besonders bei Hautproblemen und Liebeskummer, wenn man sich damit beträufelte.

Es wird jedoch erzählt, dass es arges Unglück bringt, das Brunnenwasser zu trinken. Der Brunnen selbst wird von der Statue des heiligen Moritz, auch Mauritius genannt, bewacht. Helenes Exkursionsteilnehmerinnen litten durchweg unter Liebeskummer in verschiedenen Stadien und unterschiedlichen Stufen der Ausgeprägtheit, den auch ihre finanzielle Unabhängigkeit nicht lindern konnte. Und sie waren entschlossen zu erfahren, wie sich ihr trostloses Leben weiterentwickeln würde. Vielleicht gab es ja doch einen Lichtstreif in Form eines liebevollen, zuverlässigen und natürlich attraktiven Lebensgefährten am Horizont, der sich in naher Zukunft zeigen würde? Sie vertrauten voll und ganz auf Helene.

Eigentlich war es kein Ausflug, sondern eine Mission. Margit aus Gostenhof, siebenundfünfzig Jahre jung, unternehmungslustig, eine Frohnatur und eigentlich mit beiden Beinen im Leben stehend, hatte es kürzlich besonders schlimm getroffen. Fünf Jahre nach dem Tod ihres herzensguten Mannes, der ihr dankenswerterweise eine beträchtliche Witwenrente und ein abbezahltes Haus hinterlassen hatte, beschloss Margit vor einigen Wochen, eine Urlaubsreise zu unternehmen. Sie buchte die Juniorsuite für eine Woche in einem Fünf-Sterne-Hotel in Marokko, all inclusive selbstverständlich. Gleich am ersten Abend an der noblen Strandbar, an der sie einsam mit einem exotischen Drink in der Hand lehnte und etwas verloren auf das vom Sonnenuntergang funkelnde Meer blickte, hatte ihr ein etwa fünfundzwanzigjähriger Hilfskellner unauffällig Avancen gemacht. Es war streng verboten, Touristinnen in der Hotelanlage zu beflirten.

Er hieß Mamoud und sah aus wie ein stolzer Reiter aus dem Atlasgebirge. Mit seinen dunkelfeurigen, wilden Augen versuchte er den ganzen Abend, Blickkontakt aufzunehmen. Später am Abend, als die See nicht mehr zu erkennen war, blinzelte er Margit übermütig und irgendwie verheißungsvoll zu. Sie war hingerissen.

„Mein Freund ist Marokkaner und es war Liebe auf den ersten Blick“, berichtete sie, verklärt von so viel Glück, später zu Hause ihren neugierigen Freundinnen im „Café am goldenen Brunnen“ in Nürnberg. Wann immer Mamoud frei hatte, vor allem nachts, trafen sie sich heimlich in einem winzigen, diskreten Apartment ein gutes Stück weg vom Hotel. Ein Freund von Mamoud, Achmet, vermietete dort Zimmer für hundert Dollar pro Nacht. Mamoud schimpfte ihn gierig, aber „oh Allah“, was sollte man machen. Margit war das egal. Sie bezahlte alles, schließlich verdiente so ein Hilfskellner nur einige Dollar in der Woche.

Er wurde ausgebeutet und weit unter seinen Möglichkeiten eingesetzt. Sie konnte ihn sich zum Beispiel gut als kompetenten, charmanten Hotelmanager im schwarzen Anzug vorstellen. Außerdem brauchte er einiges an chicer Kleidung, wenn sie zusammen ausgingen. Sie fuhren immer eine Weile weg von ihrer Unterkunft, mit seinem klapprigen Motorrad, Margit als verwegene Sozia ohne Helm sich an seinem muskulösen Brustkorb festklammernd, weil er ihr sein Land zeigen wollte.

Die Nächte waren unbeschreiblich schön, ihren Freundinnen gegenüber murmelte sie errötend etwas von einem Hengst. Nach einem tränenreichen Abschied schickte Margit ihm Geld für ein Motorboot, weil Mamoud sich selbstständig machen und Ausflugsfahrten für Touristen anbieten wollte. Geniale Geschäftsidee, fand Margit.

Danach folgte ein großzügiger Scheck für einen Hin- und Rückflug nach Nürnberg. Mamoud hatte unbändige Sehnsucht nach Margit, die er seine orientalische Prinzessin nannte. Bedauerlicherweise war er nie in Deutschland gelandet und auch sein Handy schien nicht mehr zu funktionieren. Als Margit im „Café am goldenen Brunnen" ihrer besten Freundin Helga ihr abgrundtiefes Leid schilderte, konnte sich diese nicht mehr zurückhalten. „Orientalische Prinzessin", schnaubte sie barsch, völlig entnervt von den unablässigen Klagen, „der Muselmann wollte nur dein Geld, du dumme Schnepfe, vergiss ihn einfach."

Zur seelischen Läuterung und um wieder positive Energie aufzubauen, wurde kurzerhand eine spirituelle Exkursion bei der Hexe Helene gebucht.

Margit brauchte dringend Trost und Heilwasser, denn die hennafarbenen, künstlerischen Bemalungen aus Marokko unter anderem an delikaten Körperstellen bereiteten zunehmend Beschwerden.

Kurz vor Mitternacht am Moritzbrunnen angekommen, der in völliger Finsternis lag und nur durch die strahlenden Stirnlampen der erwartungsvollen Damen beschienen wurde, entnahmen diese mit irdenen Gefäßen ehrfurchtsvoll das heilige Wasser. Helene leitete sie mit ernster Stimme an. Sie ließen das Brunnenwasser über ihre Haut rieseln und füllten mitgebrachte Flaschen mit dem Segen bringenden Nass. Nur ein leises Plätschern war zu hören.

Dann endlich um Mitternacht, als der Mond direkt über der Leutenbacher Kirchturmspitze stand, begann das eigentliche Ritual. Man konnte den heiligen Moritz anrufen, ein Hölzchen in den Brunnen werfen und eine Frage stellen. Schwamm das Hölzchen oben, würden gute Zeiten kommen, ginge es unter, standen aufreibende Zeiten bevor.

Drei der Damen riefen nacheinander den Heiligen an und formulierten lautlos ihre Fragen. Die Hölzchen schwammen tapfer oben. Als Margit an der Reihe war, zitterte sie vor Nervosität. Das Hölzchen geriet in Schieflage, kippte und ging unter. Helene war sofort klar, dass eine Krise drohte. Besonders Margit war momentan in einer extrem instabilen Verfassung. Sie taumelte entsetzt. Unter der Kopflampe konnte man Tränen schimmern sehen. Helene griff sofort ein. Bei derartigen Exkursionen spiritueller Art musste man auch mit Problemen rechnen. Entschlossen setzte sie Margit auf einen flachen Stein und reichte ihr einen Becher Kräuterlikör, den Helene für solche Situationen vorbereitet hatte. Sie legte den Arm um sie und flüsterte beruhigend: „Es gibt noch

Rettung, Margit, du musst nur fest daran glauben. Heute Nacht wird dir im Traum ein stattlicher Jägersmann begegnen. Er wird mit dir im Mondschein tanzen und dich verführen wollen. Du darfst ihm nicht verfallen, so sehr er dich auch umschmeichelt. Schau entschlossen auf seinen Fuß und du wirst einen Pferdefuß entdecken. Es ist Luzifer persönlich, der dich holen will. Schicke ihn weg und flehe den heiligen Moritz um Hilfe an, dann wird alles gut, glaube mir.“ Helenes Stimme hatte etwas Eindringliches und Margit hörte auf zu zittern.

Helga rollte die Augen und hoffte insgeheim, der Satan würde Mamoud nicht ähnlich sehen, sagte aber vorsichtshalber nichts. Der Kräuterlikör tat sein Übriges. Beruhigt rappelte sich Margit wieder hoch. Dass Luzifer sie im Traum verführen wollte, schmeichelte ihr. Mit dem Teufel würde sie schon fertig werden, da war sie sich ganz sicher. Und einen neuen Partner würde sie sich im fränkischen Tanzcafé „Einsame Herzen“ in Schwabach suchen, nicht mehr in Marokko. Letztendlich war sie doch ein robustes, fränkisches Urgestein.

Helene hatte inzwischen auf einem flachen Felsen ein weißes Tischtuch ausgebreitet und lud nun zu Kräuterlimonade, Kartoffel-Karotten-Fladen und Quark ein. Die von den seltsamen, aufregenden und zukunftsweisenden Ereignissen erschöpften Exkursionsteilnehmerinnen bedurften einer Stärkung. Schließlich hatten sie noch einen einstündigen, strammen Fußmarsch vor sich. Ein Käuzchen schrie, sonst war es still.

Helene hatte ihren Tee ausgetrunken, legte noch einmal ordentlich Holz und drei Briketts auf, stieg mit einem weichen, rotgrün karierten Flanellhemd in ihr Bett und schlief sofort ein.

Ihre Katze Delilah, die sich in ihrem Körbchen vor dem Hitze ausstrahlenden Ofen zusammengerollt hatte, fuhr plötzlich hoch und lauschte. Ihre grüngoldenen Augen starrten aufmerksam auf die schemenhaften Umrisse der Behausung. Da, wieder ein Geräusch. Sie stürzte durch ihre Katzenklappe nach draußen in die Dunkelheit.

Mittwoch, 8. Juni, etwa zur gleichen Zeit

Alvina Messingschlager lag in ihrem Bett, starrte an die dunkle Schlafzimmerdecke und verzog den Mund zu einem zufriedenen, glücklichen Lächeln. Ihr Ehemann Paul lag schnarchend halb auf ihrem Körper.

Als Paul nach seiner Schafkopfpartie im „Goldenen Hirsch" nach Hause gekommen war, hatten sie mit Helenes Körperöl experimentiert. Zur weiteren Stimulierung hatte sie heimlich in Forchheim in einer Videothek einen Softpornofilm mit dem Titel „Mädels, stürzt euch ins Getümmel, mit dem strammen Bauernlümmel" ausgeliehen. Das klang verheißungsvoll, fand sie.

Beinahe wäre sie in der speziellen Abteilung mit ihrem früheren Schullehrer zusammengeprallt, der sich heftig errötend und überstürzt zu den Regalen mit den Heimatfilmen begab. Ihr desinteressierter, von einigen Bieren und Schafkopfstrategien geschwächter Mann hatte sich, wie schon lange nicht mehr, in einen leidenschaftlichen Liebhaber verwandelt, der nicht mehr zu bremsen war.

Alvina verspürte ein diffuses, aber sehr starkes Gefühl, dass es diesmal geklappt hatte. Selig lächelnd glitt sie in den Schlaf.

Mittwoch, 8. Juni, früher Morgen

Walter Burkhard vollzog, seit er das lang ersehnte Rentenalter erreicht hatte, jeden Morgen gemächlich das gleiche Ritual. Mit dem Gehetze morgens war jetzt zum Glück Schluss.

Er stand pünktlich um sechs Uhr auf, wusch sich und schlüpfte in bequeme Jeans und Pullover. Er war groß und hager und seine Knochen machten ihm mittlerweile etwas zu schaffen. Seine Haare waren grau geworden und er trug sie kurz geschnitten. Die Gesichtszüge strahlten eine angenehme Wärme aus.

Sein Rauhaardackel Ferdinand erhob sich zur gleichen Zeit von seinem Lieblingsplatz aus der Sofaecke. Walter brühte sich einen starken Kaffee auf, in den er reichlich Milch und Zucker gab, und schlürfte ihn genüsslich in aller Ruhe am Küchentisch. Dazu naschte er ein Stück Zartbitterschokolade.

Er war Junggeselle. In seinen jungen Jahren hatte er sich ganz dem örtlichen Fußballverein gewidmet und irgendwie die Brautschau verpasst. Jetzt war er alleine, manchmal bedauerte er das. Ab und zu ein wenig Zärtlichkeit und ein warmes, wohlschmeckendes Gericht, wenn er von der Jagd nach Hause zurückkehrte, würden ihm schon gut gefallen. Walter war passionierter Jäger und an einer Gemeinschaftsjagd beteiligt. Das war nicht ganz billig, aber er hatte eine ordentliche Rente und lebte ansonsten bescheiden.

Die Kaffeefahrten ab und an zusammen mit anderen Dorfbewohnern hatte er aufgegeben, nachdem er das letzte Mal mit einer braunbeige gestreiften Heizdecke zurückkehrte, die seine Arthritis keineswegs, wie zugesagt, milderte. Sie hatte fünfhundert Euro gekostet. Die gleiche Decke hatte er später in einem Geschäft in Gräfenberg entdeckt, wo sie für neunundvierzig Euro zu kaufen war.

Sein Dackel Ferdinand war sein Freund und half gegen die manchmal aufkommende Einsamkeit. Außerdem war er ein treuer und zuverlässiger Jagdhund, der aufs Wort gehorchte. Das war unabdingbar beim Jagen. Ferdinand bestand morgens auf einem ausgiebigen Spaziergang. Erst danach würde Walter ein kräftiges Frühstück zu sich nehmen. Er trank seinen Kaffeebecher leer, schlüpfte in seine leichten Wanderstiefel und pfiff nach dem Hund. Der stand bereits erwartungsvoll und fröhlich mit dem Schwanz wedelnd an der Eingangstür. Munter verließen beide das kleine, schmucke Haus und machten sich auf den Weg.

Die Sonne war bereits aufgegangen, es würde ein schöner, warmer Sommertag werden. Walter benötigte keine Leine für Ferdinand. Sie drehten morgens immer die gleiche Runde. Erst liefen sie einen Feldweg Richtung Walberla entlang, dann ging es die sanften, grünen Hügel eine ganze Weile nach oben. Auf der Kuppe angelangt, wandte sich Walter in die entgegengesetzte Richtung. Jetzt fiel sein Blick auf das riesige Windrad, das über dem Wald aufragte und das Walter abscheulich fand. Stramm marschierte er den Grat entlang, während Ferdinand eifrig hin und her sauste und überall aufregende Stellen entdeckte, die er sorgfältig beschnüffeln musste. Die beiden Spaziergänger stöberten einige Rehe auf, die das Tier begehrlich betrachtete. Aber ein schriller Pfiff von Walter brachte ihn an die Seite seines Herrchens zurück. Dann witterte Ferdinand einen Maulwurf und begann wie wild in der Erde zu buddeln. Der Jäger setzte seinen Weg fort und passierte die Holzhütte von Georg Mirsberger, die verlassen linkerhand lag. Man konnte sie über einen Schotterweg erreichen, der vom

Dorf heraufführte, auf dem man weiter Richtung Leutenbach gelangte und der von den Einheimischen gerne als Abkürzung benutzt wurde.

Walter dachte an den armen, toten Schorsch und plötzlich kroch die frische Morgenluft unter seinen warmen Pullover. Er schauderte und blickte rasch in alle Richtungen. Dann wanderte er entschlossen weiter. Ferdinand hatte sich inzwischen wieder eingefunden. Seine Barthaare klebten von der lehmigen Erde, die er aufgewirbelt hatte. Noch ein Stück gegen Osten, am Bauwagen von Helene vorbei, die um diese Zeit auf Grund ihrer nächtlichen Exkursionen normalerweise noch schlief, dann würden er und sein Hund die Hügel wieder hinuntersteigen. Walter freute sich jetzt auf Spiegeleier mit Schinkenspeck und Butterbrot, er hatte mächtigen Appetit. Ferdinand bevorzugte Dosenfutter, heute würde er ihm eine mit Leberstückchen öffnen. Walter beschleunigte seine Schritte und versuchte, die Gedanken an Schorsch zu verdrängen. Der Rauhaardackel hielt trippelnd Schritt mit ihm. Obwohl er ebenso wie Walter nicht mehr der Jüngste war, befand er sich in guter Verfassung. Als der Jäger sich hinter dem Bauwagen nach Süden wandte, wurde das Tier unruhig. Walter hatte soeben über die drei grellroten Kreuze geschmunzelt, die nebeneinander an die rechte Seite des Bauwagens gepinselt waren. Es herrschte in dieser Gegend rund um das Walberla der Aberglaube, dass drei rote Kreuze Hexen und Dämonen fernhielten und die einheimischen Dorfbewohner schützten.

Eine Hexe, die Hexen fernhalten wollte, er schüttelte den Kopf, lächelte und pfiff nach dem Hund. Dieser gehorchte nicht. Er hatte sich vor Helenes Unterkunft aufgebaut und knurrte tief mit aufgestellten Haaren. Unvermittelt begann er zu bellen. Walter lief erstaunt zurück und versuchte, den tobenden Hund zu beruhigen, der auf seine Versuche nicht reagierte und weiterhin den Wagen ankläffte. Walter wurde unruhig. Irgendetwas stimmte hier nicht. Wenn der Hund nicht aufhörte, so einen Krach zu schlagen, würde er noch Helene aufwecken. Vorsichtig umrundete er den grünen Bauwagen. Die Umgebung machte einen friedlichen, ruhigen Eindruck. Der Dackel hatte sich inzwischen kriechend der Eingangstür genähert und heulte zum Steinerweichen.

Walter musste nach Helene sehen, vielleicht war sie krank und der Hund spürte das. Dackel sind sehr sensibel.

Er wusste, dass die Hexe ihre Türe niemals verschloss. Zutiefst beunruhigt stieg er die Holzstufen nach oben, klopfte, lauschte und öffnete vorsichtig die Tür. „Helene“, flüsterte er besorgt, „ich bin es, Walter, bist du zu Hause?“ Keine Antwort. Womöglich war sie unterwegs im Wald, Kräutersammeln, beschwichtigte er sich selbst. Aber seine innere Unruhe wuchs. Er betrat den Bauwagen und blickte sich suchend um. Als sich seine Augen an das Dämmerlicht gewöhnt hatten, entdeckte er Helene schlafend in ihrem Bett. Sie rührte sich nicht. Offensichtlich hatte sie einen festen Schlaf, bei dem Lärm, den Ferdinand ununterbrochen verursachte.

Er musste sich vergewissern, dass es Helene gut ging. Einfach weiterwandern in dieser Ungewissheit war unmöglich. Walter trat auf Zehenspitzen an ihre Schlafstätte und rüttelte sie sanft. Helene reagierte nicht, sie sah ganz friedlich im Schlaf aus. Er wollte ihren Puls seitlich am Hals ertasten, fühlte jedoch nichts. Walter erstarrte. Er hatte sicherlich die falsche Stelle erwischt. Dann fiel ihm die Kühle ihre Wange auf. Panisch begann Walter, Helene zu rütteln, und schrie sie an: „Wach auf, Helene, ich bin es doch, der Walter.“

Helene lag kalt und reglos in ihrem Bett. „Sie ist tot", Walter erbleichte. Dann rannte er, so schnell er konnte, zu seinem Haus und rief mit zitternder Stimme Krankenwagen und Polizei. Seinen kleinen Hund hatte er völlig vergessen.

Mittwoch, 8. Juni, 8.03 Uhr

Mandy betrat ihr Büro bei der Kriminalpolizei Bamberg, das sie mit Gerd Förster teilte. Es war schlicht und funktional mit grauen Möbeln eingerichtet. Mandy fand es ganz in Ordnung. Sie fühlte sich hier wohl und war froh, mit dem umgänglichen Kommissar zusammenarbeiten zu dürfen. Frauen hatten es manchmal nicht leicht bei der Polizei und während ihrer harten Ausbildung in Leipzig hätte sie fast alles hingeschmissen, wenn ihr nicht ihr damaliger Chef und die Gleichstellungsbeauftragte hilfreich gegen die Anfeindungen von einigen Kollegen zur Seite gestanden hätten. Gerd Förster behandelte sie fair und als gleichwertige Partnerin.

Die Fensterfront zeigte nach Osten, und heute Morgen schien die Sonne aufmunternd in das Dienstzimmer. Auf dem Fensterbrett vegetierte ein trauriger Ficus Benjamin, der dort stand, seit sie denken konnte, vor sich hin. Einen grünen Finger hatten sie beide nicht wirklich.

Mandy balancierte zwei Plastikbecher mit dampfendem Kaffee aus dem Automaten um die Ecke auf ihrem dicken dunkelroten Notizblock, ohne den sie nirgendwo hinging. Ihre modische, auffällige Tasche, die mit goldenen Metallschnallen verziert war, hatte sie sich lässig über die Schulter gehängt. Nachdem sie heute voraussichtlich den Rechtsmediziner Carlo treffen würde, der im Keller des Gebäudes seine Tätigkeiten ausübte, hatte sie sich am Morgen grübelnd vor ihrem Kleiderschrank stehend für einen hellbraunen, knappen Jeansrock entschieden, der kurz oberhalb ihrer Knie endete. Ihre wohlgeformten Beine konnten sich durchaus sehen lassen. Dazu trug sie ein Jäckchen in einem dunkleren Braunton, das eine Reihe goldener, runder Knöpfchen zierte. Den Ausschnitt fand sie dienstlich korrekt, na ja, schließlich war fast schon Hochsommer. Zarter, goldfarbener Lidschatten und Creolen in der gleichen Farbe rundeten das ganze Outfit ab.

Gerd Förster trat ins Büro, etwas später als normalerweise, und wünschte Mandy freundlich einen guten Morgen. Mit seinem weißen, kurzärmeligen Hemd und der dunkelblauen Levi's sah er wie immer blendend aus. Sein Haar wirkte ein wenig verwuschelt, womöglich war er heute Morgen in Eile gewesen.

Gerd Förster hatte sich gestern Abend, nachdem er geduscht und in seinem Kühlschrank gähnende Leere vorgefunden hatte, noch in seine Stammkneipe um die Ecke unterhalb des Domes begeben. Der Vorwand waren eine Kleinigkeit zu essen und ein kühles Pils gewesen. Er hatte vor, seine Gedanken bezüglich ihrer aktuellen Ermittlungen zu ordnen. Danach ein wenig Geplauder über Gott und die Welt mit dem Wirt und dann nicht allzu spät ins Bett.

Er machte sich jedoch keine Illusionen über sein wahres Motiv. Das Motiv trug den Namen Babett, eine ehrgeizige Germanistikstudentin im siebten Semester, die vorher eine Ausbildung als Bürokauffrau absolviert hatte und nun energisch an einer wissenschaftlichen Karriere arbeitete. Sie kellnerte häufig in der Kneipe, um ihr Studium zu finanzieren. Die lebensfrohe junge Frau erinnerte ihn an seine Freundin Laura in Berlin. Sie hatte nach einem brillant abgeschlossenen Jurastudium in einer aufstrebenden Rechtsanwaltskanzlei am Alexanderplatz eine Stelle als Praktikantin mit der Option auf Übernahme ergattert. Zugegebenermaßen ein Glücksfall bei der Juristenschwemme. Nun weigerte sie sich konsequent, Berlin und ihre Zukunftsaussichten zu verlassen. In der Provinz hätte sie keine Chance, beharrte sie.

Nach endlosen Diskussionen und teils heftigen Streitereien machte er sich ohne Laura auf den Weg nach Bamberg. Sie telefonierten ab und zu auf Grund seiner Initiative noch, doch er hatte mittlerweile den Eindruck gewonnen, dass ein aufstrebender junger Richter am Verwaltungsgericht ihr Interesse geweckt hatte.

Babett ähnelte Laura auf verblüffende Art und Weise. Zumindest äußerlich. Diese rationale Gefühlskälte jedoch hatte er bei ihr bisher nicht feststellen können. Babett trug ihre wie Goldkäfer glänzenden Haare glatt und kinnlang und ihre großen Augen waren grau mit grünen Punkten. Die ebenmäßigen Gesichtszüge mit der geraden, feinen Nase und der sinnliche, zarte Mund faszinierten ihn. Einmal hatte sie das Lokal mit einer schwarzen Baskenmütze auf ihrem schönen Kopf betreten und wirkte im Halbprofil wie Romy Schneider. Sie war klein und zart gebaut, und er fand sie einfach hinreißend.

Gerd Förster nickte ihr ab und zu freundlich zu, sie hatten auch schon ein paar unverbindliche Worte gewechselt. Er fand bisher jedoch nicht den Mut, Babett in ein längeres Gespräch zu verwickeln oder sie gar zum Essen einzuladen. Darüber nachgrübelnd, wie er Kontakt mit ihr aufnehmen könnte, hatte er die Zeit vergessen und war etwas spät zu Bett gegangen.

Mandy und Gerd hatten vereinbart, sich heute Morgen über ihre bisherigen Ermittlungsergebnisse auszutauschen, darüber zu diskutieren und die weitere Vorgehensweise zu planen. Auch ein vorläufiger Bericht für ihren Vorgesetzten musste verfasst werden. Für den Nachmittag hatten sie Clara und Constantin Mirsberger zur Befragung geladen. Nachdem diese, ebenso wie die anderen näher Beteiligten, ihre Fingerabdrücke abgegeben hatten, sollte ein Abgleich mit den Resultaten der Spurensicherung stattfinden. Sie hofften, dass dieser sie weiterbringen würde. Die finanziellen Verhältnisse der bisher Befragten beabsichtigten sie ebenfalls zu durchleuchten.

Weiter stand ein Brainstorming an, in welche anderen Richtungen sie die Ermittlungen ausdehnen konnten. Es lag durchaus im Bereich des Möglichen, dass ein anderer Bewohner aus dem Dorf oder der näheren Umgebung oder ein völlig Fremder der Täter war.

Gerd Förster nahm eben dankbar den Kaffeebecher von Mandy entgegen und wollte sich gemeinsam mit ihr an die Arbeit machen, als das Telefon klingelte. Er hob ab und meldete sich. „Hier spricht die Zentrale", ertönte die Stimme eines Kollegen, „ein dringender Anruf für Sie." Er stellte die Verbindung her. „Hallo, bin ich richtig bei der Polizei?", erklang eine aufgeregte Stimme aus dem Hörer: „Mein Name ist Walter Burkhard. Ich habe soeben die Leiche von der Hexe Helene gefunden. Sie liegt tot in ihrem Bauwagen, kommen Sie schnell." Gerd Förster versuchte, den Mann zu beruhigen, und erfragte alle notwendigen Details. Er versprach, dass sie sich umgehend auf den Weg machen würden. Dann legte er auf, um sofort die Spurensicherung zu instruieren.

Mandy sah ihn fragend an. „Schon wieder eine Leiche", informierte er sie. „Die Dorfhexe Helene ist tot, man hat sie in ihrem Bauwagen gefunden." „Eine Hexe?" Mandy blickte ihn an, als würde sie an seinem Verstand zweifeln. „Ich erkläre dir das unterwegs, komm Mandy, wir müssen los."

Mittwoch, 8. Juni, vormittags

Walter Burkhard sackte nach dem Telefonat mit der Polizei atemlos und erschöpft auf einen Küchenstuhl. Er war vom Bauwagen zu seinem Haus gerannt. Er hatte Helene nicht näher gekannt, aber er hatte sie gerne gemocht und ihr Tod erschütterte ihn schwer. Irgendwie war er in dem Glauben gewesen, die zähe, alte Frau würde uralt werden.

Ab und zu hatte er nach dem Holzhacken eine breite Kiste mit Holzscheiten auf seinen Traktor geladen und war zu Helenes Behausung gefahren. Dort hatte er die Scheite säuberlich unter dem Regenschutz, den er für Helene gebaut hatte, aufgestapelt. Walter hielt das für seine Christenpflicht. Sie sollte es immer schön warm haben. Wenn sie zu Hause war, hatte sie ihm Kaffee gekocht und dazu Schokoladenkekse serviert. Sie wusste von seiner Vorliebe für Süßigkeiten, obwohl er ihr nie davon erzählt hatte.

Dabei hatten sie immer angeregt über alle möglichen Themen geplaudert. Jedes Mal steckte sie Walter ein Beutelchen zu, das eine spezielle Mischung aus von ihr gesammelten und getrockneten Kräutern enthielt, die seine Arthritis lindern sollten. Und das taten sie tatsächlich. Und jetzt war sie tot. Erst jetzt wurde Walter bewusst, wie sehr er sie vermissen würde.

Schwer erhob er sich vom Stuhl und machte sich erneut auf den Weg zu Helenes Wohnwagen. Er hatte mit dem Kommissar vereinbart, dass sie sich dort treffen würden. Er lief bedrückt den Hügel hoch und nahm diesmal die direkte Strecke. Tränen traten in seine Augen, die er hastig wegwischte. Helene war eine gebildete Frau gewesen, mit der er sich gerne unterhalten hatte. Sein Rauhaardackel Ferdinand war nirgends zu entdecken, wahrscheinlich befand er sich noch in der Nähe des Bauwagens und bewachte die tote Hexe.

In der Ferne konnte Walter bereits das Martinshorn des Krankenwagens vernehmen. Die Rettungswache des ASB war im nahen Gräfenberg stationiert, die Rettungssanitäter würden bald eintreffen. Walter war sich jedoch sicher, dass die Hilfe für Helene zu spät kam. Als er es bis kurz vor Helenes Unterkunft geschafft hatte, raste der Rettungswagen bereits durch das Dorf und begann, vorsichtig den holprigen Feldweg hochzufahren. Die ersten Neugierigen erschienen am Dorfrand und blickten den Hügel hoch. Einige machten sich auf den Weg. Walter erreichte zeitgleich mit dem Krankenwagen die Behausung von Helene. Der Wagen kam schaukelnd zum Stehen.

Eine junge Notärztin mit einer Tasche und ein Rettungssanitäter sprangen behände aus dem Fahrzeug. „Sie liegt im Bauwagen auf ihrem Bett“, informierte Walter die beiden. „Mein Name ist Walter Burkhard und ich habe den Notruf abgesetzt.“ Sie nickten ihm zu, rannten die Stufen hoch und betraten den Wagen. Walter folgte ihnen langsam.

Als er bedrückt zu ihnen trat, schüttelte die Notärztin bedauernd den Kopf. „Es tut mir sehr leid, sie ist tot, wahrscheinlich schon seit einigen Stunden, ich kann nichts mehr für die Frau tun. Haben Sie die Tote gekannt?“ „Ja“, erwiderte Walter, mehr brachte er nicht über die Lippen. „Mein aufrichtiges Beileid“, die Notärztin und ihr Kollege betrachteten ihn mitfühlend. „Kommen Sie mit mir nach draußen an die frische Luft", bat sie ihn fürsorglich. „Wir müssen auf die Kripo Bamberg warten."

Es dauerte nicht lange und zwei Fahrzeuge näherten sich langsam, den tiefen Schlaglöchern ausweichend. Ein neutraler Dienstwagen und ein Polizeifahrzeug mit Blaulicht und Martinshorn. Dorfbewohner standen etwas abseits und beobachteten verwirrt die Szene. Keiner sprach ein Wort. Mandy Bergmann und Gerd Förster stiegen schnell aus ihrem Fahrzeug. Die hintere Tür öffnete sich kurz danach und ein sehr elegant gekleideter Mann betrat die Wiese. Zwei uniformierte Polizisten und zwei Männer in weißen Overalls verließen das Polizeifahrzeug. Die Notärztin ging ihnen entgegen. „Die Frau war bereits tot, als wir eintrafen, wir konnten nichts mehr tun." Der Kommissar nickte. „Brauchen Sie uns noch, ansonsten machen wir uns wieder auf den Weg, unsere Wache ist knapp besetzt?", fragte der Rettungssanitäter. „Fahren Sie nur, jetzt sind wir an der Reihe", entgegnete Gerd Förster. „Gehen wir rein."

Dann nahm er Walter Burkhard wahr, der auf einem morschen Baumstumpf zusammengesackt war. „Sind Sie derjenige, der uns informiert hat, Walter Burkhard?" „Ja, das bin ich", antwortete dieser. „Ich habe sie gefunden." „Wissen Sie, wie die Tote heißt?", wollte der Kommissar wissen. „Helene von Falkenstein, wir nennen sie hier bei uns die Kräuterhexe Helene." Walter fühlte sich elend. „Halten Sie sich bitte zu unserer Verfügung, wir müssen Sie später noch sprechen."

Walter nickte. Alle bis auf Walter stiegen nun in den Bauwagen. Sie traten an Helenes Bett und blickten auf die Tote. Sie erweckte den Eindruck, als ob sie schliefe. „Keine Anzeichen eines Kampfes", bemerkte Mandy und blickte sich um, „sie sieht aus, als wäre sie friedlich im Schlaf gestorben.“ Carlo, der Rechtsmediziner, lockerte seine blaugrau gestreifte Krawatte und streifte sich Handschuhe über seine gepflegten, schmalen Hände. Dann begann er, die Tote vorsichtig zu untersuchen. Nach einer Weile bemerkte er: „Sie ist schon einige Stunden tot, Näheres nach der Autopsie. Sie ist offensichtlich erstickt. Ihre Schleimhäute sind hellrot. Vorläufig keine Anzeichen äußerer Einwirkung. Auch keinerlei Abwehrverletzungen. Wir bringen sie in die Rechtsmedizin, dort kann ich sie genauer untersuchen.“

Er erhob sich und schaute sich um. „Ein bizarrer Wohnort. War das eine Aussteigerin oder etwas in der Art?“ Er streifte sich die Handschuhe von den Händen. Wenn er sie länger trug, bekam er Ausschlag. „Wir müssen die Dorfbewohner befragen und herausfinden, ob sie Angehörige hatte“, antwortete Mandy Bergmann. „Sie war wohl so eine Art Kräuterfrau, die sich bewusst für dieses alternative Leben entschieden hatte.“ Gerd Förster betrachtete aufmerksam das Gesicht der Toten. Sie schien ihn an irgendjemanden zu erinnern, ihm fiel spontan jedoch nicht ein an wen.

Helene wurde zum Leichenwagen, der inzwischen ebenfalls eingetroffen war, getragen und die Spurensicherung machte sich an die Arbeit. Gerd Förster breitete ein Taschentuch über seine rechte Hand und öffnete vorsichtig die Ofentür. Sie war warm. Auf dem Rost befand sich noch ein wenig Kohlenglut. „Sie hatte eingeheizt“, stellte er fest. „Die Türe des Bauwagens stand wohl die ganze Zeit offen, nachdem Herr Burkhard die Leiche entdeckt hatte. Auf jeden Fall war sie geöffnet, als wir eintrafen. Frische Luft ist eingedrungen.“ Mandy sah ihn fragend an. Sie wusste nicht, worauf er hinauswollte. Dann ließen beide ihre Augen durch die Behausung wandern. Neben dem Bett befand sich ein altes Regal aus hellem Holz, dessen obere Hälfte aus offenen Regalbrettern bestand, auf denen sich ordentlich aufgereiht und sortiert Kräutersalben, Öle und Kräuterhonig in Glasgefäßen befanden. Die untere Hälfte enthielt in jeder der drei Reihen fünf quadratische Schubläden mit einem runden Holzknopf zum Herausziehen. Mandy öffnete eine kleine Schublade nach der anderen und inspizierte deren Inhalt. „Zellophanpäckchen mit getrockneten Kräutern, anscheinend für Tees und Heiltinkturen“, informierte sie ihren Kollegen. „Hier zum Beispiel getrockneter Salbei“, sie studierte den Aufkleber auf dem kleinen Päckchen, „er hilft gegen Magenbeschwerden und Hals- und Zahnentzündungen. Oder Kerbel, der regt Galle, Leber und den Appetit an und reinigt das Blut.“ Sie nahm ein weiteres Päckchen aus der Schublade, las die Beschriftung darauf und grinste: „Stimulierende Kräuter zur Anregung der sexuellen Leidenschaft. So ein Gemisch sollte ich mir vielleicht mal kaufen.“

Gegenüber dem Regal in der anderen Ecke des Bauwagens stand eine einladende Eckbank, die mit verschlissenem Brokat überzogen war. Golden und purpur glänzende Kissen waren darauf verstreut. Ein blanker, grober Holztisch stand davor, an jeder Kante ein Stuhl mit einem Überzug passend zur Bank. Über dem Tisch baumelte ein kleiner, messingfarbener Kronleuchter.

Ein paar lose Papiere lagen auf der rauen Tischoberfläche. Der Kommissar betrachtete sie aufmerksam. Es handelte sich um Einladungen zu einem Seminar in Kräuterheilkunde, Phytotherapie, das die Hexe Helene in nächster Zeit geplant hatte. Sie schmiedete Zukunftspläne, die Atmosphäre an diesem Ort strahlte eine ruhige Zufriedenheit aus, als hätte Helene mit sich, ihrem selbst gewählten Leben und der Welt absolut in Einklang gestanden. Selbstmord passte nicht dazu. Neben der

Sitzecke befand sich ein Küchenschrank mit ausreichend Geschirr und einigen Vorräten. Auf der anderen Seite stand ein kleiner antiker Sekretär. Auf den Brettern hinter den zwei Glasscheiben entdeckte er Belletristik und eine vergilbte Bibel. Einige der Bücher waren bereits ziemlich abgegriffen. Er las die Titel. „Ansichten eines Clowns“ von Heinrich Böll, „Der Vorleser“ von Bernhard Schlink und „Die vierte Hand“ von John Irving. Er lächelte. Helene hatte seine Vorliebe für diese Art von Literatur geteilt.

Dann zog er die Schubläden heraus und verschaffte sich einen Überblick über deren Inhalt. In der oberen Schublade hatte Helene Schriften über Kräuter und Rezepturen gesammelt. Er blätterte in einem dicken Notizbuch. Offensichtlich hatte die Frau vor, ein eigenes Heilbuch über Kräuter zu verfassen. Die untere Schublade enthielt ihre Privatpapiere. Kontoauszüge, chronologisch sortiert, diverser Schriftverkehr und eine cremefarbene Mappe aus feinem Büttenpapier.

Darin fand er ihre Geburts- und ihre Heiratsurkunde. Sie war am 3. März 1946 als Helene Cosima Reuthmann geboren, also war sie im Alter von dreiundsechzig Jahren gestorben. Cosima, er runzelte die Stirn. Dann die Heiratsurkunde, ausgestellt auf den 8. August 1989. Sie hatte sich mit einem Grafen Tilo von Falkenstein vermählt. Er konnte keine Scheidungspapiere entdecken. Vielleicht hatte sie sich gar nicht scheiden lassen, bevor sie sich in ihr alternatives, bescheidenes Leben zurückzog?

Der Kommissar dachte darüber nach, ob er sich ein derart minimalistisches Dasein vorstellen könnte. Er suchte weiter und stieß auf eine Lebensversicherung. Dann pfiff er durch die Zähne. Graf Tilo von Falkenstein fielen beim Tod seiner Gattin hunderttausend Euro zu. Es galt zu klären, ob das Paar noch verheiratet war.

Daraufhin erregte ein abgegriffenes, altes Fotoalbum seine Aufmerksamkeit. Er blätterte es rasch durch. Baby- und Kinderfotos, ein kleines, zartes Mädchen, das stolz und behutsam eine rosafarbene Schultüte trug. Familienfotos und ein Hochzeitsbild mit einer weiß gekleideten Braut, die nicht besonders glücklich wirkte. Daneben ein dürrer, aufgeblasener Gockel mit rabenschwarzem Schnurrbart und geierartigen Gesichtszügen. Am Ende des Albums entdeckte er Schnappschüsse von diversen Damengruppen, die einen erschöpften, verschwitzten, aber äußerst zufriedenen und angeregten Eindruck machten. Offensichtlich waren die Fotos nach verschiedenen Kräuterwanderungen entstanden. Er ließ die einzelnen, festen Seiten noch einmal durch seine Finger gleiten, als er stutzte.

Eine Fotografie älteren Datums und bereits etwas vergilbt erregte seine volle Aufmerksamkeit. Er betrachtete das Bild näher und wurde blass. Es zeigte eine Gruppe junger Leute, die sich fröhlich um ein Lagerfeuer geschart hatten. Der flackernde Schein des Feuers erhellte die Aufnahme, ansonsten war es stockfinster. Ein in die Kamera strahlender junger Mann, der eine Flasche Greifbräubier zum Prost hochhielt, umfasste mit dem anderen Arm eine Frau, die als Hexe verkleidet war. Im Moment der Aufnahme war ihre Maske ein wenig verrutscht und feine, helle Gesichtszüge und vereinzelte wilde, rote Locken lugten darunter hervor. Gerd Förster als verliebter, übermütiger, naiver Sechzehnjähriger und eine wunderschöne, reife Frau. Er erkannte sie als Hexe Helene vor vielen Jahren.

Gerd Förster schluckte. Oft hatte er an sie und ihre unbändige Lebensfreude in jener Nacht gedacht. Sie hatte ihn behutsam, aber bestimmend in die Liebe eingeführt. Jetzt war sie tot, und er sollte ihren Tod aufklären, den er nun persönlich nahm. Vielleicht konnte er das Bild behalten, wenn die Ermittlungen abgeschlossen waren. Wenn es ein Verbrechen war, würde er den Schuldigen finden, das schwor er sich grimmig und voller Zorn.

Er trat aus dem Bauwagen und atmete tief die reine Luft ein. Mandy hatte seinen Zustand gar nicht wahrgenommen, sie war fasziniert vom Studium der Vielzahl an Kräutern. Sie hatte eine Mischung entdeckt, die ruhigen Schlaf versprach. Es handelte sich um getrocknetes Basilikum. Das Sandmännchen unter den Kräutern, war auf dem Aufkleber zu lesen, es wirkt beruhigend und fördert den Schlaf.

Die Aufkleber waren allesamt sorgfältig in feiner Schreibschrift mit blauer Tinte beschrieben.

Manchmal ging ihr nachts ein Fall nicht aus dem Kopf und sie wälzte sich keinen Schlaf findend und grübelnd in ihrem Bett.

Die zwei Polizisten hielten die Leute zurück und sperrten den Tatort gewissenhaft ab. Der Kommissar ging langsam um den Bauwagen und studierte ihn gründlich von allen Seiten. Als sein Blick auf den kleinen, gebogenen, silberfarbenen Schornstein fiel, stutzte er. Dann sah er es. Er erbleichte.

Mandy folgte seinem Blick und nahm geschockt zur Kenntnis, was ihr Kollege entdeckt hatte. Langsam begriff sie. Über die flache Abdeckung des Schornsteins und die Streben mit den schmalen Öffnungen dazwischen für den abziehenden Rauch war silbrige Alufolie gestülpt, die mit einer Art grünem Gartendraht befestigt war. Er war in mehreren Schlingen um die Folie gewickelt. Auf der Abdeckung lag zusätzlich ein flacher, schwerer Ziegelstein, um die Folie zu beschweren. Dadurch wurde effektiv verhindert, dass der Rauch aus dem kleinen Werkstattofen nach außen dringen konnte.

Carlo, der zu ihnen getreten war und sich eben ein schlankes, dunkelbraunes Zigarillo mit einem schweren, silbernen Feuerzeug anzünden wollte, erstarrte in der Bewegung, als er die tödliche Vorrichtung wahrnahm: „Kohlenmonoxidvergiftung, daran ist sie erstickt, durch die unvollkommene Verbrennung von Kohle bei ungenügender Sauerstoffzufuhr; daher die hellroten Schleimhäute. Welcher Schurke macht denn so etwas?" Er schüttelte fassungslos den Kopf.

„Eine alte, wehrlose Frau im Schlaf zu vergiften."

Die Spurensicherung fotografierte den umwickelten Schornstein aus sämtlichen Perspektiven und baute dann die Vorrichtung zur weiteren Untersuchung ab.

„Hier handelt es sich aller Voraussicht nach um vorsätzlichen, heimtückischen Mord", stellte Mandy fest. „Erst das Verbrechen an Georg Mirsberger und drei Tage später wieder eine Leiche, ein bisschen viel für so ein kleines, verschlafenes Dorf."

Der Kommissar schien in Gedanken versunken: „Wie ist der Täter an den Schornstein herangekommen?", überlegte er. „Die Öffnung sitzt ziemlich hoch, er muss irgendein Hilfsmittel benutzt haben." Er wies die Kollegen von der Spurensicherung an, nach einer Leiter oder Ähnlichem zu suchen. „Wir befragen zunächst Walter Burkhard, dann besuchen wir die Dorfwirtschaft und hören uns ein wenig um", entschied der Kommissar. Der Jäger hatte sich nicht von der Stelle gerührt, neben ihm saß bewegungslos und wachsam sein kleiner, trauriger Hund.

Plötzlich schoss eine schwarze, schlanke Katze um die Ecke und begann, anklagend zu miauen. „Das ist Helenes Katze", klärte sie Walter Burkhard auf, „was soll jetzt aus ihr werden?" Gerd Förster lockte sie an, nahm sie auf den Arm und streichelte das Tier. „Merkwürdig", bemerkte der Jäger und kratzte sich am Kopf, „die lässt sich normalerweise von niemandem außer Helene selbst anfassen.“ „Ich nehme sie mit“, verkündete der Kommissar seinen spontanen Entschluss. Sie warfen noch einen letzten Blick auf den verlassenen Bauwagen, dann machten sie sich auf den Weg ins Dorf. Delilah starrte Gerd Förster mit ihren leuchtend grünen Augen unvermittelt an und ließ sich widerstandslos davontragen.

Mittwoch, 8. Juni, ebenso vormittags

Klarissa König betrat schwungvoll die Räume der sozialen Beratungsstelle. Ihre Gedanken waren jedoch eher düsterer Natur. Auf der Herfahrt hatte sie kurz am Kindergarten angehalten, um Rebekka Hallo zu sagen und sich nach ihrem Befinden zu erkundigen. Außerdem hatte sie Lust, nach Feierabend Pizza essen zu gehen und anschließend einen Film im Forchheimer Kino anzuschauen, „Kommissar Bellamy“ mit Gerard Depardieu, einem von Klarissas Lieblingsschauspielern. Der Krimi spielte in Südfrankreich, und Klarissa freute sich auf die Geschichte und die Landschaftsaufnahmen. Rebekka würde sie sicherlich gerne begleiten wollen. Die beiden Frauen unternahmen ab und zu etwas gemeinsam.

Bekkis Mann verbrachte jede freie Minute bei seinen Pferden oder in der Dorfwirtschaft. Klarissas Gatte Gregor wollte sich im Sportlerheim ein wichtiges Fußballspiel mit seinen Kumpels anschauen. Welches, hatte sie schon wieder vergessen, Fußball interessierte sie nicht im Geringsten.

Unternehmungslustig war sie in Rebekkas Büro gestürmt, immer noch schmunzelnd über ein niedliches, pausbackiges Mädchen, die von ihrer sichtlich genervten, jungen Mutter nicht überredet werden konnte, die goldfarbenen Riemchensandalen gegen die biederen Hausschuhe auszutauschen. Eine hitzige Diskussion war zwischen den beiden entbrannt. „Soll ich etwa diese blöden Hausschuhe zu meinem neuen Kleid tragen?", fragte die eitle Kleine eben empört ihre Mama, während ihre blonden Zöpfchen, gebunden mit rosa Schleifen, hin und her schaukelten. Klarissa tippte in Bezug auf den Ausgang der Auseinandersetzung auf das Durchsetzungsvermögen des entschlossenen kleinen Mädchens.

Rebekka telefonierte dem Dialog nach zu urteilen gerade mit einer Kindergartenmutter, die sich wohl über nicht korrekt durchgeführte Mülltrennung im Kindergarten beschwerte. Rebekka wiederholte einige der Sätze in monotonem Tonfall, wahrscheinlich, um die Geduld nicht zu verlieren, sodass Klarissa den Inhalt des Telefonats einigermaßen rekonstruieren konnte. Die Kindergartenmutter beschrieb Rebekka nun nach den Vorhaltungen über umweltgefährdendes Verhalten seitens der Erzieherinnen und des Gemeindekindergartens, wie vorbildlich sie sich selbst verhielt.

Rebekka bedeckte kurz den Hörer mit der Hand, nickte Klarissa lächelnd zu und flüsterte: „Wir telefonieren später." „Wie wäre es heute mit Kinotag und Forchheims bester Pizza?", lockte Klarissa. „Heute nicht, Klarissa, ich bin nicht ganz auf der Höhe, ich nehme nach Feierabend ein heißes Bad und gehe zeitig in mein Bett, Tschüs." Sie wandte sich erneut dem Telefonat zu. Klarissa bekam noch mit, dass die bewusste Mutter sogar einmal aus der Unkenntnis heraus, ob eine blaue Proseccoflasche in den braunen oder den grünen Glascontainer zu entsorgen war, Erkundigungen an höchster Stelle im Umweltreferat in Forchheim eingezogen hatte, um ein korrektes Verhalten an den Tag legen zu können. Klarissa hätte die Anruferin spontan eher der Sauerkrautsaft- anstatt der Proseccokategorie zugeordnet.

Seit immer mehr umwelt-, gesundheits- und erziehungsbewusste Familien sich ein Haus auf dem Land bauten, erwies es sich mittlerweile als eine Herausforderung, beim heimischen Metzger ein Schweinekotelett mit Fettrand zu erstehen. Gregor ließ dafür seine Kontakte spielen. Er kannte etliche hervorragende Metzger.

Die Chancen der alteingesessenen Mütter, auf Elternabenden zu Wort zu kommen, waren auf Grund dieser nicht aufzuhaltenden Entwicklung drastisch gesunken. Auch das kommunalpolitische Engagement dieser Neubürger suchte seinesgleichen.

Vor etwa einem Jahr kam es zu einem legendären Konflikt zwischen den neu angesiedelten Bürgern und einem mittelständischen Industriebetrieb im Baumischgebiet der aufstrebenden kleinen Gemeinde. Die Häuslebauer störten sich erheblich und lautstark an den in regelmäßigen Abständen durch das Terrain fahrenden Lastkraftwagen.

Erstens sei die Sicherheit ihrer spielenden Kinder gefährdet, zweitens sei der Lärm der LKWs unerträglich und drittens wäre ihnen beim Kauf der Grundstücke verheimlicht worden, dass Gift absondernde und laute Industriebetriebe in diesem Baugebiet angesiedelt seien. Sie bildeten eine Bürgerinitiative und verfassten eine Eingabe an den Gemeinderat. Darauf erhielten die engagierten Bürger keine Antwort. Der Leiter der Bürgerinitiative, ein Diplombiologe, der seit fünf Jahren als Hausmann tätig war, rief daraufhin zu einer Demo bei der nächsten Gemeinderatssitzung auf.

Neun Erwachsene und sieben Kinder erschienen tatsächlich. Der Bürgermeister wurde zu einer Stellungnahme aufgefordert. Bevor der umsichtige, politisch erfahrene Mann sich äußern konnte, rief das Gemeinderatsmitglied Müller Hans empört: „Erst einen billigen Bauplatz bei uns kaufen wollen und dann demonstrieren, geht mir doch heim, ihr Körnerfresser."

Als der Auftritt der engagierten Bürger und Bürgerinnen nach wochenlangem Warten zu keinerlei Erfolg geführt hatte, ergriffen sie kreative Eigeninitiative.

Die Hausfrauen und Mütter trafen sich an mehreren Nachmittagen bei Nachbarin Reinhild, die über den geräumigsten Kellerraum verfügte, der kurzerhand in eine Kreativwerkstatt umgewandelt wurde. Dort sägten die handwerklich geschickteren Mütter aus dünnen Sperrholzplatten Figuren, die sie gemeinsam mit ihren Sprösslingen mit bunten, lustigen Clownsgesichtern bemalten. Darunter stand in dicken, roten Lettern: „Lieber Autofahrer, hier spielen Kinder, fahre bitte Schrittgeschwindigkeit."

Die selbst gebastelten, farbenfrohen Straßenschilder fielen zunächst überhaupt nicht auf, bis die Frau des Bürgermeisters ihrem Ehemann zufällig beim Frühstück erzählte, in dem neu bebauten Mischgebiet hätte jemand so lustige Bilder aufgehängt.

Der Gemeinderat erörterte die Geschehnisse in seiner nächsten Sitzung und beschloss, die Bürgerinitiative schriftlich zu informieren, dass es sich bei dem eigenmächtigen Aufstellen der Straßenschilder um einen unrechtmäßigen Eingriff in den Straßenverkehr handelte. Die Bürger wurden aufgefordert, die Clownsschilder unverzüglich zu entfernen. Irgendwie ist dann aber die ganze Angelegenheit im Sande verlaufen und einige der Schilder standen heute noch.

Klarissa war etwas überrascht, dass Rebekka sie so kurz abgefertigt hatte, aber sie hatte schließlich ihren Job zu machen. Was Klarissa grübeln ließ, waren Rebekkas Augen, die rot und geschwollen wirkten, und ein blauer Fleck unterhalb ihres rechten Auges. Er war dick mit Make-up verdeckt, aber dennoch sichtbar. „Du trägst Inhalte deiner beruflichen Beratungsgespräche in dein Privatleben, hör sofort auf zu fokussieren", schalt Klarissa sich selbst.

Rebekka litt unter Heuschnupfen und hatte sich irgendwo gestoßen, so musste es sein. Die Kindergartenkinder konnten manchmal ganz schöne Rabauken sein. Jetzt galt es über eine alternative Abendgestaltung nachzudenken.

Klarissa öffnete ihre Bürotüre und wollte gerade ihre Jeansjacke ausziehen, als ihr Telefon klingelte. Eine Klientin von ihr, Irina Scherzer, war am Apparat. Sie berichtete atemlos: „Ich werde jeden Morgen von meiner Chefin ermahnt, dass ich pünktlich zur Arbeit kommen muss. Heute hat sie sogar mit Kündigung gedroht. Das ist krasses Mobbing, das habe ich kürzlich in einer Gerichts-Soap gelernt. Können Sie mal vernünftig mit ihr reden, Frau König? Mein Körper hält mich jeden Morgen zurück, er hat seinen eigenen Rhythmus. Schließlich war ich in einem früheren Leben eine Libelle."

Mittwoch, 8. Juni, später Vormittag

Sie fuhren mit ihrem Dienstfahrzeug vorsichtig den Hügel hinunter. Die Kollegen würden, wenn die Spurensicherung ihre Arbeit getan hatte, gemeinsam nach Bamberg zurückfahren. Carlo wollte sich dann sofort an die Untersuchung der Leiche von Helene von Falkenstein machen, um zu überprüfen, ob sich sein Verdacht auf

Kohlenmonoxidvergiftung bestätigen würde. Georg Mirsberger war von der Rechtsmedizin freigegeben worden. Es gab keine neuen Erkenntnisse. Gerd Förster wollte Gunda Mirsberger so bald wie möglich informieren, damit sie das Begräbnis ihres Ehemannes vorbereiten konnte.

Sie parkten direkt vor Werner Burkhards Haus. Er ging soeben mit hängenden Schultern den Weg auf seine Gartentüre zu, neben ihm trippelte sein treuer Hund bei Fuß, der anders als sonst den Schwanz eingezogen hatte. Walter Burkhard bat die Kommissare hinein. Sie betraten eine schlicht eingerichtete Küche. Ferdinand stürzte sich auf seinen Wassernapf. Danach begab er sich zu seinem Fressnapf und blickte Walter vorwurfsvoll an. Die Schale war leer. „Entschuldigen Sie bitte", bat der Jäger, „ich muss rasch meinen Hund füttern." Er öffnete eine Dose und füllte hundeschnauzengerechte Fleischstücke in Ferdinands Napf. Sanft tätschelte er dem Rauhaardackel den ruppigen Kopf. „Fress schön", sprach er das Tier aufmunternd an. Dieser machte sich ausgehungert über seine Mahlzeit her. „Er steht unter Schock, genau wie ich", erklärte er seinen Gästen. „Wie wäre es mit Kaffee?", fragte er. „Ich kann guten, starken Bohnenkaffee kochen." „Gerne", erwiderte Mandy. „Dürfen wir uns setzen?" „Aber natürlich", antwortete Walter und deutete auf zwei Stühle am Küchentisch. „Entschuldigen Sie bitte, ich bin etwas durcheinander."

Während Walter Kaffee kochte und Kaffeetassen und Milch und Zucker auf den Küchentisch stellte, blickten sich die beiden Kommissare in der Küche um. Die Einrichtung empfanden sie als etwas altmodisch, aber gemütlich. Alles war blitzblank sauber und aufgeräumt. Walter Burkhard servierte den Kaffee, der wirklich aromatisch und kräftig war, und stellte noch eine Glaschale mit Schokoladenplätzchen dazu. „Nach dieser Aufregung brauche ich etwas Süßes."

„Wohnen Sie alleine hier?", wollte Mandy wissen. „Ja, ich bewohne mein Häuschen alleine, außer mit Ferdinand natürlich", beantwortete Walter ihre Frage. „Ich war nie verheiratet, irgendwie habe ich das verpasst. Inzwischen bedauere ich das manchmal, aber ich glaube, jetzt ist es zu spät. Welche Frau würde schon einen eigenbrötlerischen alten Junggesellen nehmen?"

Mandy lächelte ihn aufmunternd an. Sie fand ihn recht attraktiv für sein Alter. „Sie haben es gemütlich hier und so ordentlich, richtig nett." Walter Burkhard strahlte vor Stolz. „Ja, ich achte auf mein Haus und meinen Garten. Ich kann auch ein wenig kochen. Ich esse nicht jeden Abend im ‚Goldenen Hirsch', wie andere Junggesellen. Heute Abend wollte ich Linseneintopf mit Speck und Würstchen zubereiten."

Gerd Förster begann die Befragung: „Was haben Sie heute Morgen am Bauwagen von Helene von Falkenstein gemacht?" „Ich drehe jeden Morgen mit Ferdinand die gleiche Runde. Das ist unser Morgensport, damit wir nicht einrosten und fit für die Jagd bleiben. Das ist unsere Leidenschaft. Dabei passiere ich auch immer Helenes Unterkunft. Meistens schläft sie noch." Er stockte. „Schlief sie noch", verbesserte er sich und musste sich räuspern. „Wenn sie bereits wach war, tranken wir manchmal einen Kaffee zusammen. Ich half ihr ab und an bei kleinen handwerklichen Reparaturen, zum Beispiel wenn das Dach ihres Wohnwagens undicht war, und sie versorgte mich mit Heilkräutern gegen meine Arthritis."

„Haben Sie sich gut gekannt, was wissen Sie über die Tote?", fragte Gerd Förster weiter. „Ich habe sie so gut gekannt wie die anderen Dorfbewohner auch. Vor einigen Jahren bezog sie den Bauwagen. Bei langwierigen Straßenarbeiten geriet er irgendwann in Vergessenheit. Der hiesige Bürgermeister und der Gemeinderat waren einverstanden und ließen ihn an den Platz ziehen, den Helene sich, geschützt am Waldrand, aussuchte. Es handelt sich dabei um Gemeindeeigentum. Die hohen Herren wollten damals keinen intoleranten, kleinbürgerlichen Eindruck machen. Das Finanzielle mit der damaligen Baufirma hat der Bürgermeister selbst geregelt. Außerdem glauben alle Bewohner um das Walberla herum immer noch an Hexerei, auch wenn es keiner zugeben würde. Mit einer Kräuterhexe wollte sich keiner anlegen. Die Leute hier in der Gegend sind abergläubisch. Dazu kommt, dass unser Bürgermeister über erhebliche touristische Visionen und Ambitionen verfügt. Eine eigene Kräuterhexe im Dorf hält er für einen Touristenmagnet. Es hieß damals, sie hätte sich von ihrem Mann, einem verarmten Grafen, getrennt, wolle sich zurückziehen und sich der Kräuterheilkunde widmen. Soweit ich weiß, ist der Graf jetzt Pächter einer Gastwirtschaft in Gräfenberg, in der Nähe des Bahnhofs, einer etwas heruntergekommenen, düsteren Spelunke. Ich selbst war noch nie dort, aber es wird erzählt, dass sich Neonazis, die regelmäßig in Horden durch Gräfenberg zu einem Kriegerdenkmal ziehen, bei ihm treffen und dort auch bedient werden. Ansonsten kriegen die nirgendwo in Gräfenberg etwas."

Die Kommissare lauschten interessiert.

„Na ja, auf jeden Fall", fuhr Walter Burkhard fort, „haben ein paar Bauern aus dem Dorf Helene unterstützt. Ich habe für sie einen Unterstand für ihr Brennholz gezimmert und der Bürgermeister hat den Bauwagen an das örtliche Stromnetz anschließen lassen. Wir bringen, brachten ihr frisches Wasser in Kanistern und wenn Helene baden wollte, besuchte sie Regina Engeltal, unsere hiesige Pfarrerin. Auf eine distanzierte, zurückhaltende Weise war sie in unser Dorf integriert. Viele sind heimlich zu ihr geschlichen, um sich Rat zu holen und Kräuter gegen die verschiedensten Leiden zu besorgen."

Walter hielt mit seinem Bericht inne. „Weshalb haben Sie den Bauwagen betreten?", hakte Mandy nach. „Als wir an Helenes Bauwagen vorbeiliefen, fing Ferdinand an, wie verrückt zu bellen, er wollte gar nicht mehr aufhören. Da war ich mir sicher, dass etwas nicht in Ordnung war. Ich trat ein und fand sie leblos in ihrem Bett, den Rest der Geschichte kennen Sie bereits."

„Ist Ihnen irgendetwas Verdächtiges aufgefallen?", erkundigte sich Mandy. „Gar nichts", erwiderte Walter Burkhard, „alles war wie immer." „Hatte Frau von Falkenstein Feinde?" „Nein, das kann ich mir nicht vorstellen. Sie lebte ein bescheidenes, zurückgezogenes Leben. Manchmal schlich sie nachts durch das Dorf und stellte ihre Beobachtungen an, das fanden manche Bewohner seltsam und unheimlich. Aber Helene verwendete ihre vermeintlichen Erkenntnisse nicht. Was gibt es hier auch schon zu erkunden! Sie war einfach etwas schrullig und wahrscheinlich neugierig. Aber wieso fragen Sie nach Feinden? Es handelt sich doch um eine natürliche Todesursache oder um einen Unfall?"

Der Jäger blickte sie misstrauisch an. „Wir haben unsere Ermittlungen eben erst aufgenommen", entgegnete der Kommissar ausweichend.

Mandy Bergmann und Gerd Förster bedankten sich bei dem traurigen Jäger und machten sich auf den Weg zum „Goldenen Hirsch". Sie hielten kurz vor Gunda Mirsbergers Haus und der Kommissar teilte der Witwe auf seine mitfühlende Art mit, dass ihr verstorbener

Mann nun von der Rechtsmedizin freigegeben war und beerdigt werden konnte.

Gunda Mirsberger telefonierte sofort mit der Pfarrerin Regina Engeltal und die beiden Frauen besprachen, dass die Trauerfeier und die Beerdigung von Georg Mirsberger am Freitagnachmittag stattfinden sollten.

Stadtwurst mit Musik

Fränkische Spezialität nur mit „Hausmacher Stadtwurst" (Ringwurst, geräuchert mit viel Majoran)

Für vier hungrige Menschen:

500 Gramm Hausmacher Stadtwurst
2 große Zwiebeln
5 EL guter Essig
2 EL gutes Öl
4 Essig-Dillgurken (muss aber nicht, je nach Geschmack)
Salz und Pfeffer
Wasser

Die Haut entfernen und die Stadtwurst und die Zwiebeln mit einer elektrischen Brotschneidemaschine in ganz dünne Scheiben schneiden.
Gurken, wenn gewünscht, in Würfel oder Scheiben schneiden.
Alles in eine große Schüssel geben und mit Essig und Öl mischen.
Salz und Pfeffer dazu und gut durchziehen lassen, eventuell etwas Wasser.
Dazu gibt es möglichst frisches Bauernbrot aus dem Holzbackofen, Butter und ein feines fränkisches Bier.

Das Ganze kann auch mit Fleischwurst, Jagdwurst, Schinkenwurst oder sogar mit Lioner angemacht werden. Dann ist es aber eine zugezogene oder preußische Stadtwurst.

Fränkische Fachwerkscheune in Weingarts

Mittwoch, 8. Juni, vormittags

Sieglinde Salome Silberhorn zwängte sich in ihre Polizeiuniform. Der oberste Knopf an ihrer Diensthose ließ sich nur noch schließen, wenn sie den Bauch einzog und die Luft anhielt. Sie hatte schon wieder zugenommen, verdammt noch mal. Frustriert betrachtete sie sich im Spiegel ihres Kleiderschrankes. So würde sie nie einen Mann finden. Sieglinde war einssechsundfünfzig groß, übergewichtig und von stämmiger Statur. Die kurzen, bräunlichen Haare standen störrisch vom Kopf ab. Sie hatte ein liebes Gesicht mit vollen, roten Wangen, in die sich, wenn sie lächelte, zwei Grübchen bohrten. Sie haderte mit ihrem Aussehen, nur auf ihren strammen Busen war sie stolz, der konnte sich wahrhaftig sehen lassen. Aber niemand wollte ihn betrachten.

Sie schob ihre niederschmetternden Gedanken energisch beiseite und straffte ihre Schultern. Schließlich hatte sie es bis zur Streifenpolizistin geschafft, die in Bamberg gewissenhaft ihren Dienst absolvierte. Nach ein paar Tagen überstundenfrei hatte sie heute Spätdienst. Die dienstfreien Tage hatte sie, nicht ganz wie geplant, weniger als gestählte Amazone durch den kühlen Forst joggend verbracht, sondern mehr auf ihrem kuscheligen Sofa vor dem Fernseher, ausgerüstet mit Cola und Kartoffelchips. Aber schließlich musste man sich auch ab und zu entspannen, tröstete sie sich.

Und am Samstagabend war sie mit ihrer besten Freundin Marlene, einer Friseurin, die sich als Haarstylistin bezeichnete und in einem Friseursalon in Eschenau arbeitete, spektakulär ausgegangen. Ihrem Vater hatte sie erzählt, sie würden ins Kino gehen. Stattdessen hatte Marlene, ebenfalls unfreiwillig Single, zwei Karten für eine Stripteaseshow der „Denver Dream Boys" in der Jako-Arena in Bamberg besorgt. Sieglinde war von dem glamourösen Auftritt der muskelbepackten, durchtrainierten, jungen Männer mit ihren eingeölten, glänzenden Körpern völlig hingerissen gewesen. Ein blonder Hüne, dem sie, nach drei Ananas-Flips mutig und übermütig geworden, einen Fünf-Euro-Schein in den Slip gesteckt hatte, warf seinen silberfarbenen Tanga am Ende der Show in die tobende, ausgelassene Frauenmenge und Sieglinde hatte ihn sich geschickt geschnappt. Sie trug ihn jetzt als Erinnerungsstück in ihrer Hosentasche. Es gab durchaus aufregende Ereignisse in ihrem Leben.

Manchmal durfte sie sogar dem charmanten Kommissar Gerd Förster bei seinen Ermittlungsarbeiten helfen. Gegen Mandy empfand sie eine tiefe Antipathie, sie war so schlank und durchtrainiert. Aber das würde sie auch noch schaffen. Eins nach dem anderen, pflegte ihr Vater zu sagen, bei dem sie immer noch lebte, obwohl sie schon dreiunddreißig Jahre alt war. Ihm und seiner Vorliebe für die Antike hatte sie ihren zweiten Vornamen zu verdanken, besonders die Geschichte von Johannes dem Täufer hatte es ihm angetan. Er liebte die Oper von Richard Strauss.

Schon im Kindergarten empfand sie ihren zweiten Vornamen als außerordentlich peinlich. Ihre Mutter war vor einigen Jahren gestorben, und seit ihr Vater letztes Jahr einen leichten Schlaganfall erlitten hatte, kümmerte sie sich liebevoll um ihn. Sieglinde seufzte. Sie würde morgen eine neue Diät ausprobieren, die sie in einer Frauenzeitschrift entdeckt hatte, und ein knallhartes Sportprogramm beginnen. Schon bald würde sie eine Figur wie Mandy haben und der Fußballstar aus Ortspitz, der dort in der A-Klasse spielte und aussah wie Robbie Williams, würde bald auf sie aufmerksam werden. Bei diesen aufregenden Fußballspielen war sie anwesend, wann immer es ihr Dienstplan erlaubte, und feuerte begeistert ihren Traummann an. Sie müsste nur noch ein wenig Geduld haben, dann würde sich alles fügen. Vielleicht sollte sie sich die mausbraunen, störrischen Haare blond färben. Sie versuchte eben, sich als verführerische, laszive Blondine vorzustellen, als ihr Vater nach ihr rief und gleichzeitig ihr Diensthandy klingelte.

Mittwoch, 8. Juni früh

Die neu konstituierte Nordic-Walking-Gruppe traf sich gegen neun Uhr am mit Moos überwucherten, verwitterten Marterl, das sich schräg vor einer kleinen, liebevoll gepflegten und mit frischen Blumen geschmückten Kapelle oberhalb des Schlangenbaches befand. Die stolzen Mitglieder trafen sich auf der anderen, südlichen Seite des Dorfes am Waldrand, von dem aus ein schattiger Waldweg sanft bergan führte, und hatten vom plötzlichen Tod der Hexe Helene noch nichts mitbekommen.

Am späten Montagabend, als die rührige Damengymnastiktruppe ihre dritte Flasche Erdbeersekt in der Sportgaststätte genoss, hatte die Gymnastiklehrerin Mathilde eine grandiose Idee, wie die Gruppe ihre Fitness noch weiter steigern konnte. Kondition sei absolut wichtig für das Bauchtanzprojekt, hatte sie den aufmerksamen Damen erläutert, man dürfe jedoch ein gewisses Ausdauertraining nicht vernachlässigen, sodass beides Hand in Hand ginge.

Nach ausgiebiger Diskussion verschiedener Vorschläge einigte man sich auf die In-Sportart Nordic Walking, die kurzfristig am einfachsten umzusetzen war. Alle Damen verfügten bereits über funktionale Sportanzüge.

Laufschuhe und Stöcke waren schnell zu beschaffen. Das sei absolut angesagt, bekräftigte Paulina diese Überlegungen, auch bei GZSZ seien die Superstars mit den schicken Stöcken unterwegs. Als Manuela Henneberger wissen wollte, was GZSZ denn wohl sei, winkte Regina Engeltal ungeduldig ab.

Die unüberlegte Bemerkung Konrad Schüpferlings seiner Gattin gegenüber, in der Garage befänden sich noch alte Skistöcke von ihm und ob sie es nicht gewissen- und rücksichtslos den Waldtieren gegenüber fand, diese durch eine Horde schnatternder, schrill gekleideter Weiber aufzuscheuchen, er müsse wohl oder übel den Tierschutzverein informieren, hatte Konsequenzen weitreichender Art nach sich gezogen. Anneliese Schüpferling war ob dieser Bemerkung sehr gekränkt gewesen, wo doch schließlich gerade ihr Ehemann von ihrem durchtrainierten, straffen Körper profitieren würde. Regina Engeltal hatte noch Öl ins Feuer gegossen und doziert, dass Gattinnen sich nicht auf ein reines Haushälterinnendasein reduzieren lassen dürften und ein Recht auf ihr eigenes Leben und eigene Interessen hätten.

Was das konkret bedeutete, hatte Konrad Schüpferling beim gestrigen Abendessen erfahren. Statt seiner ersehnten Leibspeise, Tafelspitz mit Meerrettichsoße, die ihm seine Frau immer am Dienstagabend servierte, fand er, ausgehungert von einem anstrengenden Arbeitstag, auf dem Küchentisch eine geöffnete Dose Ravioli vor, neben der sich eine Notiz seiner Anneliese mit einer präzisen Anleitung befand, wie das Gericht zu erwärmen war. Empört vor sich hin fluchend war er in Richtung „Goldener Hirsch" aufgebrochen und seitdem hing der Haussegen schief.

Die Damen der Nordic-Walking-Gruppe begannen, sich aufzuwärmen. „Ihr nehmt einen Stock in beide Hände, haltet ihn mit gestreckten Armen waagrecht vor euren Körper und bewegt ihn langsam auf und ab", erklärte Mathilde und machte es vor.

Sie konnte mühelos mit ihren Fingerknöcheln den sandigen Boden berühren, die anderen Damen schafften es nicht ganz. „Das wird schon", tröstete Mathilde die motivierten Damen. Nach den Aufwärmübungen begann die Gruppe, flott den Feldweg entlang zu marschieren. Mathilde kontrollierte den korrekten Stockeinsatz. „Das ist wichtig", informierte Mathilde die Sportlerinnen, „nur so können Oberkörper- und Armmuskulatur aufgebaut werden."

Die Sonne schien bereits kräftig und die Damen klackerten munter durch den sonst stillen, friedlichen Wald. Manuela Henneberger spürte die ersten Schweißtropfen auf der Stirn. „Wie weit ist es denn noch?", fragte sie mit knappem Atem, „ich habe Klausi zum Brunch eingeladen." „Aber Manuela, wir sind doch gerade erst losgelaufen", wurde sie von Mathilde ermahnt. „Wir beginnen mit drei Kilometern und steigern uns auf zehn Kilometer pro Trainingseinheit." „Drei Kilometer", stöhnte Manuela entsetzt. Auch Luise Walz spürte bereits ihre Schultern und Oberschenkel. Wäre sie bei ihrer Büroarbeit geblieben, könnte sie sich jetzt eine Tasse Kaffee gönnen, wie sonst immer um diese Zeit, wenn sie den Schriftverkehr ihres familieneigenen Obstgroßhandels erledigte.

„Nicht schwächeln, Mädels", feuerte Mathilde sie an, „denkt an unser Projekt und eure Traumfigur, danach gibt es Brunch und Cappuccino bei Manuela." „Ihr seid herzlich eingeladen, falls ich diese Tortur überleben sollte", keuchte Manuela. „Ein Tête-à-Tête mit meinem Klausi ist nach diesen Strapazen sowieso ausgeschlossen." „Was ist denn ein Dädadäd?", wollte Paulina neugierig wissen. „Sie meint schmusen und so." Luise Walz grinste. Paulina nickte verstehend. Das kannte sie.

Plötzlich schoss ein Mountainbiker aus dem Gebüsch, hinter dem ein steiler, gewundener Schotterweg sichtbar wurde. Als er die sportliche Damenriege erblickte, verlangsamte er sein Tempo. „Guten Morgen, die Damen", grüßte er. „Sie werden doch hoffentlich Ihre Waffen nicht gegen mich richten?" Er lachte und raste voller Kraft weiter. „Komiker", schnaubte Luise Walz. „Das war aber ein echtes Sahneschnittchen", Paulina blickte dem Biker schwer beeindruckt hinterher. Regina Engeltal schüttelte nur den Kopf.

Anneliese Schüpferling war mit ihren Gedanken woanders. Sie zermürbte sich den Kopf, wie sie ihren Konrad wieder besänftigen könnte. Vielleicht hatte sie die Ehekrise mit den Ravioli auf die Spitze getrieben, sie hätte sich doch lieber für Dosengulasch entscheiden sollen. Langsam kehrte Anneliese gedanklich wieder in die Gegenwart zurück. Sie sah dem Mountainbiker zweifelnd hinterher und ließ ihre Blicke ängstlich in alle Richtungen schweifen. „Und wenn sich das Monster jetzt in unserer Nähe befindet und wieder zuschlagen will?", fragte sie ihre Freundinnen schaudernd. „Oder wenn es dieser Mann war, ein Mörder als Mountainbiker getarnt, der hier in der Gegend nach Opfern sucht?" „Dann erstechen wir ihn", erklärte Regina Engeltal resolut und hieb mit ihrem rechten Stock kräftig in die Luft in Richtung auf einen imaginären Angreifer. „Das wäre dann Notwehr, das ist auch in der Bibel erlaubt, basta."

Mittwoch, 8. Juni, früher Mittag

Auf dem kurzen Weg zum „Goldenen Hirsch" wollte Mandy von Gerd Förster wissen: „Meinst du, zwischen den beiden Verbrechen gibt es einen Zusammenhang?" Der Kommissar überlegte: „Im Moment kann ich noch keinen erkennen, ich kriege die Puzzleteilchen nicht zusammen, uns fehlen weitere Informationen. Lass uns die Befragung in der Gastwirtschaft fortführen. Dann müssen wir zurück nach Bamberg. Ich bin gespannt auf die Auswertungen der Fingerabdrücke. Ich rufe Sieglinde an, sie soll heute beim Standesamt recherchieren, ob die Falkensteins noch verheiratet waren. Morgen fahren wir selbst zur Befragung nach Gräfenberg."

Sie betraten das Gasthaus. Für einen Vormittag unter der Woche war es erstaunlich voll. Es hatten sich zu den üblichen Gästen, die schon eingetroffen waren, um sich über die Schlachtschüssel herzumachen, gut zwei Dutzend Bürger des Dorfes versammelt. Mittwochvormittag war Schlachtschüsseltag. Viele Monteure von umliegenden Baustellen und Rentner aus der Stadt versammelten sich jede Woche, um diese fränkische Spezialität zu genießen.

In der Küche standen auf einem langen, hölzernen Tisch riesige Porzellanschüsseln, die mit den Köstlichkeiten des vorangegangenen Schlachtens gefüllt waren. Fette Metzelsuppe, Berge von dickem Schweinebauch, Blut- und Leberwürste, Schweineohren und Sauerkraut. Daneben war ein ausladender Brotkorb, gefüllt mit frischem Holzofenbrot und Brötchen, arrangiert. Man bezahlte einen niedrigen Festpreis und konnte sich seinen Teller füllen, so oft man wollte. Es war üblich, dass die Gäste sich selbst bedienten. Dazu trank man Bier und nach dem Essen einen Birn für die Verdauung. Für den

Cholesterinspiegel interessierte sich hier niemand. Einige Dorfbewohner tranken Kaffee, andere hatten sich ihr erstes Bier bestellt. Die Wirtin bediente. Paulina würde erst später kommen, sie hatte etwas von einem Lauftraining mit Skistöcken erzählt. Ständig hatte die junge Frau neue Flausen im Kopf. Erwartungsvolle, neugierige Blicke trafen auf die Kripobeamten. Ein Mann erhob sich und ging auf die beiden zu.

Er war klein, machte aber einen stattlichen, selbstbewussten Eindruck. Er trug einen dunkelgrauen, eleganten Anzug, ein weißes Hemd und eine dazu passende Krawatte. Er hatte ein gerötetes Gesicht, seine schütteren, hellblonden Haare waren straff auf die Seite gekämmt. Es war offensichtlich, dass er hier in der Ortschaft etwas zu sagen hatte. Jovial schüttelte er den beiden Kommissaren die Hand. „Darf ich mich vorstellen?", tönte er mit energischer Stimme, „ich bin der Bürgermeister hier im Ort, Paul Leitner, ich habe vor ein paar Minuten von Helenes Tod erfahren. Das bedauere ich zutiefst. Es scheint sich um einen Unfall zu handeln. Oder sie war krank, die Ärmste. Es ist erfreulich, dass Sie so schnell eingetroffen sind. Aber ich glaube, auf Grund der Umstände brauchen wir die Kripo nicht. Das ist auch nicht förderlich für das Tourismusgeschäft. Unsere reizvolle Fränkische entwickelt sich zum Tourismusrenner, das wollen wir uns doch nicht kaputt machen." Gerd Förster unterbrach den Redeschwall. „Nun, Sie wissen ja wohl schon, wer wir sind, und wir ermitteln schließlich auch im Fall des toten Georg Mirsberger."

Dann beschloss er, die Katze aus dem Sack zu lassen. Er würde ihre bisherigen Erkenntnisse im Groben preisgeben, so hoffte er an mehr Informationen zu kommen. „Es handelt sich bei dem Tod von Helene von Falkenstein weder um einen Unfall noch deutet etwas auf eine

Krankheit der Verstorbenen hin. Nach unseren bisherigen Ermittlungen müssen wir davon ausgehen, dass die Frau vorsätzlich und heimtückisch ermordet wurde. Wir sind für alle Informationen in Bezug auf das Verbrechen dankbar. Wir sind auf Ihre Mithilfe angewiesen. Bitte scheuen Sie sich nicht, mit uns zu reden, wenn Ihnen etwas einfällt. Auch wenn es mit der Tat womöglich nicht in Zusammenhang steht. Wir stehen Ihnen jetzt zur Verfügung. Des Weiteren lasse ich einige unserer Visitenkarten hier. Wir sind jederzeit telefonisch zu erreichen."

Stille folgte seiner Rede. Selbst dem geschäftstüchtigen Dorfoberhaupt hatte es vorübergehend die Sprache verschlagen. Dann hatte er sich so weit gefangen: „Wollen Sie damit andeuten, dass sich in unserem idyllischen, beschaulichen Ort innerhalb von einigen Tagen zwei Verbrechen ereignet haben?", er war blass geworden. „Genau so ist es", bestätigte Mandy. „Dann klären Sie es auf", brüllte er. Mandy hatte ihn schon vorher als Choleriker eingeschätzt. „Darauf können Sie sich verlassen", erwiderte sie mit ruhiger, bestimmter Stimme.

Die verhaltene Stimme von Erich Heinlein erklang, sichtlich betroffen wollte er wissen, was denn geschehen war. „Wir können Ihnen während der laufenden Ermittlungen keine weiteren Auskünfte geben, haben Sie bitte Verständnis", erklärte Mandy den erschrockenen Bürgern des kleinen Ortes. „Wir wollen kein Täterwissen preisgeben."

Nachdem im Moment niemand etwas zur Verbrechensaufklärung beitragen konnte oder wollte, was sie nicht bereits von Walter Burkhard wussten und was vielleicht auch an dem Schock über den Tod der Hexe lag, beschlossen die beiden Kommissare, nach Bamberg zurückzufahren. Wenn einer doch etwas wusste, würde er sich erfahrungsgemäß schon noch melden.

Unterwegs legten sie einen Stopp ein. Es war inzwischen Mittag geworden und die Sonne brannte kräftig. Die Kommissare waren hungrig und brauchten ein eisgekühltes Erfrischungsgetränk. Gerd Förster parkte den Dienstwagen direkt vor seinem Lieblingsimbissstand. Der befand sich auf einer freien, grünen Fläche etwas oberhalb des Rhein-Main-Donau-Kanals zwischen Strullendorf und Bamberg. Von den schlichten, weißen Bistrotischen aus konnte man direkt auf das blaugrün schimmernde, ruhige Wasser blicken. Ein mächtiger Kahn zog soeben vorbei. Es war noch nicht viel los. Hierher zog es Gerd Förster manchmal, wenn er frische Luft und Ruhe zum Nachdenken brauchte. Der Blick auf das träge dahinziehende Wasser beruhigte ihn.

Ricky, der Pächter des Imbissstandes, wendete die saftigen Bratwürste soeben mit einer Zange. „Tag ihr beiden, was darf es denn sein?", erkundigte er sich freundlich. „Mal eben aus dem Großstadtrevier geflüchtet?" Ricky hatte wilde Zeiten als Rocker in einer Motorradgang hinter sich. Seine langen, schwarzen, strähnigen Haare trug er zum Zopf gebunden. Ein graues Muscle-Shirt ließ Muskelpakete an Armen und Oberkörper erkennen, die Tätowierungen zierten. Zu einer anderen Zeit hatten Gerd Förster und Ricky ab und zu beruflich miteinander zu. Aber als Ricky seine große Liebe auf der Sandkerwa in Bamberg kennengelernt hatte, war er seriös geworden.

Inzwischen hatten die beiden ein putziges Zwillingspärchen, Emma und Emil, bekommen. Die kleine Familie konnte gut vom Ertrag des Imbissstandes leben. Er hatte sich zu einer Art In-Treff entwickelt. Ricky legte großen Wert auf die Qualität seiner Speisen und verlangte reelle Preise. Wenn abends die bunten Lichterketten brannten, war es richtig romantisch am Wasser. Junge Pärchen aus Bamberg kamen gerne hierher, um sich zu stärken, bevor sie sich in den Discorummel stürzten. Er kannte die Szene jedoch immer noch gut und hatte für Gerd Förster hie und da einen Insidertipp parat. Der hatte ihm einmal aus der Patsche geholfen.

„Wie geht es Emma und Emil?“, erkundigte sich der Kommissar aufmerksam, der an den beiden drolligen Wonneproppen einen Narren gefressen hatte. „Prima“, tönte Ricky, „sie sind seit kurzem Mitglieder einer Krabbelgruppe. Die Birkenstocktussis wollten Emil sein Marmeladenbrot in der Frühstücksbox verbieten, nicht öko und gesund genug, ich musste mit den eifrigen Damen mal ein ernstes Wörtchen reden. Was mein Sohn isst, bestimme immer noch ich, und er selbst natürlich. Ein Tür-und-Angel-Gespräch, wie die Tanten es nennen. Beim ersten Elternabend habe ich mit Susi“, das war die Kindsmutter, „nach zwei Stunden die Flucht ergriffen. Als eine bewusste Mama um zweiundzwanzig Uhr noch Diskussionsbedarf sah, ob die Tanten die Haare von Nils Kaspar Smörebröd nach dem Turnen ein- oder zweimal föhnen sollten, hätte ich fast meine guten Manieren vergessen.“ Ricky schlug sich auf die kräftigen Schenkel, die in einer engen, verwaschenen Jeans steckten, und schüttelte sich vor Lachen. Mandy amüsierte sich ebenfalls köstlich und sie fielen in Rickys Gelächter mit ein.

Sie wählten beide Currywurst mit Pommes, dazu reichlich Ketchup und Mayo und ein großes Cola. Damit zogen sie sich an ein leeres Bistrotischchen zurück. Mandy kicherte immer noch. „Hoffentlich erfahren die Tanten nie etwas von diesem Fastfoodgelage.“ „Ich schweige wie ein Grab“, schwor Gerd Förster mit ernster Miene.

Sie besprachen ihre beiden Fälle während des Essens und kamen nicht recht vorwärts. Gerd Förster blinzelte unzufrieden über das glitzernde Wasser. „Wir müssen weitere Befragungen durchführen; morgen bekommen wir von Carlo den rechtsmedizinischen Bericht von Helene von Falkenstein. Vielleicht bringt uns heute Nachmittag die Analyse der Fingerabdrücke weiter. Wir müssen herausfinden, ob es zwischen den beiden Gewaltverbrechen einen Zusammenhang gibt."

Er berichtete Mandy von der Lebensversicherung, die er im Schrank des Bauwagens gefunden hatte. „Wenn sich herausstellt, dass Tilo von Falkenstein der Mörder war, bekommt er keinen Cent aus der Lebensversicherung. Der Mörder der Person, die versichert ist, kommt grundsätzlich nie in den Genuss der Versicherungsprämie." „Vielleicht weiß er das nicht", überlegte Mandy. „Oder er wollte die tödliche Vorrichtung entfernen und ist nicht mehr dazu gekommen. Er hatte nicht mit dem Frühaufsteher Walter Burkhard gerechnet. Ohne diese grausame Vorrichtung würden wir, zumindest vorerst, von einem Unfall ausgehen. Eventuell hat er den Mörder beauftragt, um sich selbst nicht die Hände schmutzig zu machen." „Könnte sein", antwortete Gerd Förster, „oder eine andere Person hatte nicht mehr die Möglichkeit. Oder aber diese Person fühlt sich so sicher und uns überlegen, dass es ihr egal war."

Mandy nickte etwas abwesend. Er blickte Mandy nachdenklich an. Er hatte das unbestimmte Gefühl, dass sie auf etwas wartete. Dann fiel es ihm ein, sie wartete auf ein Lob. „Du hast großartig auf den wichtigen, cholerischen Bürgermeister reagiert", Anerkennung lag in seiner Stimme. Bingo, Mandy strahlte. „Mein Vater ist durch und durch Choleriker, damit kann ich umgehen", behauptete sie.

Mittwoch, 8. Juni, mittags

Sieglinde Salome Silberhorn hatte aufgeregt dem Bericht von Gerd Förster auf ihrem Diensthandy gelauscht. Gleich zwei Gewaltverbrechen in dieser bisher friedlichen Gegend, und sie wurde in die Ermittlungsarbeiten mit einbezogen. Sie straffte sich vor Stolz und ihr stattlicher Busen drückte sich nach vorne. Sie hatte vor, ihr Bestes geben. Gerd Förster würde nicht von ihr enttäuscht sein. Man musste eine Soko gründen, das hatte sie auf der Polizeiakademie gelernt, und sie würde vielleicht sogar zu den Beteiligten gehören. Hastig rückte sie ihre Polizeiuniform zurecht und überlegte sich einen genauen Plan bezüglich ihrer weiteren Vorgehensweise. Intelligentes, besonnenes Handeln war gefragt. Sie verfügte über klare Anweisungen. Sieglinde Salome Silberhorn machte sich hoch motiviert auf den Weg zur Gemeinde. Um zwölf Uhr verschlossen die Beamten die Türen, sie musste vorher dort sein.

Sie betrat das Rathaus und wandte sich in Richtung Standesamt. Das Gräfenberger Rathaus befand sich in einem alten Fachwerkhaus, das sehr geschmackvoll und aufwändig renoviert war. Wegweiser und Türschilder informierten über die Zuständigkeiten. Nach einem kurzen, lauten Klopfen an der mit wunderschönen Intarsien verzierten Tür, für die Sieglinde keinen Blick hatte, betrat sie den Raum, ohne auf Antwort zu warten, schließlich war sie dienstlich unterwegs. Hinter dem Tresen war niemand zu sehen. „Hallo, ist hier jemand?“, rief sie energisch. Eine Gestalt trat hinter einem raumhohen Regal, das mit Aktenordnern vollgestellt war, hervor. Es war Erika, eine ehemalige Schulkameradin von Sieglinde. Sie hatten zusammen die Grundschule besucht. Erika war inzwischen verheiratet und hatte bereits zwei

Kinder, wie es Sieglinde missmutig einfiel. Schon in der Grundschule verfolgte sie das Ziel, Hausfrau und Mutter zu werden. Jetzt arbeitete sie halbtags bei der Gemeinde. Sieglinde hatte gehört, dass ihr Mann sich als Fernfahrer verdingte. Anscheinend reichte sein Einkommen nicht für den Unterhalt der Familie. Sie hatten sich ein Haus im Neubaugebiet von Gräfenberg gebaut und mussten ihre Schulden abbezahlen.

Erika hatte ganz schön zugelegt, wie Sieglinde zufrieden feststellte. Ihre Dauerwellen waren korrekt gelegt. Sie sah ziemlich hausbacken aus, fand Sieglinde. „Grüß dich, Erika, ich brauche eine dienstliche Auskunft von dir. Die Kripo Bamberg, das heißt, wir ermitteln in einem komplizierten Fall."

Erika war ziemlich beeindruckt. „Hat es etwas mit dem Mord an Georg Mirsberger zu tun?", fragte sie aufgeregt. „Ich darf über laufende Ermittlungen keinerlei Auskunft geben", erwiderte Sieglinde mit Genugtuung. „Wir benötigen im Rahmen eines Falles Informationen über eine gewisse Helene von Falkenstein. Es existiert eine Heiratsurkunde über eine Ehe mit einem Tilo von Falkenstein, und ich muss wissen, ob es irgendwann zu einer Scheidung kam. Kannst du mal in den Akten nachschauen?" „Das muss ich nicht", entgegnete Erika nicht ohne Stolz. „Wir haben alles im Computer, wir sind hier technisch auf dem neuesten Stand." „Okay, dann sieh bitte da nach", bat Sieglinde sie. Christa setzte sich an ihren PC und rief einige Dateien auf, dabei vermittelte sie einen durchaus kompetenten Eindruck.

Nach einer Weile verkündete sie: „Helene und Tilo von Falkenstein haben sich nicht scheiden lassen, sie sind immer noch verheiratet. Aber das hätte ich dir auch so sagen können." Erika war in Bezug auf den heimischen Tratsch immer voll auf der Höhe. „Ich brauche es aber offiziell", bekräftigte Sieglinde. „Kannst du mir den Eintrag bitte ausdrucken?" „Aber sicher, wenn es um polizeiliche Ermittlungen geht, ist der Datenschutz ja wohl aufgehoben." Erika reichte Sieglinde die gewünschten Unterlagen. „Viel Erfolg bei den Ermittlungen, Sieglinde, aus dir ist ja richtig was geworden. Schau doch mal bei uns auf einen Kaffee vorbei, meine Kinder finden es sicher cool, wenn eine echte Polizistin zu Besuch kommt." „Mache ich gerne, Erika, erstmal vielen Dank für deine schnelle Hilfe, bis demnächst." Sieglinde zog ihre linke Hand aus der Hosentasche, um die Formulare in Empfang zu nehmen. Dabei fiel ihr ein silbernes, winziges Etwas heraus. Tiefe Röte schoss ihr ins Gesicht.

Hastig bückte sie sich nach dem kleinen, glitzernden Bündel und vergrub es tief in ihrer Jackentasche. Sie stürzte aus dem Amtszimmer. Erika schaute ihr beeindruckt hinterher. Das war sicherlich ein wahnsinnig wichtiges Beweisstück gewesen.

Mittwoch, 8. Juni, nachmittags

Als die Kommissare bei der Kripo Bamberg eintrafen, warteten Clara und Constantin Mirsberger bereits auf sie. Sie saßen eng beieinander auf einer Bank im langen, düsteren Flur der Wache und starrten ernst vor sich hin.

Gerd Förster begrüßte beide freundlich per Handschlag und bedankte sich für ihr Kommen. Die Kollegen hatten ihn informiert, dass die Fingerabdrücke der Geschwister schon genommen waren. Jetzt hatten sie sämtliche Abdrücke der Personen zusammen, die über ein Motiv verfügten, zumindest nach den bisherigen Erkenntnissen. Im Laufe des Nachmittages würden ihnen die Ergebnisse der Analyse vorgelegt. Der Kommissar bat das Geschwisterpaar in das Büro von Mandy und ihm. Sie setzten sich um einen quadratischen Kunststofftisch, Mandy legte ihr Notizbuch vor sich hin und musterte die Geschwister aufmerksam.

Clara trug ein knöchellanges, gerade geschnittenes, schwarzes Leinenkleid mit einem viereckigen Ausschnitt und Sandalen mit hohen Absätzen. Mit ihrem glänzenden, schwarzen Pagenkopf und den strahlend roten Lippen sah sie sehr elegant aus. Sie machte einen niedergeschlagenen, etwas angespannten Eindruck.

Ihr um zwei Jahre jüngerer Bruder war legerer gekleidet. Über schwarzen Jeans trug er ein kurzärmeliges, graues Baumwollhemd. Seine Haare waren heller als die seiner Schwester und fielen lockig fast bis zur Schulter. Im linken Ohr trug er einen winzigen Brillantohrring. Er hatte den gleichen vollen Mund wie seine Schwester, die Nase war etwas breiter.

Der Dreitagebart stand ihm gut, seine dunklen Augen blickten etwas verloren. Kurz griff er nach der Hand seiner Schwester und drückte sie leicht.

Gerd Förster ergriff das Wort: „Zuerst möchte ich Ihnen unser Beileid aussprechen, Ihr Vater ist durch ein Gewaltverbrechen abrupt aus seinem Leben gerissen worden. Das ist ein traumatisches Erlebnis. Sie haben aber sicher Verständnis dafür, dass wir alle Personen aus seinem näheren Umfeld befragen müssen, um dieses grausame Verbrechen aufklären zu können. Wie war Ihr Verhältnis zu Ihrem Vater?"

Clara antwortete: „Unser Vater war unzufrieden mit unserer Lebensweise und unserer Berufswahl. Ich sollte eine Banklehre absolvieren und dann heiraten und ihm Enkel schenken. Meine Entscheidung, als Künstlerin zu arbeiten und in einer WG zu wohnen, hat er nicht akzeptiert. Das fand er unseriös und weltfremd. Außerdem hat er mir jedes Talent abgesprochen. Bei Constantin war es ähnlich. Als Junge sollte er studieren, aber mein Vater dachte an ein Studium, das Ansehen und Aufstiegsmöglichkeiten mit sich bringt, Jura zum Beispiel. Als Constantin sich an der Uni Bamberg für das Studium der Sozialpädagogik einschrieb, bekam er einen Tobsuchtsanfall. Geld und Erfolg müssen absolut im Mittelpunkt stehen, nicht der Mensch, hat er gebrüllt."

Constantin fuhr fort: „Was ihm noch schwerer als meine Studienwahl zu schaffen machte, war meine Affinität zu Männern. Das fand er pervers." Constantin lächelte traurig. „Er war enttäuscht von mir."

„Was ist am Freitagabend passiert?", wollte Mandy wissen. „Wir trafen uns zu Hause bei meinen Eltern zu unserer Familienkonferenz", erzählte Clara. „Wir nennen das so, wenn sich die Familie zusammensetzt, um wichtige Angelegenheiten zu besprechen. Aber dieses Mal war es anders. Wir haben nicht diskutiert, sondern mein Vater hat das Treffen benutzt, um uns zu beschimpfen und abzukanzeln. Er hat gedroht, Constantin und mir den Geldhahn zuzudrehen. Aber noch viel schlimmer war, dass er plante, meine Großeltern in ein Pflegeheim zu stecken. Wir waren echt geschockt."

Constantin nahm den Faden auf: „Es war nicht vernünftig mit ihm zu reden. Clara und ich hielten es für das Beste, das Treffen zu verlassen und ein andermal weiterzureden, wenn sich mein Vater wieder beruhigt hatte. Wir sind weggefahren."

„Haben Sie eine Erklärung für das Verhalten Ihres Vaters?", fragte Mandy weiter.

Die Geschwister sahen sich an. Beide schüttelten den Kopf. „Nein", meinte Clara. „Fällt Ihnen jemand ein, der ein Motiv gehabt haben könnte, Ihren Vater töten zu wollen?“, setzte Gerd Förster die Befragung fort. Constantin beantwortete die Frage: „Nein, eigentlich nicht, er hatte mal Streit mit diesem oder jenem und irgendwann war dann wieder Gras über die Sache gewachsen. Wenn sich bei uns im Dorf alle erschlagen würden, die mal eine Meinungsverschiedenheit haben, wäre die Bevölkerung schon ziemlich dezimiert.“

„Unser Rechtsmediziner hat den Todeszeitpunkt Ihres Vaters auf den Zeitrahmen zwischen ein Uhr und vier Uhr früh am Sonntag festgelegt“, erklärte Mandy. „Wo waren Sie am Sonntag um diese Zeit? Die Frage ist reine Routine, wir müssen sie stellen.“ Die Geschwister sahen sich verblüfft an.

Clara überlegte kurz: „Ich hatte eine Auseinandersetzung mit meinem Lebensgefährten und zog mich nachts in mein Atelier zurück, um an einem neuen Werk zu arbeiten. Ich war alleine.“

Constantin fuhr fort: „Ich bin am Samstagabend ausgegangen, in den ‚Blauen Papagei‘ in der Sandstraße in Bamberg. Mein Freund befand sich auf einem Psychologieseminar auf Burg Feuerstein, ‚Loslassen können‘, ein äußerst vielschichtiges Thema. Er ist manchmal etwas anhänglich und schnell eifersüchtig, da habe ich die Gelegenheit genutzt, um mal einen drauf zu machen. Um fünf Uhr habe ich mich von einem Taxi nach Hause fahren lassen.“

„Gibt es Zeugen?“, hakte Mandy nach. „Die ganze Kneipe, einige Gäste werden sich bestimmt an mich erinnern können.“

Der Kommissar nickte den beiden zu: „Das wäre erst einmal alles, danke für Ihre Auskünfte. Wenn Ihnen noch etwas einfällt, wir sind jederzeit zu erreichen.“ Sie verabschiedeten sich von dem sympathischen Geschwisterpaar.

Mandy fuhr sich ratlos durchs Haar. „Was hältst du von den beiden?“, wollte sie wissen.

„Sie machen einen offenen Eindruck“, erwiderte Gerd Förster.

„Aber sie pflegen einen alternativen, exquisiten Lebensstil, und Papa hat bezahlt. Er plante, ihnen ihre Existenzgrundlage zu entziehen. Dann wäre es mit dem luxuriösen, sorgenfreien Lebenswandel vorbei gewesen. Hast du den teuren Brilli in Constantins Ohr und Claras Designerkleid bemerkt? Die Geschwister haben ein starkes Motiv. Clara hat kein Alibi. Constantins Bericht müssen wir überprüfen.“

Mandy dachte nach: „Die beiden machen einen abgehobenen Eindruck, so weit weg vom wirklichen Leben. Ist man da in der Lage, mit einem so derben, plumpen Tatwerkzeug wie einem Melkschemel zuzuschlagen?“ „Wenn es ums Geld geht, ist nichts zu derb und plump, das habe ich inzwischen begriffen“, bekräftigte Gerd Förster.

Es klopfte und fast gleichzeitig wurde die Bürotür geöffnet.

Sieglinde betrat schwungvoll den Raum. „Hallo zusammen, ich habe den Ausdruck vom Standesamt in Gräfenberg, Helene und Tilo von Falkenstein sind nach wie vor verheiratet, eine Scheidungsurkunde existiert nicht“, verkündete sie eifrig und wedelte mit den behördlichen Formularen. „Außerdem hat mir der Kollege die Ergebnisse der Analyse der Fingerabdrücke mitgegeben.“ Sie reichte die schmale Mappe Gerd Förster.

„Na, dann wollen wir doch mal schauen, was unsere Spezialisten für uns herausgefunden haben.“ Gerd Förster öffnete die Mappe und überflog rasch den Inhalt des Berichtes. „Donnerwetter, wer hätte das gedacht?“, er blickte seine Kolleginnen triumphierend an.

Dann las er vor: „Fingerabdrücke der nachfolgenden Personen konnten auf dem Melkschemel aus dem Stall des Mirsberger-Hofes festgestellt werden: Elise Mirsberger, Heinrich Mirsberger, Gunda Mirsberger, Georg Mirsberger, und jetzt kommt es: Hans Güthlein. Mehr Fingerabdrücke befanden sich nicht auf dem Schemel, sie konnten alle zugeordnet werden. So verfeindet, wie Georg Mirsberger und Hans Güthlein waren, wird Hans Güthlein wohl kaum auf dem Mirsberger-Hof beim Melken geholfen haben."

Mandy und Sieglinde starrten ihn an. „Mandy, rufe bitte den Staatsanwalt an, wir brauchen einen Haftbefehl, ausgestellt auf Hans Güthlein. Auf geht's Kolleginnen. Ich bin neugierig, was er uns zu sagen hat."

Mittwoch, 8. Juni, später Nachmittag

Sie fuhren zurück in das kleine Dorf, den Haftbefehl in der Tasche. Sieglinde Salome Silberhorn war auch dabei. Sie trug ihre Dienstpistole und hatte Handschellen an ihrem Gürtel befestigt. Es war heiß, die Sonne brannte erbarmungslos, und sie hatten die Fenster heruntergekurbelt. Gerd Förster hatte die kürzeste Strecke gewählt. Jetzt war keine Zeit, Mandy auf die Besonderheiten der einzigartigen fränkischen Landschaft hinzuweisen. Nur ein schneller Halt an einer Tankstelle war nötig, weil Sieglinde dringend einen dicken Schokoladenriegel benötigte, um ihre Aufregung in den Griff zu bekommen. Sie hatte noch nie einen Mörder verhaftet. Was, wenn er sich wehrte?

Der Stolz, bei einer so spektakulären Verhaftung mitzuwirken, und extreme Nervosität kämpften in ihr. Sie schwitzte und knabberte die Schokolade. Das half ein wenig. Gerd Förster ist ja schließlich auch dabei, beruhigte sie sich.

Der Kommissar bog in die Einfahrt zum Bauernhof der Familie Güthlein ein. Rasch stiegen die drei aus dem Dienstwagen. Mandy klingelte an der Haustüre. Niemand öffnete. Sie umrundeten das Hauptgebäude und die Scheune. Dann erblickten sie Gertraud Güthlein, die auf einer eingezäunten Wiese stand und Ziegen fütterte. Sie trug eine Kittelschürze und ein Kopftuch. Die Tiere hatten sich um sie geschart und meckerten voller Vorfreude auf ihr Futter. Kleine braunweiß gescheckte Zicklein schlugen übermütig Kapriolen und tanzten um die Bäuerin herum. Die ausgewachsenen Ziegen versuchten, die Kleintiere wegzudrängen, doch Gertraud Güthlein achtete darauf, dass keiner zu kurz kam. Sie hatte die drei Beamten noch nicht bemerkt und redete leise und liebevoll mit den Tieren. Es waren etwa ein Dutzend und allen hatte sie einen Namen gegeben. Einen störrischen, hochgewachsenen Ziegenbock, der Gustav hieß und die anderen ständig zur Seite schubste, packte sie energisch bei seinen langen krummen Hörnern und hielt ihn fest. Er ließ sich die Behandlung gutmütig gefallen. Es war eine friedliche Szene.

Mandy fror plötzlich trotz der Hitze angesichts der Vorstellung, was sie nun zu tun hatten. Ihr tat die Frau leid. Der Kommissar räusperte sich, bevor er Gertraud Güthlein ansprach. Ihm ging es wohl ähnlich: „Guten Tag, Frau Güthlein, wir suchen Ihren Mann. Können Sie uns sagen, wo er sich aufhält?“ Die Bäuerin fuhr erschrocken herum und starrte sie panisch an. Sie hatte Gustav losgelassen, der sich sofort hemmungslos zur Futterstelle drängte, und blickte in Richtung des oberen Gatters, wo sie jetzt Hans Güthlein entdeckten, der halb verdeckt hinter einem Weißdornbusch stand und sich an dem Zaun zu schaffen machte. Er hämmerte soeben mit kräftigen Schlägen eine Querlatte fest. Die drei Beamten liefen an dem Gatter entlang. Als Hans Güthlein sie wahrnahm, hielt er abrupt in seiner Bewegung inne.

Gerd Förster trat zu ihm hin und sprach ihn an: „Grüß Gott, Herr Güthlein, ich verhafte Sie wegen des dringenden Verdachtes des Mordes an Georg Mirsberger, wir haben Ihre Fingerabdrücke auf dem Melkschemel im Stall des Mirsberger-Hofes eindeutig als die Ihren identifiziert. Ich weise Sie darauf hin, dass alles, was Sie jetzt sagen, gegen Sie verwendet werden kann. Sie haben ein Recht auf einen Anwalt. Wenn Sie sich keinen Rechtsbeistand leisten können, wird Ihnen ein Pflichtanwalt zugewiesen. Ich muss Sie jetzt mit nach Bamberg auf die Wache nehmen."

Hans Güthlein wurde aschfahl, er ließ den schweren Hammer achtlos zu Boden fallen. Dann nickte er. „Gehen wir", sagte er leise und setzte sich in Bewegung Richtung Hofeinfahrt. „Darf ich mich noch von meiner Frau verabschieden?", fragte er mit tonloser Stimme. „Selbstverständlich", entgegnete Mandy. Er schlüpfte schwerfällig durch zwei Latten des Gatters und näherte sich seiner Frau. Die saß zusammengesunken auf dem Rand eines der Futtertröge. Tränen liefen über ihre Wangen. Gustav leckte ihre Hand. Sie bemerkte es nicht und sah ihren Mann verzweifelt an. Der schloss seine Arme um sie, drückte sie fest und versprach ihr: „Ich bin kein Mörder, Gertraud, ich bin bald wieder bei dir. Alles wird sich finden." Er streichelte ihr zärtlich über ihr Kopftuch. Dann gingen sie zum Dienstfahrzeug. Sieglinde wollte die Handschellen von ihrem Gürtel losmachen.

„Ich denke, das können wir uns sparen, Sieglinde", wies Gerd Förster sie leise an.

Sieglinde nahm auf dem Rücksitz neben Hans Güthlein Platz. Während der ganzen Fahrt sprach er kein Wort mehr. Auch bei der Befragung im Polizeipräsidium schwieg er konsequent. Die belegten Brötchen lehnte er ab und bat nur um ein Glas Wasser. Nach einer Weile brach Gerd Förster das Verhör ab. Das hatte jetzt keinen Sinn mehr.

„Wir nehmen Sie jetzt in Untersuchungshaft, Herr Güthlein", erklärte er dem Bauern. „Morgen reden wir weiter. Bringe Herrn Güthlein jetzt in seine Zelle, Sieglinde!"

Die Polizistin führte Herrn Güthlein ab. Der Kommissar sank in seinen Stuhl zurück. „Und was nun?", wollte Mandy wissen. „Feierabend", erklärte Gerd Förster. „Morgen früh geht es weiter, wir machen jetzt eine schöpferische Pause." „Einverstanden", bekräftigte Mandy Bergmann. Sie war müde und freute sich auf einen freien Abend. Sie würde versuchen, Carlo zu erreichen. Womöglich hatte er Lust, sich mit ihr im städtischen Schwimmbad zu treffen. Um diese Zeit war es dort nicht mehr so überfüllt. Sie könnten einige Runden im Wasser drehen und um die Wette schwimmen. Danach würden sie vielleicht im einladenden, schattigen Biergarten des Schwimmbades gemeinsam zu Abend essen. Das Essen dort war gut und würde den kulinarischen Ansprüchen von Carlo einigermaßen genügen.

Sie verabschiedeten sich. „Morgen um acht Uhr im Büro." Gerd Förster nickte. Er brauchte jetzt eine ausgiebige Dusche und ein dickes Steak in seiner Eckkneipe. Vielleicht hatte er Glück, und die schöne Babett hatte Dienst. Der Gedanke brachte ihn zum Lächeln. Dann machte er sich auf den Weg und verließ das Präsidium.

Mittwoch, 8. Juni, früher Abend

Als Klarissa König von der Arbeit nach Hause kam, wurde sie von zwei halb verhungerten Katzen und Julius begrüßt. Der war außer sich vor Freude, als wäre sie Wochen weg gewesen. Ihr Mann Gregor war noch unterwegs. Auf einer Baustelle in Fürth gab es Schwierigkeiten. Ein Subunternehmer, verantwortlich für den Einbau moderner Aluminiumfenster, war nicht mehr aufzufinden.

Sie hatte den ganzen Tag in ihrem Büro zugebracht und beschloss, bei dem herrlichen Wetter noch eine Runde mit ihrem Mountainbike zu drehen. Nachdem sie die Haustiere gefüttert hatte, schlüpfte sie rasch in ihre Sportklamotten, griff nach Hausschlüssel, Kleingeld und Sonnenbrille und schwang sich auf ihr Fahrrad. Auf den Helm verzichtete sie auf Grund der Hitze. Gregor würde diese kleine Nachlässigkeit gar nicht mitbekommen. Julius durfte sie begleiten, worauf dieser mit aufgeregtem, freudigem Gebell reagierte. Sie würde auf Feldwegen entlangfahren und ihr Hund konnte gefahrlos neben ihr hertraben.

Klarissa absolvierte eine ausgiebige Runde, an deren Ende Julius heftig hechelte und sein Frauchen etwas außer Atem und völlig verschwitzt war. Klarissa beschloss, sich auf der Terrasse von Manuela Hennebergers Café ein kühles Radler zu gönnen und um einen Napf Wasser für Julius zu bitten.

Sie würde die Abendsonne genießen und ein wenig mit Manuela schwatzen. Zum Glück hatte sie Kleingeld in der Hosentasche, wobei sie bei Manuela auch anschreiben lassen konnte. Sie schob ihr Bike in den Hof und stellte es an dessen Einsäumung an einer Mauer ab.

Ein Pkw von außerhalb stand in der Hofeinfahrt. Ein

Bistrotisch war besetzt, ansonsten war nichts los. Das war Klarissa recht. Sie brauchte heute, nach einem langen, hektischen Arbeitstag, keinen Trubel mehr. Sie betrat die Terrasse, grüßte höflich und setzte sich an einen freien Tisch. Julius ließ sich unter den Tisch in den Schatten fallen und legte seinen Kopf erleichtert auf die Vorderpfoten. „Braver Junge", lobte ihn Klarissa. Erfreut darüber wedelte Julius schlaff mit seinem Schwanz. Sie streckte die gebräunten, schlanken Beine aus und hielt ihr Gesicht in die milder werdende Abendsonne. Sie seufzte genüsslich. Endlich Ruhe.

Die beiden gut gekleideten Damen am Nebentisch kannte sie nicht. Ihnen gehörte sicher der Wagen mit dem Nürnberger Autokennzeichen. Zwei gute Freundinnen, die sich einen angenehmen Nachmittag in der Fränkischen gönnten. Klarissa lugte zu den beiden Frauen. Irritiert runzelte sie die Stirn. Zumindest eine der beiden machte keineswegs einen glücklichen Eindruck. Ihr Gesicht war mit roten Flecken übersät und sie sah verweint aus. Merkwürdig. Die andere Frau unternahm Anstalten, sie zu trösten.

„Beruhige dich, Margit", versuchte sie mit eindringlicher Stimme ihre Begleiterin zu besänftigen. „Vermutlich ein tragischer Unfall." „Es war kein Unfall", begehrte Margit auf. „Du hast doch gehört, dass es ein Verbrechen war." Sie begann zu schluchzen. Ihre Freundin nahm sie in den Arm und wiegte sie sanft. Klarissa drehte sich zu dem Tisch der beiden Damen um und besah sich die dramatische Szene. Sie überlegte, ob sie die beiden ansprechen sollte. Was denn für ein Verbrechen, sprachen sie etwa von Georg Mirsberger? In diesem Augenblick betrat Manuela Henneberger mit einem ausladenden Tablett die Terrasse. Ihr wacher Blick fiel sofort auf Klarissa.

Manuela war mit einem indischen Sarong bekleidet,

der in silber- und schilfgrünen Tönen schimmerte. Dazu passende große, silberne Ohrringe verzierten ihre Ohren. Sicher Liebesbeweise von Klausi. „Hallo Klarissa", wurde sie von der Cafébesitzerin freundlich begrüßt. In ihren Augen leuchtete Sensationsgier. „Hast du schon die grauenhaften Neuigkeiten erfahren?"

Klarissa schüttelte erschrocken den Kopf. „Was ist denn geschehen?", wollte sie wissen. Margit am Nebentisch weinte verzweifelt auf. Manuela besann sich auf ihre Aufgaben als Wirtin und begann, die Bestellungen der beiden Gäste auf dem Bistrotisch zu servieren. Zwei große Latte macchiato, zwei edle, geschliffene Gläser mit einem doppelten Himbeergeist aus der hauseigenen Brennerei und einen Teller, auf den mit Puderzucker bestäubte Knieküchle aufgehäuft waren, die sie am Morgen selbst gebacken hatte. „Mädels, stärkt euch", forderte sie ihre beiden Gäste energisch auf. „Essen und Trinken hält Leib und Seele zusammen."

Dann wandte sie sich Klarissa zu. „Die Hexe wurde heute Nacht ermordet", berichtete sie theatralisch. „Und Hans Güthlein ist verhaftet worden, wegen des Mordes an Georg Mirsberger. Wer weiß, vielleicht hat er ja auch Helene auf dem Gewissen." Klarissa schnappte nach Luft. Julius stellte wachsam die Ohren auf. Sein Frauchen war nicht mehr entspannt. Dann war er es auch nicht mehr. Er spürte Ungemach. „Ein Wahnsinniger hat den Abzug von Helenes Ofen verstopft und sie ist qualvoll erstickt", fuhr Manuela mit aufgeregter Stimme fort. Dieses Gerücht hatte sich seit dem Morgen durch die Beobachtungen der Schaulustigen hartnäckig im Dorf verbreitet, und inzwischen waren alle überzeugt, dass es der Wahrheit entsprach. „Ich habe ihr immer gesagt, dass ich es für gefährlich halte, wenn sie sich da oben alleine in ihrem Bauwagen aufhält. Es gibt zu viele Spinner."

Klarissa fehlten immer noch die Worte, sie war schockiert. „Ich bringe dir auch einen Himbeergeist", entschied die resolute Manuela, die sofort mit zwei gefüllten Gläsern für Klarissa und sich selbst wieder auftauchte.

„Erstickt, in ihrem Wohnwagen?", Klarissa wurde übel, „mein Gott, wie grausam, wer würde so etwas tun?" Sie schüttelte ratlos ihren Kopf. „Vielleicht Hans Güthlein?", das kam wie aus der Pistole geschossen. „Aber warum sollte er das tun, was hätte er für ein Motiv?" „Der konnte es nicht verkraften, dass er der ärmste Bauer im Dorf war, womöglich ist er durchgedreht, dann hat er Schorsch nach der Wirtshausstreiterei um die Ecke gebracht und danach die Hexe", spekulierte die Cafébesitzerin. „Zum Glück ist mein Klausi kein Kneipengänger. Wir bewegen uns auf einem anderen Niveau und in anderen Kreisen." Ihre Ohrringe klimperten und glitzerten in der Sonne. „Auf jeden Fall haben die zwei Kommissare ihn heute Nachmittag abgeholt, es heißt, Hans befindet sich in Untersuchungshaft. Der Fränkische Tag und die Nürnberger Nachrichten waren auch schon im Dorf. Sie haben Fotos geschossen und versucht, Informationen von den Einheimischen zu bekommen. Mich haben sie auf meiner Terrasse fotografiert und interviewt, das ist eine großartige Reklame für mein Café. Zum Glück war ich am Samstag beim Friseur. Womöglich kommen noch Reporter von der Bild-Zeitung?"

Klarissa war fassungslos. Sie kannte die Familie Güthlein zwar nur oberflächlich, hielt sie jedoch für redliche und bescheidene Leute. Sie nippte an ihrem Edelbrand und schüttelte sich. „Kann ich bitte ein Radler haben, Manuela?", bat sie. Die aufgelöste, verweinte Margit aus Gostenhof mischte sich in das Gespräch ein, inzwischen hatte sie sich so weit beruhigt, dass sie wieder sprechen konnte: „Ich wollte Helene besuchen, vorher sind meine Freundin Helga und ich hier eingekehrt, weil wir Appetit auf köstlichen Kuchen hatten. Dann hat uns Frau Henneberger von dem schrecklichen Verbrechen berichtet."

„Sie kennen Helene?", fragte Klarissa erstaunt. „Aber ja doch", fuhr Margit verschwörerisch fort. „Wir haben gestern Nacht eine Exkursion zum Orakelbrunnen des heiligen Moritz unternommen, um in die Zukunft zu blicken."

Klarissa und Manuela blickten sich verständnislos an. Helga rührte scheinbar teilnahmslos in ihrem Kaffee.

„Mauritius, wie er unter uns Insidern auch genannt wird, prophezeite mir indirekt eine erfreuliche, rosige Zukunft. Mein Holzstäbchen ist nur durch einen dummen Zufall untergegangen."

Klarissa konnte nicht mehr folgen. „Die Prophezeiung hat sich bewahrheitet, deshalb wollte ich heute sofort Helene einen Besuch abstatten, um ihr die sensationellen Neuigkeiten zu berichten." Helga kippte ihren Schnaps. „Und weiter?", wollte Klarissa wissen. Vielleicht erklärte sich das Ganze ja doch noch? Margit strahlte jetzt. Für einen Augenblick hatte sie die tote Hexe vergessen. „Mauritius und Helene behielten Recht. Der Zauber hat gewirkt. Innerhalb von wenigen Stunden. Gleich heute Morgen hat Mamoud bei mir angerufen. Das Ganze war ein fürchterliches Missverständnis. Was habe ich nur meinem orientalischen Märchenprinzen für fürchterliche Dinge unterstellt?" Sie warf ihrer Freundin Helga einen vorwurfsvollen Blick zu. Diese vermittelte inzwischen den Eindruck, als würde sie gleich durch die nicht vorhandene Decke fahren. „Er hat das Geld, das ich ihm geschickt habe, natürlich nicht auf den Kopf gehauen. Sein ältester Bruder Mohammad war schwer erkrankt und er benötigte die Summe für die Krankenhausbehandlung. Die stellte sich als äußerst kostspielig heraus. In Marokko existiert keine Krankenversicherung, müsst ihr wissen. Sein Bruder Mohammad war so gut wie tot. Die Frauen der Familie hatten schon die Klagegesänge angestimmt. Dank meines Geldes befindet er sich mittlerweile auf dem Wege der Besserung. Nun fleht Mamoud mich an, weitere tausend Euro für die Behandlung seines Bruders zu überweisen und vierhundert Euro für ein Flugticket. Wenn sein Bruder genesen ist, besucht er mich in Gostenhof, wahrscheinlich an Weihnachten. Das wird sehr romantisch. Mamoud und ich auf dem Nürnberger Christkindlesmarkt zwischen all den Zwetschgenmännla und den Weihnachtskugeln."

Margit hielt kurz verträumt inne und erzählte dann weiter: „Das wollte ich Helene berichten, sie hätte sich so mit mir gefreut, die Gute, und jetzt ist sie tot." Margit musste erneut weinen.

Klarissa hatte genug gehört. Sie bezahlte, verabschiedete sich und radelte bedächtig nach Hause. Julius hielt sich dicht bei ihr. Sein Frauchen war verstört, das schätzte er ganz und gar nicht.

Vor dem „Goldenen Hirsch" standen Dorfbewohner beieinander und diskutierten. Das ganze Dorf war in Aufruhr und keiner wusste mehr, wie er diese grauenhaften Geschehnisse einordnen und verkraften sollte. Und wem er noch trauen konnte.

Klarissa bog um die Ecke und wollte in ihren Hof fahren, als sie auf Anneliese Schüpferling traf. Sie trug knallrote Shorts und ein orangerotes T-Shirt und werkelte in ihrem Garten. Offenbar hatte sie vorher Wäsche aufgehängt, die jetzt sanft im Wind flatterte. Trainingsanzüge, Bettwäsche und Handtücher mit dem Emblem vom 1. FC Nürnberg. Ihr Gatte Konrad war ein begeisterter

Club-Fan, der kein Heimspiel im Nürnberger Stadion verpasste.

Nun schleppte sie wuchtige, bunt bemalte Gartenzwerge hin und her. „Hi, Anneliese“, grüßte Klarissa ihre schwer beschäftigte Nachbarin. „Was treibst du denn da?“ „Ich arrangiere das Ambiente für den Garten um“, erwiderte Anneliese eifrig und wischte sich Schweißtropfen von der Stirn. Sie platzierte einen mindestens achtzig Zentimeter großen Zwerg, der eine gewisse Ähnlichkeit mit Helmut Kohl aufwies und unternehmungslustig eine Angel schwenkte, in die Nähe des Gartenzaunes zwischen zwei bunt gefiederte Enten aus gebranntem Ton. „Hier passt er viel besser hin, meinst du nicht auch?“, wollte Anneliese wissen. „Doch, auf alle Fälle“, bestätigte Klarissa abwesend. „Hast du schon gehört, was passiert ist?“

Anneliese betrachtete sie mit ernster Miene und nickte: „Konrad hat sein Feierabendbier im ‚Goldenen Hirsch‘ getrunken und dort die schrecklichen Neuigkeiten erfahren. Konrad kann sich nicht vorstellen, dass Hans Güthlein ein Mörder ist, er hält seine Verhaftung für einen Justizirrtum. Bei den Gerichtssendungen, die ich regelmäßig im Fernsehen anschaue, kommt das häufig vor. Konrad wird ab heute Abend alle Türen und Fenster verriegeln, wer weiß, wen der Mörder als Nächstes kaltmachen will, vielleicht stehen wir auf seiner Liste. Jeder hat Leichen im Keller, meint Konrad.“

Klarissa fühlte sich schwach, ihr fiel keine Antwort ein. Anneliese fuhr fort: „Wenn du mich jetzt entschuldigst, Klarissa, gleich fängt die Telenovela ‚Macht der Liebe‘ an, davon verpasse ich keine Folge. Danach folgt ‚Götter in Weiß‘, heute wacht die Komapatientin auf. Schönen Abend, Klarissa.“ Winkend verschwand Anneliese im Haus.

Gregor war bereits wieder losgezogen, ins Sportlerheim. Klarissa hatte beschlossen, den Abend zu Hause zu verbringen. Sie hatte keine Lust, nach der Absage von Rebekka alleine auszugehen, schon gar nicht nach all diesen Gräuelgeschichten.

Der Tisch in der Küche war für eine Person gedeckt. Gregor hatte ihren Lieblingssalat zubereitet, Tunfischsalat mit viel Zwiebeln und Oliven. Neben der Schüssel lehnte eine liebevoll geschriebene Notiz mit einem Gruß ihres Gatten.

Trotz der außerordentlich bedrohlichen Vorkommnisse, die Klarissa beunruhigten, verspürte sie plötzlich Hunger. Sie duschte rasch und zog sich ein bequemes Sommerkleid über. Erfrischt und mit feuchten Haaren machte Klarissa es sich auf der Terrasse gemütlich. Sie schenkte sich ein Glas kühlen Weißwein zu ihrer Mahlzeit ein und las ihren Krimi weiter. Die beiden Katzen schliefen zusammengerollt in ihrem Körbchen, Julius döste unter dem Tisch. Langsam brach die Dunkelheit herein. Die Kerzen, die Klarissa entzündet hatte, warfen bizarre Schatten. Der Garten lag im zarten Dämmerlicht und sie konnte die Büsche und Bäume nur noch schemenhaft erkennen.

Was, wenn sich dahinter jemand verbarg? Jemand, der sie beobachtete. Blödsinn, schalt sie sich, Julius würde anschlagen. Im Garten befand sich kein Mensch. Es wurde Zeit, dass die grauenvollen Verbrechen, die in ihrem kleinen, bisher friedlichen Dorf geschehen waren, aufgeklärt wurden. Man wurde ja richtig neurotisch.

Da, hatte sich nicht etwas hinter dem Hibiskusstrauch bewegt? Klarissa glaubte, plötzlich ein leises Rascheln zu vernehmen. Entschlossen sprang sie auf und schlich vorsichtig auf den Busch zu. Julius schrak auf und trottete neugierig hinterher. Nichts, ihre Fantasie ging mit ihr durch. Klarissa atmete tief durch. Sie beschloss, mit ihrem Hund noch eine Runde zu drehen. Das würde sie auf andere Gedanken bringen. Vielleicht kam Gregor in der Zwischenzeit nach Hause? Sie holte sich ein dünnes Strickjäckchen, steckte Hausschlüssel und Taschenlampe in die kleine Seitentasche, pfiff nach ihrem Hund und machte sich auf den Weg.

Inzwischen war die Dunkelheit hereingebrochen. Klarissa ging mit schnellen Schritten die Dorfstraße entlang und bog dann in einen Feldweg Richtung Nordwesten ein, der sanft bergan führte. Niemand außer ihr war unterwegs. Sie nahm den Lichterschein wahr, der aus dem Biergarten des „Goldenen Hirsch" drang, und vernahm Stimmengemurmel. Die Einheimischen saßen zusammen und sprachen sicherlich über die Morde.

Bald bewegte sie sich durch die Dunkelheit, nur eine bleiche Mondsichel spendete etwas Licht. Klarissa wurde erst jetzt bewusst, dass sie sich zielstrebig den Berg hinauf auf den verlassenen Bauwagen der Hexe Helene zubewegte. Das würde Gregor keineswegs gefallen, aber sie konnte nicht anders. Sie musste noch einen Blick auf Helenes Zuhause werfen. Vom nahen, dichten Wald her waren Käuzchenrufe zu hören. Ansonsten herrschte absolute Stille.

Julius verschwand immer wieder im Wald und wirkte sehr beschäftigt. Nach einer Weile des Aufstieges konnte Klarissa den Bauwagen im fahlen Mondlicht erkennen. Zügig näherte sie sich Helenes ehemaliger, bescheidener Unterkunft.

Absperrbänder der Polizei waren um den Wagen gespannt und bewegten sich sanft im Abendwind. Ein Teil des schmalen Schornsteines war abmontiert worden, wahrscheinlich von der Spurensicherung aus Bamberg. Klarissa schauderte und zog ihre Jacke fester um ihren

Körper. Der Anblick war unheimlich, was trieb sie hier überhaupt?

Sie würde dem Weg noch ein Stückchen weiter folgen und dann schleunigst nach Hause zurückkehren. Aber ihre Gedanken wanderten wieder zu Helene. Nie mehr würde sie aus ihrem Bretterhäuschen treten und Kräutertee und Ingwerplätzchen anbieten.

Gedankenverloren wanderte sie weiter, als sie eine Unebenheit unter ihrer linken Sandale spürte. Mit der winzigen Taschenlampe leuchtete Klarissa auf den Feldweg. Sie war in einen Hufabdruck getreten. Im Radius des Lichtstrahles entdeckte sie weitere Abdrücke. Die Erde war noch immer etwas aufgeweicht vom Regen in der Nacht von Samstag auf Sonntag. Jemand war aus der Richtung von Leutenbach geritten, dann verloren sich die Spuren zwischen den Grasbüscheln. Ein Stück weiter hinten führten sie wieder zurück.

Klarissa dachte nach. Sie erinnerte sich an die Abdrücke hinter dem Kuhstall von Schorsch. Sollte sie den Kommissar erneut darauf aufmerksam machen? In dieser Gegend waren öfter Reiter unterwegs. Die Spuren mussten nichts zu bedeuten haben, aber eventuell eben doch. Womöglich war der Mörder zu Pferd unterwegs. Ob das den Täterkreis einschränken würde, wo doch einige Reiterhöfe in der hiesigen Gegend existierten. Sie würde ihre Entdeckung zuerst mit Gregor besprechen, bevor sie sich lächerlich machte, entschied Klarissa.

Jetzt musste sie schauen, dass sie nach Hause kam. Gregor würde sich Sorgen machen. Und wo überhaupt befand sich Julius? Sie hatte schon seit einiger Zeit nichts mehr von ihm gesehen oder gehört. Klarissa drehte um und spähte in die Dunkelheit. Plötzlich setzte ihr Herzschlag aus. Eine reglose Gestalt war neben der alten Eiche schräg hinter Helenes Bauwagen im Mondlicht zu erkennen. Sie schien sie zu beobachten. Klarissa war paralysiert. Sie starrte auf das Wesen und konnte sich nicht von der Stelle rühren. Ihre Gedanken rasten. Sie wollte nach ihrem Hund pfeifen, doch es war ihr unmöglich. Auf einmal rührte sich die Gestalt und trat aus dem Dunkel der belaubten Äste auf Klarissa zu. Etwas glühte in der Hand ihres Beobachters.

Klarissa ging in die Offensive: „Wer sind Sie und was wollen Sie?“, brüllte sie voller Angst. Auf einmal erkannte sie den unheimlichen Mann: „Mein Gott, du bist es, Walter, du hast mich zu Tode erschreckt. Was machst du denn hier oben um diese Zeit?“

Walter Burkhard näherte sich ihr gemächlich und ließ sie nicht aus den Augen. Er zog an seiner Zigarette und sie nahm ein gefährliches Glitzern in seinen Augen wahr. Von einer Sekunde auf die andere war es verschwunden.

Walter lächelte sie beruhigend an. „Mensch, Klarissa, was treibst du dich spät abends noch hier herum, hier ist ein Mord geschehen, du könntest in Gefahr geraten!“ Klarissas Starre löste sich langsam. Walter fuhr beschwichtigend fort. „Ich wollte dich nicht erschrecken, tut mir wirklich leid, aber mit dir habe ich nicht gerechnet.“

„Was tust du hier?“, beharrte Klarissa. „Ich habe einen kleinen Abendspaziergang unternommen“, antwortete Walter mit sanfter Stimme. „Helenes Tod geht mir nicht aus dem Kopf, ich konnte nicht einschlafen. Dann bist du auf einmal aufgetaucht. Du hast vielleicht Nerven, nachts hier hoch zu kommen.“ Walter schüttelte den Kopf. „Komm Klarissa, ich begleite dich bis zu eurem Haus. Gregor bringt mich um, wenn dir etwas geschieht.“

Zwei fröhlich kläffende und tollende Hunde kamen plötzlich aus dem Wald geschossen. Sie führten einen übermütigen Tanz auf und rannten dann bergabwärts. „Sie spielen", erklärte Walter und legte kurz und behutsam den Arm um Klarissa, um sie auf den Weg zurück ins Dorf zu lenken. „Julius ist kein Wachhund, er lässt sich zu leicht ablenken, na komm schon, du zitterst ja." Walter bedachte sie mit einem Blick, der nicht zuzuordnen war, und begleitete Klarissa bis zu ihrer Haustüre.

Auf dem Weg zurück hatten sie nicht mehr viel gesprochen. Klarissa fragte sich, ob sie sich das gefährliche Leuchten in seinen Augen nur eingebildet hatte. Wahrscheinlich, Walter war schon in Ordnung. Klarissa hatte nun endgültig genug von diesem schrecklichen Tag und kroch in ihr warmes Bett. Gregor schlief bereits und schnarchte leise.

Französischer Apfelkuchen mit Karamell, oder wie der Franke sagt: tarte des desmoiselles Tatin, auch „verkehrt herum Gebackener"

Teig:
250 Gramm Weizenmehl
125 Gramm weiche Butter
1 Ei
1 Prise Salz
1 EL Puderzucker
2 EL Wasser

Belag:
Zirka 1,2 Kilogramm feste Äpfel, möglichst etwas säuerliche Art
12 EL Puderzucker
150 Gramm Butter
Wasser

Mehl in eine Schüssel sieben, alle anderen Zutaten dazugeben und von Hand vermengen. Nicht zu kräftig. Den Teig dann noch zweimal durchkneten, soll nicht zu fein sein, und 1 Stunde kühl ruhen lassen.
10 EL Puderzucker in eine Tarteform sieben und 10 EL Wasser darübergeben.
Geschälte, entkernte und geviertelte Äpfel darauf verteilen und 100 Gramm zerlassene Butter darübergießen.
Alles bei mittlerer Hitze erwärmen und die Äpfel immer wieder wenden, damit sie sich von allen Seiten mit der Karamellmasse voll saugen.
Wenn die Äpfel leicht weich werden, vom Herd nehmen. Mit einem Wender die Äpfel anheben und die restliche Butter dar-

unterschieben. Die Äpfel wieder gleichmäßig verteilen und mit dem restlichen Puderzucker bestreuen.
Den Backofen auf 200 Grad Celsius vorheizen (Ober- und Unterhitze).
Den Teig auf etwas Mehl ausrollen und damit die Äpfel bedecken, Einstechen und auf der mittleren Schiene zirka 25 Minuten backen.
Kuchen aus dem Ofen nehmen und mit Hilfe eines großen Tellers oder einer Tortenplatte drehen.
Äpfel sofort noch einmal ausrichten und festdrücken.
Mindestens lauwarm servieren. Gerne auch noch einmal im Ofen, nicht in der Mikrowelle, etwas anwärmen. Die Kalorienkrönung ist dann dazu ein großer Löffel frische Sahne.

Teilansicht Schloss Wiesenthau

Donnerstag, 9. Juni, vormittags

Sieglinde hatte für die morgendliche Lagebesprechung bereits Kaffee für alle organisiert. Unterwegs hatte sie bei ihrem Lieblingsbäcker in Igensdorf frische Zimt- und Rosinenschnecken besorgt. Koffein und Zucker morgens mussten sein, um fit in den Tag zu starten. Schließlich galt es zu ermitteln.

Sieglinde platzte fast vor Übereifer. Sie würde aber nur eine kleine Schnecke zu sich nehmen, wollte sie doch ab heute ernsthaft mit ihrer Diät beginnen. Carlo hatte soeben persönlich den rechtsmedizinischen Befund vorbeigebracht. Er hatte nachts die Autopsie von Helene von Falkenstein durchgeführt, da er am Abend vorher in das Schwimmbad bestellt worden war, und trotzdem sah er aus, als wäre er direkt einem Herrenmagazin entsprungen. Diesmal hatte er eine burgunderrote Fliege zu einem hellgrauen Hemd, durchzogen mit feinen, ebenfalls burgunderroten Streifen, gewählt. Er hatte ihr ein Kompliment über ihr frisches Aussehen gemacht. Sieglinde blieb skeptisch. Außerdem hatte Mandy bereits ihre Krallen nach ihm ausgefahren.

Der Bericht der Spurensicherung lag ebenfalls vor. Gerd Förster traf als Erster ein. „Guten Morgen Sieglinde“, grüßte er munter, „oh lecker, Rosinenschnecken, ich darf doch?“ Er schnappte sich eine Schnecke und biss herzhaft hinein. „Guten Morgen“, Sieglinde lächelte, sie hatte dem Kommissar eine Freude gemacht. Kurz danach betrat Mandy das Büro. „Hallo miteinander“, grüßte sie gut gelaunt. Sie ließ sich auf ihren Schreibtischstuhl fallen und griff nach einem Becher Kaffee.

„So, jetzt kann es losgehen, was steht an?“

„Die Berichte liegen vor“, informierte sie Sieglinde. Gerd Förster überflog rasch den Bericht von Karl-Heinz.

„Ganz eindeutig Kohlenmonoxidvergiftung, wie Karl-Heinz schon vermutet hatte“, fasste er das Resultat der Untersuchung für seine Kolleginnen zusammen. „Helene von Falkenstein hat tief und fest geschlafen, das farb- und geruchslose, hochgiftige Gas breitete sich in dem kleinen Raum aus, da der Schornstein manipuliert wurde. Jede Verbrennung benötigt Sauerstoff. Dieser muss von außen in den Wohnraum nachströmen können. Ist das nicht der Fall, reduziert sich der Sauerstoff. Dadurch werden Holz und Kohle nur unvollständig verbrannt. Die Abgase können nicht entweichen. Kohlenmonoxid wird frei. Das Hämoglobin wird durch das Gift blockiert, der rote Blutfarbstoff kann seine Aufgabe, den Transport von Sauerstoff in das Gewebe, nicht mehr erfüllen. Sie atmete das äußerst giftige Kohlenmonoxid ein, der akute Sauerstoffmangel führte erst zur Betäubung und dann unweigerlich zum Tod. Sie hatte keine Chance. Sonst war sie gesund und in guter körperlicher Verfassung. Sie wäre wohl sehr alt geworden.“

Er schwieg betroffen, dann fuhr er fort: „Wer hatte einen Grund, Helene zu ermorden? Sie war doch harmlos, etwas eigen ja, aber völlig harmlos.“

„Der Hauptverdächtige ist meiner Ansicht nach der Ehemann“, antwortete Mandy. „Er profitiert von der Lebensversicherung.“ Sieglinde nickte eifrig: „Genau“, bekräftigte sie. „Dann haben wir zwei Mörder und zwischen den beiden Verbrechen besteht kein Zusammenhang?“, überlegte der Kommissar.

„Durchaus möglich, wir müssen Tilo von Falkenstein befragen“, entgegnete Mandy nachdenklich, „hast du seine Adresse besorgt, Sieglinde?“ „Ja, habe ich, aber meine Recherchen haben ergeben, dass er sich meistens in seiner Kneipe in der Nähe des Bahnhofes aufhält und manchmal auch dort schläft. Wir sollten dorthin fahren.“

„In Ordnung", bestätigte Gerd Förster, „wir lesen die Ergebnisse der Spurensicherung, dann machen wir uns auf den Weg nach Gräfenberg."

Der präzise Bericht der Spurensicherung brachte keine neuen Erkenntnisse. Bei der verwendeten Alufolie handelte es sich um gewöhnliche Haushaltsware. Sie war in drei Lagen über dem Rauchabzug befestigt worden. Der grüne Gärtnerdraht war in jedem Baumarkt im Standardsortiment vertreten. Sie konnten keine Fingerabdrücke sicherstellen, keine Spuren, auch nicht auf dem Ziegelstein, einfach nichts. Der Mörder gab nichts von sich preis.

Donnerstag, 9. Juni, später Vormittag

Sie parkten direkt vor der Gaststätte neben zwei weiteren PKWs, einem alten, roten Golf und einem schlammverspritzten Toyota Pickup.

Von der Wirtschaft aus konnte man hinunter auf die Gleise der Gräfenbergbahn blicken. Rechts davon reihten sich gepflegte Schrebergärten, die zum Teil über rechteckige Forellenteiche verfügten. Die Aussicht wirkte ländlich und idyllisch.

Als sie die Kneipe betraten, schlugen ihnen verbrauchte Luft und der Geruch von Zigarettenrauch und Alkohol entgegen. Ein Mann stand hinter der Theke und zapfte Bier, zwei junge Männer mit rasierten Glatzköpfen und schwarzen Springerstiefeln standen neben einem Billardtisch weiter hinten im Raum, tranken aus ihren Pilsgläsern, in der anderen Hand einen Queue, und betrachteten lustlos und gelangweilt die Aufstellung der Billardkugeln.

Die Kneipe machte einen heruntergekommenen Eindruck. Der Tresen verlief rechts der Eingangstür, knickte im rechten Winkel ab und maß gegenüber dem Eingang noch etwa fünf Meter. Er war mit Holzplatten eingefasst, die teilweise zerkratzt waren. Davor standen unbenutzte Barhocker. Ein größerer, rechteckiger Stammtisch und vier weitere Tische bildeten die karge Einrichtung. Alles wirkte schmuddelig und ungepflegt, es gab weder eine Tischdekoration noch Pflanzen in diesem Raum.

„Tilo, noch zwei Pils", orderte einer der jungen Männer. „Schon unterwegs", rief der Wirt. Tilo von Falkenstein hatte kaum noch Ähnlichkeit mit dem jungen Mann auf dem Hochzeitsbild. Die Hakennase war noch zu erkennen, sie war jedoch mittlerweile fleischig, grobporig und von rötlichen Äderchen durchzogen. Er war unförmig dick. Seine schwarzen Haare, von grauen Strähnen durchzogen, hingen fettig bis auf seine Schultern.

Der Linoleumboden war abgetreten und von undefinierbarer Farbe, die Wände gelblich verfärbt. Einige Illustrationen in unterschiedlichen Größen, die den Gräfenberger Bahnhof und Stadtmotive in längst vergangenen Zeiten darstellten, waren an die Wände genagelt.

Eine schwarze Schiefertafel, die hinter der Theke an der Wand neben den Regalen mit aufgereihten Spirituosen befestigt und deren Beschichtung teilweise abgebröckelt war, wies leicht verwischte Kreidebuchstaben auf. Das sollte wohl die Speisekarte darstellen. Gulaschsuppe mit Brötchen für zwei Euro und Wiener Würstchen mit Senf und Schwarzbrot für einen Euro achtzig wurden angeboten.

Sieglinde schüttelte sich innerlich. Obwohl sie schon wieder enormen Hunger verspürte, würde sie hier bestimmt nichts zu sich nehmen.

Tilo von Falkenstein blickte ihnen aufmerksam entgegen. Unter seinen schmalen, trüben Augen befanden sich dunkle Ringe und seine Haut wirkte teigig, wie bei jemandem, der selten an die frische Luft ging. „Sieh an, die Polizei", bemerkte er mit neutraler Stimme, „auf euch habe ich schon gewartet."

Er nahm einen tiefen Schluck aus seinem Weizenglas. Sieglinde hatte den Eindruck, dass es an diesem Morgen nicht sein erstes Bier war. „Ich war es nicht, ich habe Zeugen."

Langsam und irgendwie bedrohlich bewegten sich die zwei jungen Männer auf den Tresen zu.

„Guten Morgen Herr von Falkenstein, Kripo Bamberg, mein Name ist Förster und das sind meine Kolleginnen Frau Bergmann und Frau Silberhorn. Sie wissen also bereits, was passiert ist?", eröffnete der Kommissar direkt die Befragung. „Natürlich, hier spricht sich alles schnell herum, sie ist also tatsächlich ermordet worden, die verrückte alte Hexe?"

Gerd Förster betrachtete die beiden Typen, die nun neben ihnen standen. Der Gastwirt winkte ab. „Reden Sie ruhig weiter, dass sind meine Kumpels."

„Ihre Frau, Helene von Falkenstein, wurde in der Nacht von Dienstag auf Mittwoch in ihrem Bauwagen durch die Einwirkung von Kohlenmonoxid vergiftet", fuhr der Kommissar fort. „Der rechtsmedizinische Bericht geht von einem Zeitrahmen zwischen zirka zwei und fünf Uhr morgens aus. Sie hatten ein starkes Motiv. Wir interessieren uns für Ihr Alibi."

„Ich, ein starkes Motiv?", empörte sich der Wirt. „Wir sind seit langer Zeit getrennt, Helene hatte sich von meinem Adelstitel mehr Geld versprochen. Sie war enttäuscht, dass sie kein nobles Leben an meiner Seite führen und mit meinem Geld prassen konnte. Dann begann sie irgendwann, sich für alternative Lebensformen und Kräuterheilkunde zu begeistern. Nicht lange darauf bezog sie diesen Bauwagen am Waldrand. Ich habe diese Kneipe hier übernommen. Kein Palast, aber ich bin zufrieden. Ich habe meine Kumpels, mein Auskommen und dahinten ein Kabuff, in dem ich meistens meinen Rausch ausschlafe. Mehr brauche ich nicht."

„Auch nicht stattliche hunderttausend Euro aus einer Lebensversicherung?", Mandy bemühte sich um einen beherrschten Ton.

Tilo von Falkenstein wirkte ehrlich überrascht. Er zapfte sich noch ein Weizen. Dann schüttelte er lächelnd den Kopf. „Dieses sentimentale Weib. Sie hat die Lebensversicherung nicht storniert? Zur Erinnerung an unsere Liebe, hat sie damals erklärt, würde sie diese Versicherung bestehen lassen. Ich habe ihr natürlich kein Wort geglaubt."

„Es ist aber so", bestätigte Mandy. „Sie sind der Begünstigte." Der Wirt wirkte gedankenverloren. „Sie war in jungen Jahren eine bezaubernde Frau, eine aparte Schönheit, intelligent und sensibel. Und dann hat sie mich verlassen und ist in diesen lächerlichen, alten Bauwagen gezogen. Wir haben nie Kinder bekommen."

Jetzt wirkte der Wirt erschüttert. „So einen Tod hat sie nicht verdient, finden Sie dieses Schwein, der ihr das angetan hat." Die beiden jungen Männer machten einen verlegenen Eindruck und wussten nicht, wie sie ihrem Kumpel beistehen sollten.

„Wo waren Sie in der Nacht von Dienstag auf Mittwoch zwischen zwei und fünf Uhr?", beharrte Mandy.

„Hier war ich, wie immer, wir haben gefeiert, das können mindestens vierzig Gäste bezeugen." „Was haben Sie gefeiert?" „Nichts Besonderes, ein Kumpel von mir hatte Namenstag, wir feiern häufig."

„Wir brauchen die Namen und Adressen Ihrer Gäste, wir müssen sie als Zeugen befragen, dafür haben Sie sicherlich Verständnis", klärte ihn der Kommissar auf.

„Das dürfte zumindest bei einigen kein Problem sein", erwiderte Tilo von Falkenstein. „Es ereignete sich auch ein Unfall in dieser Nacht. Ein junger Mann ist gestürzt und mit der Handfläche in den gezackten Rand einer Whiskeyflasche gefallen. Er hat geblutet wie verrückt. Einige Gäste haben Erste Hilfe geleistet und ich habe den Notruf gewählt. Das war kurz nach vier. Der ASB war Minuten später eingetroffen, die sind hier gleich um die Ecke stationiert. Die Rettungssanitäter haben ihn versorgt und dann ins Krankenhaus nach Forchheim transportiert. Das war so gegen halb fünf. Das können Sie überprüfen. Uns war die Lust am Feiern vergangen, meine Stammgäste und ich haben ein wenig aufgeräumt, einen Absacker auf den Schreck getrunken und dann haben wir uns so um fünf Uhr aufs Ohr gehauen. Mein Alibi ist hieb- und stichfest, Herr Kommissar. Ihren Mörder müssen Sie schon woanders suchen."

Gerd Förster nickte: „Wir werden das überprüfen, wenn wir noch Fragen haben, melden wir uns, vielen Dank für Ihre Auskünfte." Die Kommissare steuerten auf die Türe zu. Sieglinde Salome Silberhorn konnte nicht anders, sie musste unbedingt noch einen Blick auf den Spielstand auf dem Billardtisch werfen.

Die beiden Jünglinge, versorgt mit frischem Pils, folgten ihr neugierig.

Neben dem Essen hatte Sieglinde noch eine weitere Leidenschaft, und das war Billardspielen. Mindestens einmal die Woche traf sie sich mit Marlene nach Feierabend im Billardcafé in Gräfenberg und sie spielten ein paar Runden zur Entspannung. Inzwischen waren beide richtig gut.

Sieglinde erfasste sofort die Situation. Drei halbe Kugeln von einem der beiden Männer befanden sich auf dem Tisch, der andere sollte die schwarze Kugel ins Loch befördern, dann hätte er den Spielzug gewonnen.

„In welches Loch soll die schwarze Kugel?", wollte Sieglinde wissen. Der eine grinste mitleidig. Die schwarze Kugel lag vor dem linken hinteren Loch nahe an der Bande, die weiße Kugel befand sich einige Zentimeter schräg vor dem rechten hinteren Loch.

Der junge Mann zeigte auf das vordere linke Loch. „Da muss sie hinein", erklärte er der Polizistin. „Ich versuche es schon seit sechs Stößen." Sieglindes Augen leuchteten. Es war ihr bewusst, dass die beiden jungen Kerle sie nicht ernst nahmen, aber das war ihr egal.

„Passen Sie auf", gestikulierte sie eifrig. „Sie schneiden die schwarze Kugel hier an, dann läuft sie hierher an die Bande, dann rüber auf die andere Seite an diesen Punkt der Bande und dann rollte sie direkt ins Loch. Den Stoß sofort zurücknehmen, sonst rollt die weiße Kugel ebenfalls ins Loch und vorbei ist das Spiel. Und Sie sollten kräftig, aber gefühlvoll stoßen."

„Nichts leichter als das", höhnte der angesprochene Mann. Der andere amüsierte sich. „Darf ich mal?", Sieglinde musste es versuchen. Sie bekam tatsächlich den Queue überreicht, rieb dessen Spitze routiniert mit Kreide ab und zielte konzentriert. Sie schnitt die schwarze Kugel an der von ihr beschriebenen Stelle an, die weiße Kugel stoppte knapp vor dem linken hinteren Loch, die schwarze Kugel lief zielstrebig über zwei Banden und verschwand geradewegs da, wo sie hin sollte.

Sieglinde jubelte, der Kommissar grinste und Mandy schüttelte den Kopf. Die beiden jungen Glatzköpfe waren sichtlich beeindruckt, auch wenn sie es sich nicht anmerken lassen wollten.

Gerd Förster zog Sieglinde sanft weg vom Billardtisch aus der Kneipe. „Ich lade euch auf einen Kaffee ein, Kolleginnen“, verkündete er. „Wir müssen uns besprechen.“

„Der Bäcker am Marktplatz hat vorzüglichen Milchkaffee und eine große Auswahl an frischem Gebäck“, informierte Sieglinde die Kommissare. Sie verspürte unbändigen Hunger und bei der Vorstellung von Bratwurst im Teig lief ihr das Wasser im Mund zusammen. Bei einer Diät sprach nichts gegen einen kleinen Imbiss, sie musste sich schließlich für die weiteren Ermittlungen stärken. Sie nahm sich fest vor, den Zucker zum Kaffee wegzulassen.

Das Café am Gräfenberger Marktplatz vermittelte einen äußerst einladenden Eindruck. Knallbunte, weite Sonnenschirme waren zwischen den Tischen aufgestellt und spendeten ersehnten Schatten.

Direkt hinter dem hübschen Café, an der Nordseite des Marktplatzes, befand sich das Rathaus, sehr pittoresk mit seinem Erker und der barocken Bemalung. Schräg links nach hinten versetzt schloss das Egloffsteiner Tor den Marktplatz ab. Aus dem metallenen Rohr des kleinen Marktbrunnens, geschmückt mit einer Bronzesäule mit Hahn, sprudelte munter frisches Wasser. Drei dicke Spatzen hatten auf dem Brunnenrand Platz genommen und tranken durstig.

Gegenüber befand sich das ehemalige Hotel „Alte Post“, ein wunderschön bemaltes, historisches Gebäude, in dem sogar früher einmal, und zwar genau 1866, ein Waffenstillstand für den fränkischen Kriegsschauplatz geschlossen worden war.

Kaum hatten sie an einem kleinen Tisch vor der Bäckerei unter einem pinkweiß gestreiften Sonnenschirm Platz genommen, als Gerd Försters Handy klingelte. Er meldete sich und lauschte.

Sieglinde hatte bereits die Speisekarte aufgeschlagen und studierte sie aufmerksam. Bei der Hitze wäre ein Rieseneisbecher mit frischen Erdbeerstückchen auch nicht zu verachten, dazu ein Eiskaffee.

Gerd Förster dachte kurz nach, dann antwortete er dem Anrufer: „Lassen Sie sie zu ihm, eine halbe Stunde, länger nicht." Er schwieg und hörte zu. „Ich weiß, dass Besuche in der Untersuchungshaft nicht üblich sind, machen Sie es trotzdem. Ja, das nehme ich auf meine Kappe. Tschüs Kollege."

Er schaltete nachdenklich sein Handy aus und informierte seine Begleiterinnen: „Gertraud Güthlein hat sich auf den Weg nach Bamberg gemacht, um ihren Mann im Gefängnis zu besuchen. Sie ist mit dem Fahrrad nach Forchheim gefahren, weiter mit dem Zug nach Bamberg und hat sich dann durchgefragt. Sie muss Stunden unterwegs gewesen sein. Nach dieser Strapaze wollte ich sie nicht unverrichteter Dinge wieder nach Hause schicken lassen. Vielleicht wird Hans Güthlein zugänglicher, wenn er die Gelegenheit hat, mit seiner Frau zu sprechen. Das wird sich heute Nachmittag beim Verhör herausstellen."

Der Kellner näherte sich, um die Bestellung aufzunehmen. Die Kommissare bestellten Kaffee und Mineralwasser, Sieglinde blieb bei dem Rieseneisbecher mit Früchten, Sahne und einem großen Eiskaffee ohne Zucker.

Als der Kellner wieder im Café verschwunden war, fuhr Gerd Förster fort: „Sieglinde, du überprüfst beim ASB die Aussage des Wirtes. Wenn sie dort bestätigt wird, dann können wir auf weitere Zeugenbefragungen verzichten."

Sieglinde nickte: „Wird gemacht, Chef." „Wenn die Sanitäter vom ASB die Angaben von Tilo von Falkenstein bestätigen“, merkte Mandy an, „verfügt er über ein wasserdichtes Alibi. Aber wenn er es nicht war, wer dann, und vor allem warum?“ Sie blickten sich grübelnd an.

Donnerstag, 9. Juni, mittags

Gunda Mirsberger saß in Regina Engeltals Arbeitszimmer. Sie sprachen leise über die Vorbereitung der Beerdigung. Georg Mirsberger sollte auf dem kleinen Gemeindefriedhof im Familiengrab der Mirsbergers beigesetzt werden.

Reginas Mann hatte ihnen Kaffee, Milch und selbst gebackene Plätzchen serviert. Das Gebäck war an der unteren Seite etwas dunkel geraten. Theo war eher ein vergeistigter Intellektueller mit zwei linken Händen, der mit seinem nach feministischen Aspekten festgelegten Part der Kinderbetreuung und der Haushaltsführung immer ein wenig überfordert wirkte. Aber er tat sein Bestes.

Gunda war aufgewühlt, erhob sich von ihrem Sessel und blickte zerstreut aus dem geöffneten Fenster, das den Blick in den verwilderten Pfarrhausgarten, in dem die Blumen üppig durcheinander wucherten, freigab.

Theo kniete neben seinen beiden jüngsten Kindern Lea-Sophie und dem dreijährigen David im Sandkasten. Jakob, der älteste Sohn des Paares, befand sich beim Fußballtraining. Unter der Anleitung seines Vaters baute David eifrig für seine Schwester mit einem blauen Förmchen kleine Sandtürme.

Und jedes Mal, wenn der Kleine behutsam das zylinderförmige Hütchen hob und stolz einen neuen, perfekten Turm präsentierte, hob Lea-Sophie ihre Plastikschaufel, die sie mit ihrer winzigen Faust fest umklammert hielt, und schlug den Sandturm platt. Sie amüsierte sich großartig und ihre blonden Löckchen wippten vor Vergnügen. Nach dem vierten Versuch lief Davids Gesicht vor Zorn rot an. Er hatte es satt, immer auf seine jüngere Schwester Rücksicht nehmen zu müssen. Blitzschnell entriss er Lea-Sophie die Schaufel und schlug sie ihr auf den Kopf. Sekundenlang herrschte Stille. Dann färbten sich die Wangen des kleinen Mädchens zart rosa, die Augen weiteten sich und ein ohrenbetäubendes Gebrüll erfüllte den Pfarrgarten.

Regina zeigte keinerlei Reaktion. Der erschrockene, überforderte Theo umso mehr. Er warf sich zwischen die beiden niedlichen Streithähne und versuchte, seine Tochter zu trösten. Gleichzeitig schien er David etwas erklären zu wollen.

Dieser schrie nun ebenfalls aus Leibeskräften. Regina erhob sich genervt und schloss energisch das Fenster. Dann schenkte sie für sich und Gunda einen kleinen Sherry in geschliffene Kristallgläser und legte tröstend den Arm um ihre Freundin.

Donnerstag, 9. Juni, nachmittags

Sieglinde hatte ihre beiden Kollegen nach Bamberg zurückchauffiert. Sie liebte es, den schweren Dienstwagen zu fahren. Gerd Förster wusste das und ließ sie gewähren.

Es war noch heißer geworden, die erbarmungslose Sonne brannte auf das Wagendach und sie hatten die Scheiben heruntergelassen.

Kaum im Polizeipräsidium angekommen, machten sie sich auf den Weg in den Verhörraum. Sie wollten ein weiteres Mal mit Hans Güthlein sprechen.

Mandy und Gerd Förster nahmen an dem grauen, rechteckigen Resopaltisch, der mitten im Zimmer stand, Platz. Sieglinde setzte sich an die hintere Seite des Raumes auf einen Stuhl, der an der tristen Wand stand. Der karge Raum befand sich im Keller, die beiden schmalen Oberlichter ließen zu wenig Licht herein, sodass eine grelle Lampe erbarmungslos brannte.

Kurz darauf wurde Hans Güthlein von zwei uniformierten Polizisten hereingeführt. Er wirkte erschöpft und übernächtigt. Der Schatten eines Bartes hatte sich in seinem Gesicht breit gemacht. Gerd Förster begrüßte ihn und bat ihn, Platz zu nehmen. Das angebotene Glas mit kühlem Mineralwasser lehnte der Bauer mit einem kurzen Kopfschütteln ab. Er schien entschlossen, während der Untersuchungshaft nichts zu sich zu nehmen. Gerd Förster bereitete die psychische und physische Verfassung des alten Mannes zunehmend Sorgen.

Mandy stellte das Aufnahmegerät auf und erklärte Herrn Güthlein den Ablauf der Befragung. Als sie ihn fragte, ob er mit den Bedingungen einverstanden sei, nickte er knapp. Einen Rechtsbeistand lehnte er ab. Mandy schaltete das Gerät ein. Gerd Förster suchte nach einem Einstieg in das Gespräch, der den erstarrten Mann eventuell etwas entspannen würde, etwas Vertrautes.

„Ich habe heute zugestimmt, Herr Güthlein, dass Ihre Frau Sie in der Untersuchungshaft besuchen darf, das ist eigentlich unüblich. Ich hoffe, dass Sie jetzt mit uns sprechen werden. Wenn Sie weiterhin schweigen, kommen wir nicht weiter." Er blickte den Bauern erwartungsvoll an. Dieser schien sich aus seiner Starre zu lösen und nahm zögerlich Blickkontakt auf.

„Ich danke Ihnen, Herr Kommissar, dass Sie meiner Gertraud erlaubt haben, mich zu besuchen. Wir haben geredet und sind zu dem Schluss gekommen, dass es am besten ist, wenn ich Ihnen erzähle, was in dieser schrecklichen Nacht passiert ist." Er schwieg und schien sich zu sammeln.

Mandy war beeindruckt. Ihr Kollege hatte den richtigen Einstieg gefunden. Sieglinde spitzte die Ohren. Das Aufnahmeband surrte leise vor sich hin.

„Ich bin tatsächlich in jener Nacht dem Schorsch gefolgt", begann Hans Güthlein zu berichten. „Der Schorsch hatte mich vor anderen Dorfbewohnern und Kumpels schwer beleidigt und gedemütigt. Wir sind kein faules Pack, so wie er es darstellte, meine Familie ist fleißig und wir schuften auf unserem Hof. Wir gehören zu den Ärmeren im Dorf, das ist richtig, aber das hat vielerlei Gründe. Aber wir sind anständig und verdienen unser Brot." Mit einem kleinen Anflug eines Lächelns ergänzte er: „Wir konnten es unserer ältesten Tochter sogar ermöglichen, die Hauswirtschaftsschule in Forchheim zu besuchen. Ihre Arbeitskraft fehlte auf unserem Hof, aber meine Gertraud und ich wollten, dass sie etwas lernt. Sie hat den Abschluss mit der Note Zwei bestanden." Stolz sprach aus seiner Stimme.

„Sie betreibt nebenbei einen kleinen Partyservice mit selbst hergestellten landwirtschaftlichen Produkten, zum Beispiel die Knoblauchwurst ist sehr beliebt, der wirklich gut läuft. Mit ihren Einkünften greift sie uns finanziell unter die Arme. Wir kommen schon zurecht."

Er atmete tief durch und nahm abwesend einen Schluck von seinem Wasser. Dann fuhr er fort: „Der Schorsch wird öfter ausfallend und ungerecht, wenn er zu viel getrunken hat. Das weiß jeder im Dorf und normalerweise hört man weg und lässt ihn reden, bis er sich beruhigt hat. Aber an diesem Samstagabend ist er zu weit gegangen. Ich habe mein Gesicht verloren und verspürte eine unbändige Wut."

„Sie sagten, Sie seien dem Schorsch gefolgt, Herr Güthlein?", fragte Gerd Förster nach. „Was ist dann passiert?" „Nun, ich bin ihm gefolgt und habe ihn auf der Straße zur Rede gestellt. Ich wollte, dass er sich bei mir entschuldigt, nur bei mir, unter vier Augen, mehr wollte ich nicht. Aber er hat mich nur verhöhnt und ausgelacht. Was ich kleiner, erfolgloser, dummer Bauer überhaupt von ihm wolle und ich solle augenblicklich verschwinden. Von Geschmeiß lasse er sich nicht belästigen Und überhaupt hätte er die Schnauze voll von diesem eintönigen Landleben. Ich konnte mir gar nicht erklären, was er damit meinte. Er kehrte mir den Rücken zu, betrat seinen Hof und lief in Richtung Kuhstall. Ich nahm an, dass er nach seiner trächtigen Kuh Belinda schauen wollte. Er ließ mich einfach stehen, wie einen abgefertigten kleinen Schuljungen. Ich war rasend vor Zorn. Nach einigen Sekunden folgte ich ihm in den Stall, habe den Melkschemel gepackt, der vor mir auf dem Boden stand, und zugeschlagen."

Er räusperte sich und setzte sich aufrecht hin. „Ich habe dem Schorsch den Schemel über den Schädel geschlagen. Er ist umgekippt und hat sich nicht mehr gerührt. Sein Kopf hat geblutet. Ich habe ihn liegen lassen und bin nach Hause gegangen. Dort angekommen habe ich meiner Gertraud die ganze Geschichte erzählt. Wir haben gedacht, dass der Schorsch durch den Schlag bewusstlos wurde, irgendwann wieder aufwacht und in sein Bett geht. Er hat einen harten Bauernschädel und mein Schlag war nicht so fest. Er konnte sich auf Grund des vielen Alkohols ja kaum noch auf den Beinen halten. Ich wollte ihn doch nicht umbringen."

„Bevor Sie den Stall verlassen haben, haben Sie den Oberkörper von Georg Mirsberger in den mit Wasser gefüllten Sautrog gelegt und dort ist er dann ertrunken. Er war bewusstlos und konnte sich nicht wehren. Sie wollten vortäuschen, er hätte sich selbst wieder aufgerafft, stolperte dann und ist kopfüber in den Sautrog gekippt. Laut Aussage unseres Rechtsmediziners ist dieser Hergang jedoch völlig unmöglich", ging Mandy ihn an.

Hans Güthlein starrte Mandy entsetzt an: „Aber nein, Frau Kommissarin, glauben Sie mir, so war das nicht. Ich habe ihn nicht in den Sautrog gelegt, das schwöre ich bei meiner Familie und allem, was mir heilig ist. Ich habe ihm in meinem Zorn den Melkschemel übergezogen, der Schorsch ist bewusstlos zusammengebrochen und ich bin heimgegangen, das ist alles."

Hans Güthlein schwieg erschöpft und fuhr sich durch die Haare. Dann erklärte er: „Mehr habe ich nicht zu sagen. Kann ich jetzt in meine Zelle zurück?"

Mandy ließ nicht locker: „Und was ist mit Helene von Falkenstein, der Dorfhexe, was haben Sie mit der gemacht?" „Gar nichts habe ich mit ihr gemacht, damit habe ich nichts zu tun. Ich mochte sie gerne, wir haben uns gegenseitig Respekt entgegengebracht. Wer ihr das angetan hat, soll in der Hölle schmoren. Sie war eine weise Frau und hat mir regelmäßig eine Kräutermischung gegen meine Gichtbeschwerden zusammengestellt und ich habe ihr ab und zu frische Hühnereier, selbst gebackenes Kümmelbrot und Knoblauchwurst im Glas vor ihre Tür gestellt, die hat sie besonders gerne gegessen."

„Helene hat Sie in jener Nacht beobachtet, deshalb musste sie sterben, richtig?", Mandy war in Fahrt.

„Nein, so war das nicht, ich habe mit Helenes Tod nichts zu tun. Darf ich jetzt bitte gehen, mir ist nicht gut?"

Mandy war gezwungen, auf die gesundheitliche Verfassung des Verdächtigen Rücksicht zu nehmen.

„In Ordnung Herr Güthlein, ich habe nur noch eine Frage, dann können Sie in Ihre Zelle zurück und ich schicke Ihnen den Gefängnisarzt. Es muss Ihnen doch klar gewesen sein, dass wir Ihre Fingerabdrücke auf dem Melkschemel sicherstellen würden."

Hans Güthlein zögerte, dann beschloss er, die Frage zu beantworten: „Ich bin nach Hause gelaufen, habe mit meiner Frau Gertraud, die auf mich gewartet hatte, Kaffee getrunken und ihr alles erzählt. Wir waren furchtbar aufgeregt und konnten nicht mehr klar denken. Erst nach einer geraumen Weile sind uns die Fingerabdrücke eingefallen. Das wissen wir vom ‚Tatort', den schauen wir immer am Sonntagabend im Fernsehen. Gertraud schlug vor, ich solle zurückgehen und die Holzbeine des Melkschemels mit einem Tuch abwischen. Erst wollte ich nicht, nach ihrem beharrlichen Drängen habe ich mich dann doch auf den Weg gemacht. Als ich den Stall betrat, sah ich den Schorsch mit dem Oberkörper im Sautrog liegen. Ich war fürchterlich erschrocken, weil ich davon ausgegangen bin, er würde inzwischen mit einem Brummschädel in seinem Bett liegen. Ich habe ihn hochgezerrt und seinen Puls gefühlt. Sein Herz schlug nicht mehr. Aus glasigen, toten Augen hat er mich angestarrt. Ich war so entsetzt, ich habe ihn fallen lassen und bin davongerannt. Den Melkschemel hatte ich völlig vergessen. Danach wollte ich nicht mehr zurück."

„Ist Ihnen irgendetwas aufgefallen?", wollte Mandy noch wissen. „Nein, ich war viel zu aufgeregt, ich wollte nur noch weg. Hinterher ist mir eingefallen, dass sich der Mörder vielleicht sogar noch in der Nähe befand."

Mandy bedankte sich bei Herrn Güthlein für seine Aussage und sprach ins Mikro: „Ende des Verhörs."

„Sieglinde, bringst du Herrn Güthlein bitte in seine Zelle", forderte der Kommissar die Polizistin auf und schaltete das Aufnahmegerät aus. Die beiden verließen den Raum. Der Kommissar fuhr sich mit der Hand über sein Gesicht, dann blickte er Mandy fragend an: „Und wenn es tatsächlich zwei Täter gibt, wenn nach Hans Güthlein noch jemand den Kuhstall betreten hat und Georg Mirsberger kopfüber in den Sautrog gelegt hat? Und wenn Helene denjenigen gesehen hat und nicht Hans Güthlein und deshalb sterben musste?"

„Möglich", entgegnete Mandy knapp. Ihr schwirrte der Kopf. Die Hitze in dem Verhörraum war unerträglich. „Komm, Mandy, lass uns nebenan im Biergarten etwas trinken und unsere Eindrücke sammeln", schlug der Kommissar umsichtig vor. Mandy nickte erleichtert.

Sie verließen das Polizeipräsidium, überquerten die Straße und ließen sich in dem gemütlichen, schattigen Biergarten an einer freien Biergarnitur nieder. Gerd Förster bestellte zwei große Mineralwasser mit Eis und Zitrone. Er schwieg ein paar Minuten und ließ das Verhör auf sich wirken. Er hatte in den Augen des alten Mannes Aufrichtigkeit und Verzweiflung darüber gesehen, dass er im Zorn die Kontrolle verloren hatte. Der Hergang, den er geschildert hatte, könnte sich tatsächlich so abgespielt haben. Er hielt den Landwirt nicht für einen Mörder. Das sagte ihm sein Gefühl.

Mandy trank einen großen Schluck von ihrem Wasser und begann zu dozieren: „Entweder er lügt und hat den bewusstlosen Georg Mirsberger sehr wohl in den Sautrog gelegt. Hat er dann auch die Hexe erstickt und wenn ja, warum? Möglicherweise hat sie ihn tatsächlich beobachtet und er hat das irgendwie herausgefunden. Oder er sagt die Wahrheit. Ist dann eine andere Person in den Kuhstall eingedrungen und hat Herrn Mirsberger in den Sautrog gehievt? Hat derjenige dann Helene ermordet, weil sie ihn gesehen hat, Mordmotiv: Verdeckung einer Straftat? Oder aus einem anderen Grund? Gibt es noch eine dritte Person? Hans Güthlein schlägt Georg Mirsberger nieder, dann kommt eine andere Person, die ihn kaltblütig in den Sautrog legt, und eine weitere Person verstopft den Schornstein des Bauwagens mit dem Vorsatz, Helene von Falkenstein zu töten aus einem Motiv heraus, das wir noch nicht kennen?“

Sie schüttelte den Kopf: „Das kann ich mir nicht vorstellen. Ich vermute, dass die Taten in einem Zusammenhang stehen.“ Der Kommissar nickte: „Das vermute ich auch. Aber wir brauchen Beweise. Uns fehlen Puzzleteilchen. Im Moment ergibt das Bild noch keinen Sinn. Womöglich ist Georg Mirsberger aus einem ganz anderen Grund als der Wirtshausstreiterei ermordet worden? Wir müssen weiterhin Befragungen durchführen und jeden Stein umdrehen.“

Mandy war ganz seiner Meinung: „Morgen Nachmittag um fünfzehn Uhr wird Georg Mirsberger beerdigt. Wir sollten bei der Bestattung anwesend sein. Manchmal mischt sich ein Mörder gerne unter das Volk und genießt seinen Triumph, alle Leute, vor allem die Polizei, an der Nase herumzuführen.“

„Hervorragende Idee, Mandy, das machen wir. Vielleicht fällt uns etwas auf?“, lobte sie ihr Kollege.

Freitag, 10. Juni, mittags

Klarissa hatte ihren Schreibtisch bereits aufgeräumt. Sie wollte ausnahmsweise pünktlich Feierabend machen, um rechtzeitig zu der Beerdigung von Schorsch zu kommen.

Ein schlichtes, schwarzes Etuikleid mit passendem Jäckchen hing schon an ihrem Kleiderschrank. Das Kleid reichte bis zu den Knien und das Jäckchen würde ihre braungebrannten Arme verdecken. Zu viel nackte Haut wäre bei einer Beerdigung völlig unangemessen.

Sie würde sich mit ihrem Gregor zu Hause treffen und dann gemeinsam mit ihm zu der Aussegnungshalle am örtlichen Friedhof laufen. Sie hatten beschlossen, auf das Mittagessen zu verzichten, beim anschließenden Leichenschmaus würden sich die Tische biegen. Im Dorf ließ sich da keine trauernde Familie lumpen. Das war seit jeher Tradition.

Sie schnappte sich ihre Arbeitstasche, als das Telefon klingelte. Ihr Pflichtbewusstsein und zugegebenermaßen ebenso ihre Neugierde ließen sie rangehen. Am Apparat war eine verärgerte Frau Bäuerlein, Besitzerin einer florierenden Gastwirtschaft in Eggolsheim.

Sie polterte los: „Die junge Frau, die Sie mir geschickt haben, als Küchenhilfe, hat sich gerade eben vorgestellt. Ich brauche sofort jemanden, wir feiern nächstes Wochenende Kirchweih. Was glauben Sie, was dann hier für ein Betrieb herrscht, und auch die ganzen Vorbereitungen? Und sie erklärt mir, dass sie zunächst einen Urlaub mit ihrem neuen Lebensabschnittsgefährten plane. Er hätte sie in die Dominikanische Republik eingeladen, all inclusive, supercool. Wie diese jungen Leute sich ausdrücken. Und ihr Piercing an der Augenbraue und in der Zunge könne sie auch nicht entfernen, das gehöre schließlich zu ihrer individuellen Persönlichkeit, oder so ähnlich. Haben Sie nicht eine andere Arbeitskraft für mich, Frau König?"

Klarissa versuchte, die aufgebrachte Frau Bäuerlein zu beruhigen, und versprach ihr, sich am Montag noch einmal zu melden und eine andere Bewerberin zu schicken. Dann stürzte sie aus ihrem Büro, sie war jetzt spät dran.

Freitag, 10. Juni, nachmittags

Die Aussegnungshalle neben dem örtlichen Friedhof war brechend voll. Die Trauergäste saßen eng nebeneinander auf den schmalen Bänken, im Bereich hinter den Bänken standen die Menschen dicht gedrängt bis hinaus in den Eingangsbereich.

Der Mesner hatte in weiser Voraussicht die doppelseitige, schwere Messingtüre offen lassen, sodass diejenigen, die keinen Platz mehr in der Halle gefunden hatten, den größten Teil des Geschehens trotzdem mitbekamen. Außerdem wurde durch den Luftzug die stickige, heiße Luft in der Halle etwas erträglicher.

Klarissa und Gregor König waren rechtzeitig zum Trauergottesdienst eingetroffen. Sie waren ein schönes Paar in ihrer eleganten schwarzen Kleidung. Gregor trug einen leichten schwarzen Anzug mit dunklem Hemd und einer anthrazitschwarz gestreiften Krawatte, dazu einen dunkelgrauen Hut. Das Ehepaar hatte einen Platz in der vorletzten Reihe ergattert, saß nun still auf der Holzbank und sah sich in der Aussegnungshalle um.

Offensichtlich war das gesamte Dorf erschienen, dazu noch zahlreiche Auswärtige, wohl Verwandtschaft und

Freunde von Schorsch Mirsberger. Einige hatte sicher auch die Neugierde hergetrieben. Alle waren in dunkle Farben gekleidet, blickten ernst, manche unterhielten sich leise.

Plötzlich konnte Klarissa einen Blick auf Rebekka erhaschen, die gegenüber am Rand einer Bank Platz genommen hatte. Friedrich war nicht bei ihr. Er war immer beschäftigt. Bekki sah blass und mitgenommen aus. Sie starrte vor sich hin und schien nichts um sich herum wahrzunehmen. Klarissa machte sich langsam Sorgen um ihre Freundin.

Dann stutzte sie. Unter Rebekkas dünnem, schwarzsilber gemustertem Kleid zeichnete sich im Sitzen eine kleine Wölbung ab. War Rebekka etwa schwanger? Machte sie deshalb in der letzten Zeit einen so mitgenommenen Eindruck? Sie hatte sich schon seit langem sehnlichst ein Kind gewünscht. Vielleicht hatte es endlich geklappt und nun war ihr übel. Das kam in den ersten Monaten häufig vor.

Klarissa wollte Gregor etwas ins Ohr flüstern, doch der legte seinen Finger auf den Mund und bedeutete ihr, sich auf das Geschehen in der Aussegnungshalle zu konzentrieren.

Vorne rechts neben der Kanzel stand der Sarg Georg Mirsbergers auf einem rollbaren Untersatz. Der Sarg war geschlossen. Die Familie hatte es so beschlossen. Sie hatten sich bereits vorher in engem Kreise von Schorsch verabschiedet. Der Sarg bestand aus hellem Eichenholz und war mit unzähligen roten Rosen und weißen Lilien geschmückt. Diese beiden Blumenarten mochte Schorsch besonders gerne.

Als Regina Engeltal, festlich gekleidet in ihre Soutane, an die Kanzel trat, wurde es still in der Aussegnungshalle.

Sie führte die Trauernden warmherzig und auf tröstliche Weise durch den Abschiedsgottesdienst. Als sie der Gemeinde vom erfüllten Leben des Schorsch erzählte und immer die richtigen Worte fand, brach Gunda Mirsberger, die begleitet von ihrer Familie in der ersten Reihe saß, in Tränen aus. Sie schluchzte bitterlich und konnte gar nicht mehr aufhören. Ihre Kinder, Clara und Constantin, die ihre Mutter in die Mitte genommen hatten, versuchten, sie zu trösten. Regina Engeltal hielt kurz mit ihren tragenden Worten inne, stieg würdevoll von der Kanzel, trat zu ihrer Freundin und drückte ihr liebevoll einen Kuss auf die Wange. Sie flüsterte tröstliche Worte in ihr Ohr. Gunda beruhigte sich ein wenig.

Als Regina den Trauergottesdienst souverän beendet hatte, setzten sich die vier Sargträger, gute Freunde von Schorsch, mit dem Sarg in Richtung Grabstätte in Bewegung. Aus den Lautsprechern ertönte Nessun dorma von Puccini, eines von Schorschs Lieblingsopernstücken, gesungen von Luciano Pavarotti. Die Stimmung war sehr feierlich. Keiner sprach ein Wort. Alle lauschten und folgten andächtig dem Sarg.

Mandy und Gerd Förster, ebenfalls in dunkler Kleidung, mischten sich unter die Menge. Gerd Förster sah in seinem dunklen Anzug und dem weißen Seidenhemd einfach hinreißend aus. Die Wirtin vom „Goldenen Hirsch“ war nicht in der Lage, den Blick von ihm loszureißen, bis ihr Mann sie unsanft in die Seite knuffte.

Die Vereinsbrüder und -schwestern von Georg Mirsberger hatten ein Spalier gebildet, durch das die vier Sargträger würdevoll schritten.

Alle Vereine, in denen der Landwirt Mitglied gewesen war, erwiesen ihm die letzte Ehre. Der Schützenverein, die Jägerkameraden, der Gesangverein und die Feuerwehr waren in ihren prächtigen Festtagsuniformen erschienen. Feuerwehrautos waren am Wegrand geparkt und blinkten still. Es war ein ergreifender Trauerzug und so mancher Teilnehmende fragte sich insgeheim, wie es sein konnte, dass ein so beliebtes Mitglied der Dorfgemeinschaft ermordet worden war.

Als der Sarg in das Grab gesenkt wurde, sprach die Pfarrerin letzte Worte und erteilte den Segen. Es bildete sich eine lange Schlange. Einer nach dem anderen trat an das Grab, warf mit einer kleinen Schaufel Erde auf den Sarg und eine Rose hinterher und verabschiedete sich, jeder mit seinen Worten, vom toten Schorsch.

Die Familie Mirsberger stand geschlossen am Rande des Grabes und nahm die Beileidsbekundungen gefasst entgegen. Nur Gunda rang um Fassung. Sie hatte noch zu Hause eine leichte Beruhigungstablette, die ihr Clara gegeben hatte, eingenommen, die jedoch nichts half.

Mandy und Gerd Förster ließen ihre Blicke unauffällig über die Trauergemeinde und die Friedhofsanlage schweifen. Mandy entdeckte einen jüngeren, kräftigen Mann in blauer Arbeitskleidung, der sich an einem bepflanzten Grab zu schaffen machte. Er schien die Erde mit einer Harke aufzulockern. Sie fragte Gregor König, der zufällig neben sie geschoben worden war, wer das denn sei.

„Das ist Friedrich Schneider, der Eigentümer der Gärtnerei im Nachbardorf. Zu seinem Dienstleistungsangebot gehört auch die Grabpflege. Er arbeitet."

„Während einer Beerdigung?", wunderte sich Mandy. „Er hat sehr viele Aufträge und muss schauen, dass er irgendwie herumkommt." „Aha, danke für die Auskunft." Mandy konzentrierte sich erneut auf die Menschenmenge. Sie konnte nichts Ungewöhnliches entdecken.

Sieglinde hatte den Spezialauftrag bekommen, sich in Zivilkleidung auf dem Friedhof einzufinden, sich unauffällig im Hintergrund zu halten und die anwesenden Personen zu fotografieren. Ohne dass es jemandem auffiel, natürlich. Sie hatte wie ein Honigkuchenpferd von einem Ohr zum anderen gestrahlt. Sie liebte Spezialaufträge des Kommissars. Eifrig hatte sie etwas von Fotokurs und Teleobjektiv gemurmelt und schien ihren Auftrag sehr gewissenhaft und effektiv zu erfüllen. Der Kommissar hatte sie noch gar nicht zu Gesicht bekommen. Wo sie wohl stecken mochte?

Sieglinde befand sich inzwischen in einer misslichen Lage. Sie hatte vor Beginn der Trauerfeier bereits ihren Posten auf einer knorrigen, uralten Eiche direkt hinter der Friedhofsmauer in einer ausladenden Astgabel bezogen. Das war ein raffiniertes Versteck. Sie war stolz auf ihre Erfindungsgabe. Schon am Abend vor der Beerdigung hatte sie den passenden Baum ausgewählt. Dieser war perfekt.

Sieglinde trug eine grüngraue Kampfhose, ein olivfarbenes T-Shirt und eine Mütze in der gleichen Farbe. Wäre ihr jemand begegnet, hätte er auf die beklemmende Idee kommen können, ein Guerillakrieg wäre in Oberfranken ausgebrochen.

Bedingt durch die Hitze und die Anstrengung glänzte ihr rundes Gesicht vom Schweiß. Sie kauerte zwischen dem dichten Blattwerk, schoss ihre Fotos, und niemand konnte sie entdecken. Hatte sie gedacht.

Als sie jeden Trauergast fotografiert hatte, wollte sie vom Baum steigen. Inzwischen empfand sie ihren Aufenthaltsort als äußerst unbequem. Schon den Aufstieg hatte sie nur unter Ächzen und Schwitzen geschafft. Morgen würde sie ihr knallhartes Sportprogramm starten. Außerdem verspürte sie enormen Hunger.

Als sie nach unten schaute, blickten zwei braune, runde Augen zu ihr hoch. Die gehörten einem dunkelbraunen Riesenschnauzer, der nun begann, zu knurren und die Zähne zu fletschen.

„Verdammt nochmal, blödes Vieh, hau sofort ab!“, fauchte Sieglinde verhalten und versuchte, die Balance zu halten. Sie wollte auf keinen Fall noch mehr Aufmerksamkeit erregen. Der Hund reagierte nicht. Teuflische Gelüste loderten in seinen Augen. Sieglinde überlegte fieberhaft. Sie konnte nicht um Hilfe rufen, ihr Versteck würde auffliegen.

Dann hatte sie eine geniale Idee. In ihrer Hosentasche befand sich noch ein Müsliriegel mit extra viel Schokolade. Mühsam rappelte sie sich hoch und fischte nach der Süßigkeit. Manche Hunde mochten gerne Schokolade. Sie würde das Tier auf den Riegel aufmerksam machen, ihn so weit wie möglich weg von der Eiche werfen und dann, wenn der Hund abgelenkt war, rasch vom Baum klettern und das Weite suchen.

Sie wickelte das Papier der Süßigkeit umständlich ab und ließ es dem Riesenschnauzer auf den Kopf segeln. Der stellte augenblicklich sein bedrohliches Gebaren ein und begann, an der Verpackung zu schnuppern.

Er blickte wieder zu Sieglinde auf und winselte sehnsüchtig. „Hol ihn dir, verdammter Köter“, zischte die Polizistin und schleuderte den Schokoriegel mit aller Kraft von sich. Einige Meter hinter der Eiche landete er sanft in der Wiese und der Hund stürzte hinterher.

Sieglinde begann gerade hastig mit dem Abstieg, als ein kleines, etwa vierjähriges Mädchen mit kecken Pippi-Langstrumpf-Zöpfen in ihrem Blickfeld auftauchte, sich das Naschwerk vor dem Riesenschnauzer schnappte und herzhaft hineinbiss.

„Danke, Tante“, rief das kleine Mädchen und winkte Sieglinde freundlich zu. Dann fuhr sie an das Tier gewandt fort, während sie ihm gleichzeitig ein Stück des

Riegels in sein Maul schob: „Komm, Jean-Luc, nous allons."

Sie packte den Hund am Fell hinter den Ohren und zog ihn mit sich fort. Der ließ sich die Behandlung widerstandslos gefallen.

Sieglinde glitt am rauen Stamm entlang auf die Erde und schrammte sich den Ellbogen an der Rinde auf. Die Kamera mit den Beweisfotos baumelte vor ihrem Bauch. Sie machte, dass sie wegkam.

Freitag, 10. Juni, später nachmittags

Das Sportlerheim, in dem die Trauerfeier stattfinden sollte, füllte sich nach und nach mit den Gästen. Bald war es brechend voll. Grüppchen fanden sich und bedienten sich vom Büfett mit Kaffee und Kuchen. Die ersten Schoppen Frankenwein wurden ausgeschenkt.

Die Leute kommentierten die Beerdigung und fanden, dass Regina es wieder einmal „schee" gemacht hatte. Zumal für eine Frau. Diese Beurteilung stellte für Franken ein hohes Lob dar, die normalerweise mit der Aussage „Bast scho" ihre absolute Zufriedenheit ausdrückten.

Die trauernde Familie hatte sich an einen Tisch zurückgezogen. Im Moment wollte sie niemand stören. An den anderen Tischen stieg der Lärmpegel, die Leute unterhielten sich und ließen sich das leckere Gebäck schmecken.

Später würde es Schweinebraten mit Klößen und Bratwürste mit Sauerkraut geben. Auf Vegetarier musste man bei der Speiseplangestaltung keine Rücksicht nehmen, die gab es hier nicht.

Klarissa und Gregor König saßen am Tisch mit Manuela Henneberger und ihrem Klausi und mit Regina und Theo Engeltal, der an diesem Nachmittag für die Kinderbetreuung eingeteilt war und seinen Kuchen etappenweise verspeiste, weil er ständig seinen aufgeweckten Sprösslingen hinterherjagen musste.

Anneliese und Konrad Schüpferling waren mit von der Partie sowie Luise Walz und ihr Gatte Otto. Eben war noch der verlassene Rainer Rohlederer zu ihnen gestoßen. Immer noch machte er einen untröstlichen Eindruck und war kaum zum Reden zu bewegen.

Manuela Henneberger trug ein tief ausgeschnittenes Kleid, das ihr üppiges Dekolleté betonte. Klausi war entzückt und holte seiner Angebeteten einen Teller mit drei Stück Kuchen und ein Kännchen Kaffee mit Sahne extra. Rainer schien dieses offensichtliche Glück nur noch mehr in eine schwere Depression zu stürzen.

Auch in dieser Runde wurde über die Beerdigung gesprochen. Sie alle lobten Regina für die einfühlsamen Worte, die sie gefunden hatte.

Regina hielt ihren Babybauch, der immer dicker wurde, liebevoll mit beiden Händen und vermittelte einen seligen Eindruck: „Ich glaube, dieses Mal werden es Zwillinge", frohlockte sie. „Ich habe so ein Gefühl." Theo erbleichte, fasste sich aber schnell wieder, strich seiner Gemahlin liebevoll über ihren Bauch und fing mit der anderen Hand ein Limonadenglas auf, das sein lebhaftes Töchterchen bereits in eine gefährliche Schieflage gebracht hatte.

Anneliese Schüpferling erzählte, dass sie ihr Regiment an Gartenzwergen heute Morgen nochmals umdekoriert hätte. Ihr Konrad hatte ihr versprochen, am Samstag mit ihr zum Tschechenmarkt nach Eger zu fahren, damit sie noch zwei oder drei von diesen lustigen

Burschen erstehen konnte. Dann wäre ihr Vorgarten perfekt gestaltet.

Seit der Ravioli-Affäre kochte Anneliese ihrem eingeschnappten Gatten jeden Abend eines seiner Lieblingsgerichte, dadurch hatte sich die heimische Schräglage wieder entspannt.

Otto Walz schwärmte von seiner letzten LKW-Tour an den Bodensee. So schön sei es dort. Er schlug vor, dass sie doch gemeinsam ein verlängertes Wochenende dort verbringen könnten. Seine Frau Luise war begeistert von der Idee. Sie kam nicht häufig aus dem kleinen Dorf heraus.

Manuela Henneberger, die sich über ihr drittes Stück Torte hermachte, schnitt ein neues Thema an: „Der Schorsch hatte doch diese Holzhütte, weit oben am Waldrand, in der Nähe von Helenes Bauwagen. Soweit ich weiß, hat nur er sie benutzt. Die anderen Familienmitglieder interessierten sich nicht dafür. Wenn er auf der Jagd war, hat er manchmal sogar dort übernachtet. Er fand es romantisch und entspannend, dort am offenen Feuer zu sitzen. Vielleicht kann ich sie der Gunda abkaufen oder sie wenigstens mieten. Ich hätte auch gerne eine Rückzugsmöglichkeit im stillen Wald. Ich bin schließlich eine hart arbeitende Geschäftsfrau und brauche ab und zu Ruhe.“ Klausi, der ihr aufmerksam zugehört hatte, stimmte sofort zu: „Natürlich, mein Engel, wenn du sie haben willst. Ich werde mit Gunda sprechen.“

Bei der Erwähnung der Hütte schien Rainer Rohlederer aus seiner tiefen Trance zu erwachen. „In letzter Zeit stand der Geländewagen vom Schorsch häufig spät abends davor. Auch wenn keine Jagd stattfand. Das wunderte mich. Vorher war er nur selten dort zu sehen. Ihr wisst“, erklärte er seinen Freunden, „wenn ich spät abends aus der Wirtschaft nach Hause fahre, nehme ich den alten Schleichweg Richtung Leutenbach."

Rainer bewohnte ein Einfamilienhaus in Kirchehrenbach, das ihm jetzt zu groß und zu einsam war. Deshalb fuhr er erst immer nach Hause, wenn die Dorfkneipe schloss.

Klarissa hörte interessiert zu. Was hatte der Schorsch wohl so oft spät abends dort zu tun? Dieser Frage würde sie gerne nachgehen. „Hast du eine Ahnung, was er nachts dort wollte?", fragte sie Rainer.

Der schüttelte nur den Kopf. „Keine Ahnung", erwiderte er, „ich habe nie nachgesehen, weil ich davon ausging, dass der Schorsch alleine sein wollte." Daraufhin fiel er wieder in seine tiefe Melancholie.

Das Büfett mit dem deftigen fränkischen Abendessen wurde eröffnet und sie machten sich mit Appetit darüber her.

Natürlich waren auch die beiden Morde im Dorf ein Thema. Es gab jedoch weiter nichts Neues zu berichten. Nur Gregor konnte eine Neuigkeit beisteuern. Der Kommissar hatte bei der Beerdigung auf seine Frage hin berichtet, dass die Rechtsmedizin auch Helene freigegeben hatte und diese am kommenden Montag in Gräfenberg beerdigt würde.

Ihr Gatte wollte die Organisation der Beisetzung übernehmen. Es war wirklich traurig. Sonst hatte bei Veranstaltungen immer irgendjemand an die Kräuterhexe gedacht und ihr einen Teller Kuchen und eine ordentliche Portion des Hauptgerichtes vorbeigebracht.

Man war sich einig, dass die beiden Kommissare aus Bamberg sorgfältig und kompetent ermitteln und die Mordfälle sicherlich in naher Zukunft aufklären würden.

Die Familie Mirsberger zog sich bald zurück. Die anderen blieben. Schließlich gab es Freibier und ein paar

Unentwegte begannen, Schafkopf zu spielen. Später würde einer der Dorfbewohner noch auf der Quetsche spielen und jedes Lied würde ein Lieblingsstück von Schorsch sein. Und mit jedem weiteren Bier und jedem Schnaps würde der Satz fallen: „So hätte der Schorsch es gewollt."

Als sich Klarissa und Gregor zu später Stunde auf den Heimweg machen wollten, wurden sie von der Bedienung Berta aufgehalten, die eine Jacke in der Hand hielt. „Klarissa, ich glaube, ich habe da etwas für eure Kleiderkammer. Die Jacke hängt schon seit dem vergangenen Sonntag hier an der Garderobe. Wahrscheinlich hat sie ein Tourist vergessen. Willst du sie mitnehmen?"

Klarissa besah sich das Kleidungsstück. Die sandfarbene Arbeitsjacke sah ordentlich aus. Einer der vielen bedürftigen Besucher der Kleiderkammer konnte sie bestimmt gut gebrauchen, wenn sie erst einmal gereinigt und gebügelt war. Sie bedankte sich herzlich bei Berta für das gute Stück. Irgendein Gedanke nagte beim Anblick der Jacke in ihrem Hinterkopf, aber er wollte ihr in diesem Moment partout nicht einfallen.

Freitag, 10. Juni, später Abend

Gregor war müde und wollte gleich zu Bett gehen. Er beabsichtigte, noch ein wenig zu lesen, bis ihm die Augen zufallen würden. Klarissa hatte beim Stöbern in der Buchhandlung, die auch ein Antiquariat war, ein zerfleddertes, altes oberfränkisches Kochbuch entdeckt, das sie ihrem Mann geschenkt hatte. Dabei hatte sie ihm gleichzeitig den Reiseführer über die Vendée untergejubelt.

Klarissa fühlte sich irgendwie aufgedreht von den Ereignissen dieses Tages und beschloss, noch eine Runde mit ihrem Hund spazieren zu gehen. Sie gaben sich einen Kuss und Gregor begab sich in den ersten Stock ins Schlafzimmer. „Geh nicht zu weit, mein Liebling", ermahnte er seine Frau noch, dann schloss sich die Schlafzimmertür hinter ihm.

Julius ahnte, dass es noch einen Spaziergang geben würde, und hüpfte freudig um sein Frauchen herum. Klarissa schlüpfte aus dem festlichen Kleid und zog Jeans und T-Shirt über, die sie nachmittags achtlos und in Eile über einen Küchenstuhl geworfen hatte. An den bloßen Füßen trug sie alte, bequeme Turnschuhe. Schlüsselbund und Taschenlampe stopfte sie in ihre Hosentasche. Schon konnte es losgehen. Die Hundeleine ließ sie an der Garderobe hängen. So spät würde kaum noch jemand unterwegs sein, der sich an dem frei laufenden Hund stören könnte.

Sie lief durch die stille Straße und wählte dann einen Feldweg, der hinter dem Dorf herumführte. Von da aus konnte Julius über die Wiesen tollen.

Dann kam ihr ein Gedanke. Sie könnte doch einen Blick auf die Hütte von Schorsch werfen. Der Weg dorthin war gar nicht so weit. Flott lief Klarissa schräg den Hügel hoch und erreichte bald den Waldrand.

Sie kam an Helenes Bauwagen vorbei, der verlassen in der Düsternis lag. Misstrauisch musterte sie das Dunkel der hohen Fichten. Sie konnte niemanden entdecken. Ihr Hund rannte eifrig hin und her und schlug nicht an. Sie folgte einem schmalen Pfad am Wald und mit dichtem Gebüsch entlang, passierte Georgs Hochsitz und stieß dann auf den Schotterweg Richtung Leutenbach. Auf dem lief sie noch etwa zweihundert Meter, dann war die Holzhütte im fahlen Mondschein zu erkennen. Sie stand auf einer Lichtung. Alles wirkte friedlich. Dennoch schauderte Klarissa plötzlich, als ihr bewusst wurde, dass sie sich, abgesehen von ihrem Hund, ganz alleine mitten im Wald befand.

Es handelte sich um eine stabile Behausung mit einem Grundriss von etwa vier auf fünf Metern, die sich schon seit Generationen im Besitz der Familie Mirsberger befand. Auf dem erdigen, getrockneten Boden konnte Klarissa Reifenspuren und Hufabdrücke erkennen.

Vor der Hütte Richtung Südwesten war ein wuchtiger, länglicher Holztisch mit zwei bequemen Bänken mit Rückenlehnen platziert. Dahinter in der Ecke hatte ein aus roten Ziegelsteinen selbst gemauerter Grill seinen Platz. Einige Meter entfernt erstreckte sich ein kleiner Fischweiher, umsäumt von Schilfgräsern und aufrechten Schlotfegerpflanzen. Ein wackeliger Angelsteg schwebte über dem dunklen Wasser. Ein hübsches Plätzchen, fand Klarissa.

Sie näherte sich vorsichtig der Hütte, Julius schnupperte am Boden vor dem Grillplatz herum. Plötzlich rannte er zur Eingangstür, die sich rechts neben der hinteren Bank befand, sprang gegen die Tür und begann, mit den Vorderpfoten heftig daran zu kratzen. Anscheinend hatte er eine Witterung aufgenommen. „Komm von der Tür weg, Julius, hierher", flüsterte sie. Jetzt war ihr unheimlich. Was, zum Teufel, befand sich hinter dieser Türe?

Das Tier hielt kurz inne, beschloss dann, die Anweisung seines Frauchens auf Grund des spannenden Geruchs in dieser Hütte zu ignorieren, und wollte sich wiederum auf die Tür stürzen.

In diesem Moment öffnete sie sich langsam ächzend und blieb halb offen stehen. Klarissa schnappte nach Luft und rechnete fest damit, dass der Mörder oder Luzifer persönlich aus dem dunklen Eingang treten würde. Stattdessen raste eine kleine Haselmaus panisch aus ihrem Versteck und Julius nahm kläffend die Verfolgung auf. Das war ein tolles Spiel.

Klarissa ließ die schwere, aus Holzbohlen gezimmerte Tür nicht aus den Augen. Sie war nicht verschlossen gewesen. Julius hatte bei dem Sprung gegen die Tür mit seinen Pfoten die Klinke heruntergedrückt und sie dadurch geöffnet. Das konnte er gut.

Von ihm war nichts mehr zu hören, er suchte wohl die geflüchtete Maus. Noch immer rührte sich nichts. Klarissa schlich vorsichtig auf den Eingang zu. Als hinter ihr im Wald plötzlich ein Uhu schrie, fuhr sie zusammen. Beherzt zückte sie ihre winzige Taschenlampe und leuchtete damit zittrig durch den Türspalt. Nichts. Sie betrat die Hütte und ließ den Lichtkegel ihrer Lampe durch den Raum gleiten. Die Hütte war leer. Sie konnte kein Versteck entdecken, in dem sich ein Mensch verbergen könnte.

Sie beruhigte sich ein wenig und blickte sich um. Georg hatte den rustikalen Raum behaglich eingerichtet. An der hinteren Wand befand sich ein breites französisches Bett, eine kuschelige, leuchtend königsblaue Überdecke war sorgfältig darüber gebreitet und etliche blaue und türkisfarbene große Kissen wahllos darauf verstreut.

Hinter dem Bett war ein prächtiger Kelim an der Wand befestigt, der in den gleichen, golddurchwirkten Farbtönen gewebt war. Auf dem dunklen, matt glänzenden Holzfußboden lagen geknüpfte Brücken mit orientalischen Mustern, die echt und teuer aussahen.

Auf jeder Seite des Bettes waren einige filigrane, goldene Lüster angebracht, in denen weiße, schmale Kerzen steckten, die bereits teilweise abgebrannt waren.

Rechts neben Klarissa war eine gemütliche kleine Sitzecke eingerichtet. Zwei Korbsessel mit dicken Kissen und ein dazu passendes rundes Tischchen mit Glasplatte befanden sich dort. Darauf standen zwei leere Champagnerkelche und ebenfalls Kerzen. Es duftete leicht nach Sandelholz.

Linkerhand stand ein Gaskocher auf einem niedrigen Regal aus Holz, rechts daneben ein kleiner Kühlschrank, wohl ebenfalls gasbetrieben. Im Regalfach darunter gab es Geschirr, drei Petroleumlampen und eine Kaffeedose.

Klarissa ergriff ein Geschirrtuch und öffnete den Kühlschrank vorsichtig. Sie pfiff durch die Zähne. Im Seitenfach standen Glasflaschen mit Perrier Citron, auf den beiden Ablagen waren etliche Flaschen Veuve Clicquot aufgestapelt.

Der Schorsch hatte wahrlich Stil besessen, saß in seiner Jägerhütte und schlürfte Champagner! Aber mit wem? Behutsam schloss sie die Kühlschranktür mit der vom Geschirrtuch umwickelten Hand und blickte sich aufmerksam um.

Ein Geräusch hinter ihr ließ sie zusammenfahren. Ihr blieb fast das Herz stehen. Sie drehte sich blitzschnell um und leuchtete auf ihren Hund, der eine ohnmächtige Maus im Maul trug und seine Trophäe stolz vor Klarissa auf den Boden niederlegte. Erwartungsvoll blickte er zu ihr hoch und wollte ein dickes Lob hören. Doch er wurde enttäuscht. Kein Lob erfolgte, sondern ein strenger Befehl: „Du bleibst jetzt hier sitzen, verstanden?“ Diesen Ton kannte er. Jetzt galt es zu gehorchen. Der Hund legte sich ergeben neben die reglose, winzige Maus.

Rechts hinten neben dem bequemen Bett war eine Kommode aus Buchenholz, mit schöner Intarsieneinlegearbeit verziert, in der Ecke platziert, die über zwei breite Schubläden und einen schmalen Aufsatz von etwa achtzig Zentimeter Höhe verfügte. Klarissa öffnete mit dem Geschirrtuch die untere Schublade und spähte erwartungsvoll hinein. Hauptsächlich Jagdzeitschriften befanden sich darin. Enttäuscht schloss sie den Schub wieder.

Als sie die obere Lade aufzog, zog sich ein breites Grinsen über ihr Gesicht: „Der Schorsch, ein Casanova, wer hätte das gedacht?“ Die Schublade wurde für die Aufbewahrung von Sexspielzeug aller Art benutzt, das im Schein der Taschenlampe bunt leuchtete.

Nun blieb noch der Kommodenaufsatz. Ordentlich auf schmale Kleiderbügel gehängt und aufgereiht, hingen erotische Dessous an der Kleiderstange. Ausgewählte, geschmackvolle Teilchen aus Seide und feiner Spitze, hauptsächlich in Schwarz- und Rottönen.

Auf dem Boden des Schränkchens waren mehrere Paare schwarzer Seidenstrümpfe zusammengelegt und aufgestapelt.

Klarissa zog einige Bodys heraus und betrachtete die Konfektionsgröße. Es handelte sich um Größe M für jemanden, der schlank und hochgewachsen war.

Gunda als Besucherin konnte man ausschließen, die war zu klein und zu mollig für diese edlen Kleidungsstücke. „Schorsch, Schorsch“, murmelte Klarissa. „Mit welcher Frau hast du dich hier getroffen, was hattet ihr beiden für Pläne?“

Klarissa hatte keine Ahnung. Sie kam zu dem Schluss, dass sie schleunigst hier verschwinden sollte. Sie hatte sich schon viel zu lange in dieser Hütte aufgehalten. So hängte sie das Geschirrtuch wieder an seinen Platz und verließ mit Julius bei Fuß die Behausung. An der Maus verspürte das Tier keinerlei Interesse mehr, seit sie sich nicht mehr bewegte. Die Tür ließ Klarissa angelehnt. Sie stieg rasch die Hügel hinunter und machte, dass sie nach

Hause kam. Morgen früh musste sie sofort die Polizei über ihre Entdeckung informieren.

Samstag, 11. Juni, vormittags

Mandy und Gerd Förster standen vor dem Liebesnest von Georg Mirsberger.

Klarissa hatte gleich am frühen Morgen den Kommissar auf seinem Handy angerufen und ihn über die Hütte und die zwei Champagnerkelche informiert.

Er saß gerade beim Frühstück auf seinem kleinen Balkon und blätterte in der Süddeutschen Zeitung. Den Stuhl neben ihm hatte Delilah in Besitz genommen und schlief in der Sonne. Ihr rabenschwarzes Fell glänzte weich. Besonders gut hatte ihr die in hauchdünne Scheiben geschnittene italienische Salami gemundet. Sie trank nur zimmertemperierte Katzenmilch oder frisches Wasser. Mit Wasser verdünnte Kuhmilch lehnte sie kategorisch ab. Nur Gerd Förster durfte die Katze berühren, alle anderen Menschen fauchte sie böse an und zeigte ihre Krallen.

Der Kommissar hatte Schwierigkeiten, sich auf seine Lektüre zu konzentrieren. Ihm fiel gerade ein, dass Klarissa König ihn ebenso vorgestern angerufen hatte, um ihn über ihre Entdeckung der Hufabdrücke nahe Helenes Bauwagen zu informieren. Abdrücke wie unweit des Kuhstalls der Familie Mirsberger. Sollte der Mörder oder die Mörderin tatsächlich zu Pferd unterwegs sein? Ein berittener Mörder?

Aber wo sollten sie anfangen zu suchen. In der Fränkischen Schweiz gab es unzählige Reiterhöfe. Constantin Mirsberger war laut Aussage seiner Mutter ein brillanter

Reiter. Sein Alibi hatte sich jedoch als absolut wasserdicht herausgestellt. In der fraglichen Nacht von Samstag auf Sonntag bestätigten mehrere Zeugen, dass er sich im „Blauen Papagei" in Bamberg aufgehalten hatte.

Und weshalb sollte er nachts durch die Gegend reiten, um Helene heimtückisch zu ermorden? Das machte doch keinen Sinn.

Die Spurensicherung hatte im weiteren Umkreis von Helenes Bauwagen keine Leiter oder etwas in der Art finden können. War der Mörder nachts mit einer Leiter auf den Hügel gestiegen und dann wieder hinunter? Die Gefahr, von jemandem beobachtet zu werden, war relativ hoch. Oder hatte er die Leiter mit einem Fahrzeug schon vorher dorthin transportiert, im Wald versteckt und sie nachts benutzt?

Mandy war beim Joggen durch den Hain entlang der Regnitz unterbrochen worden und trug noch ihre Sportkleidung.

Klarissa hatte eine Rüge vom Kommissar erhalten und die strenge Aufforderung, nie wieder unberechtigterweise fremdes Eigentum zu betreten und die Polizei beim nächsten Mal unverzüglich zu informieren.

Um ihn abzulenken, berichtete sie ihm von der beigen Arbeitsjacke, die sie gestern nach der Beerdigung von der Bedienung Berta für die Kleiderkammer erhalten hatte. Sie hatte sich morgens das Kleidungsstück genauer betrachtet und plötzlich war ihr wieder eingefallen, warum es ihr so bekannt vorkam. Es handelte sich um den gleichen Stoff und die gleiche Farbe wie bei dem Stofffetzen, den sie Sonntagabend am Gatter des Mirsberger-Anwesens gefunden hatte.

Aufgeregt breitete sie die Jacke auf dem Küchentisch aus und untersuchte sie. Da, auf der linken Seite der Jacke zwischen dem Eingriff in die breite Tasche und dem unteren Ärmelansatz fehlte ein Stück Stoff. Das dadurch entstandene Loch zeigte die gleiche Form wie die Triangel ihres Fundes, zumindest so weit sie es noch in Erinnerung hatte.

Gerd Förster wollte seinerseits das Beweisstück aus Bamberg zum Vergleich mitbringen, da er ohnehin die Holzhütte von Georg Mirsberger aufzusuchen gedachte. Bereits eine halbe Stunde später stand er mit Mandy vor der Tür. Sie wurden von Gregor König freundlich zu Erdbeerkuchen mit Sahne und frisch aufgebrühtem Kaffee eingeladen.

Heute trug er eine blaurot gestreifte Kochschürze und machte sich, fröhlich vor sich hin pfeifend, daran, einen Wildhasen, den er bei Walter Burkhard bestellt hatte, in eine Beize einzulegen. Klarissa und die beiden Kommissare verglichen das Stoffteil mit dem Loch in der Jacke. Es passte exakt.

„Das bedeutet erst einmal nur, dass der Besitzer der Jacke, auf Grund der Größe gehe ich von einem Mann aus, am Gatter von Georg Mirsbergers Grundstück an einem herausstehenden Nagel hängen blieb und dabei ein Stück Stoff herausgerissen wurde. Anscheinend hat er es nicht bemerkt, oder es war ihm egal“, überlegte Gerd Förster.

„Es könnte ein Wanderer, der Mörder von Georg Mirsberger oder sonst wer gewesen sein“, spann Mandy den Faden weiter. „Diese Bedienung, Berta, kann sich nicht erinnern, wer diese Jacke trug, als er die Gaststätte betrat?“, wandte sie sich an Klarissa.

Die schüttelte den Kopf: „Nein, leider nicht, es ist ihr nur aufgefallen, dass die Jacke seit Sonntag an der Garderobe hängen musste. Sonntagmorgen, beim Aufsperren, war die Garderobe leer. Danach war so viel los im Sportlerheim, da hat keiner auf so etwas geachtet. Sonntag fand ein Heimspiel der Fußballmannschaft statt. Außerdem wurde ein runder Geburtstag mit zirka hundert Gästen ausgerichtet. Die beige Arbeitsjacke war das einzige Kleidungsstück, das am Montagmorgen, als Berta zum Saubermachen eintraf, am Garderobehaken hing. Das passiert öfter, dass jemand ein Kleidungsstück oder eine Kopfbedeckung vergisst. Doch erfahrungsgemäß werden diese Teile ein bis zwei Tage später von ihrem Besitzer wieder abgeholt. Das war bei dieser Arbeitsjacke jedoch nicht der Fall, sodass Berta mir sie für die Kleiderkammer anbot."

„Wir werden uns in der Gaststätte umhören", entschied der Kommissar. „Vielleicht kann sich doch jemand erinnern. Die Arbeitsjacke bringe ich zur Spurensicherung. Jetzt brechen wir zur Hütte von Georg Mirsberger auf. Ich bedanke mich für Ihre Aufmerksamkeit, Frau König, und Ihnen, Herr König, für den wunderbaren Erdbeerkuchen und den Kaffee." Mandy bedankte sich ebenfalls. Dann fuhren sie los. Klarissa hatte ihnen den Weg beschrieben.

„Ein romantisches Plätzchen", bemerkte Mandy anerkennend, „man kann sogar angeln." Inzwischen hatten sie die Holzhütte betreten und sich ein wenig umgesehen.

„Ich kann mir nicht vorstellen, dass sich unser Liebespaar hier zum gemeinsamen Angeln getroffen hat", entgegnete Gerd Förster. „Champagner, edle Dessous, aber keine persönlichen Habseligkeiten, die Rückschlüsse auf seine Besucherin zulassen würden, außer dass sie groß und schlank sein muss. Wir müssen Gunda Mirsberger befragen, ob sie etwas von einer Geliebten ihres Mannes wusste, oder zumindest etwas geahnt hatte."

Mandy nickte: „Ich habe ihn für einen treu sorgenden Ehemann gehalten, dabei hat er seine Frau betrogen. Das rückt den Mordfall in ein gänzlich anderes Licht. Eifersucht als mögliches Tatmotiv. Wir müssen die Identität dieser Geliebten herausfinden. Gunda Mirsberger ist jetzt eine unserer Hauptverdächtigen. Vielleicht hatten die Turteltäubchen Zukunftspläne, das würde möglicherweise die letzten Handlungen und Äußerungen von Georg Mirsberger erklären."

Sie überließen der Spurensicherung das Feld und fuhren direkt auf den Mirsberger-Hof, um Gunda Mirsberger zu befragen.

Sie fanden diese beim Rosenschneiden in ihrem Vorgarten. Sie erklärte den beiden Kommissaren, dass sie diese Beschäftigungstherapie von ihrem tiefen Kummer ablenken würde. Sie reagierte nicht besonders überrascht, als sie Gerd Förster über die Durchsuchung und ihre Entdeckungen in der Hütte informierte.

„Ich habe so etwas geahnt", erklärte sie. „Er wollte nicht mehr mit mir im selben Bett schlafen, er hatte mich seit Monaten nicht mehr angerührt. Früher war er kaum zu bremsen. Mein Mann hatte sich sehr verändert, vor allem mir gegenüber, aber auch grundsätzlich. Er hat mich also betrogen, in seiner Jagdhütte." Tränen traten ihr in die Augen. „Das tut weh."

Sie gab an, schon seit mindestens einem Jahr nicht mehr in der Hütte gewesen zu sein. Sie hätte nicht die leiseste Ahnung, um wen es sich bei der Geliebten ihres Mannes handeln könnte. Und sie bestritt vehement, in der Nacht von Samstag auf Sonntag den Kuhstall betreten zu haben. Sie habe geschlafen, so wie sie es bereits ausgesagt hatte.

Mandy und Gerd Förster kamen nicht weiter und beendeten die Befragung. Gunda Mirsberger wurde für den Montag in das Polizeipräsidium von Bamberg bestellt, um ihre Aussagen zu Protokoll zu geben und dieses zu unterschreiben.

In der Jagdhütte wurden neben den Fingerabdrücken des Landwirts noch weitere Fingerabdrücke ein und derselben Person sichergestellt, die überall in dem Raum zu finden waren, für die jedoch keine Vergleichsabdrücke vorlagen. Sie konnten sie nicht zuordnen.

Für die Anwesenheit Gunda Mirsbergers oder anderer Menschen konnten sie keinerlei Hinweise finden.

Die Untersuchung der Hautpartikel und der Haare auf den Dessous und den Strümpfen würde noch einige Zeit in Anspruch nehmen. Mandy und Gerd Förster gingen jedoch davon aus, dass sie von einer einzigen Person stammten, nicht von mehreren. Die Spermaspuren auf der Bettwäsche konnten rasch Georg Mirsberger zugeordnet werden.

Die Befragung des Personals in der Sportgaststätte brachte keinerlei Ergebnisse. Niemand konnte sich an den Träger der beigen Arbeitsjacke erinnern. Die Bedienungen waren gerne bereit, bei den Gästen herumzufragen, versprachen sich davon aber wenig.

Samstag, 11. Juni, mittags

Klarissa und Gregor König machten sich zu einer Wanderung auf. Das Wetter war immer noch strahlend schön, es war heiß, aber nicht stickig.

Es war Klarissas Vorschlag gewesen. Gregor wanderte für sein Leben gerne. Die ganze Woche über war er auf

Baustellen und im Wagen unterwegs und genoss beim Wandern die frische Luft und die Bewegung. Nur beim Kochen konnte er noch besser abschalten.

Klarissas Plan war, ihren Gatten zu besänftigen. Als er von ihrer nächtlichen Tour zu Georg Mirsbergers Hütte erfahren hatte, hatte er stinksauer reagiert. Keine Minute könne man sie aus den Augen lassen, hatte er geschimpft. Jetzt war er wieder etwas versöhnlicher gestimmt und freute sich auf den Ausflug. Klarissa hatte eine beliebte Höhlentour in der „Fränkischen" ausgewählt, bei der sich eine interessante, verwunschene, zu erforschende Höhle an die andere reihte. Die Route erstreckte sich über etwa sechzehn Kilometer und sie würden vier bis fünf Stunden unterwegs sein.

Anschließend war zur Erfrischung ein kühles Bad in der Wiesent vorgesehen und danach ein Abendessen an einem schönen Ort.

Julius war mit von der Partie und schon ganz verrückt vor Freude. Klarissa und Gregor trugen dünne, bequeme Jeans, klobige, feste Wanderschuhe und weit geschnittene T-Shirts.

Gregors Kopf zierte eine Baseballmütze mit dem Logo des 1. FCN, Klarissa hatte sich für ihren alten, grauen Anglerhut entschieden. Ihre Freundin Bekki vertrat die Ansicht, Klarissa mache damit einen debilen Eindruck, sie jedoch mochte ihren Hut.

Sie schulterte den geräumigen, feuerroten Rucksack, der Jacken, zwei kalte Flaschen Mineralwasser, Müsliriegel, ein Fernglas, Sonnencreme und Badekleidung enthielt. Klarissa trug immer den Rucksack. Bei einer früheren Wanderung waren sie einem älteren Ehepaar begegnet, das ihnen lange nachdenklich hinterherblickte.

Dann meinte die empörte Frau: „Hast du den Stoffel gesehen, Gerch? Der lässt die zarte, kleine Frau den schweren Rucksack schleppen. Na, dem würde ich was erzählen.“ Klarissa und Gregor hatten sich großartig amüsiert und freuten sich wie die Kinder über weitere derartige Bemerkungen, wenn sie unterwegs waren.

Sie parkten ihren Wagen am Ortsrand von Muggendorf und marschierten los in Richtung Oswaldhöhle. Zuvor hatte Klarissa ihrem Gregor, der sich mittlerweile wieder drücken ließ, liebevoll das Gesicht eingecremt.

Der schmale Weg führte auf eine Anhöhe, von der aus man einen pittoresken Blick auf das Wiesenttal und die imposante Ruine Neideck hatte.

Weiter führte der romantische Wanderweg zum Quakenschloss. Die von Flechten überwucherten Felsen im Wald machten einen verwunschenen Eindruck. Laut der Sage verbarg sich hier ein prunkvolles Schloss, das man nur alle hundert Jahre zu Gesicht bekam. Wenn man Glück hatte.

Nun passierte das Ehepaar den kleinen Ort Engelhardsberg und die Riesenburg, eine beeindruckende, eingestürzte Höhlenanlage, die nur mit äußerster Vorsicht betreten werden sollte.

Der schmale Weg führte nun durch einen schattigen, kühlen Wald hinab ins Wiesenttal und weiter auf bequemen Pfaden durch Felder und üppige Wiesen an der lieblichen Aufseß entlang.

Hier legten Klarissa und Gregor eine kurze Rast ein und tranken durstig von ihrem inzwischen lauwarmen Wasser.

Über die Kuchenmühle führte der Pfad weiter einen idyllischen Waldweg entlang, dann durchquerten sie Albertshof und hielten sich in Richtung Rosenmüllerhöhle. Diese berühmte Höhle war ungefähr siebzig Meter lang und diente früher als Schauhöhle. Klarissa wollte unbedingt die Höhle besichtigen. Sie betraten staunend ein

Märchenland. Tausende von brennenden Kerzen waren über die Höhle verteilt und flackerten. Ihr Licht ließ die in Jahrtausenden entstandenen, tropfenden Stalaktiten und Stalagmiten in unzähligen Farben schimmern. „Wie schön", flüsterte Klarissa andächtig. Die ganze Höhle war in ein unwirkliches, sanftes Licht getaucht. Langsam folgten sie dem schmalen, rutschigen Weg durch diesen verzauberten Ort und ließen ihn auf sich wirken. Es war ganz still.

Als sie vor die Höhle ins Tageslicht traten, mussten sie blinzeln. Klarissa war entzückt. „Hierher müssen wir bald wieder kommen." Gregor nickte zustimmend. Auch er war begeistert. Nun ging es hinab nach Muggendorf zum Parkplatz. Sie waren ein wenig müde und verschwitzt von der schönen Wanderung. Klarissa wollte zur Abkühlung in der Wiesent baden.

Sie entdeckten eine romantische, abgeschiedene Stelle, an der der Fluss unter Bäumen eine Biegung machte. Daneben, in der Sonne, ließen sie sich nieder. Klarissa zog ihre Stiefel aus, schlüpfte in ihr Bikinihöschen und kletterte die niedrige Böschung hinunter.

Sie ließ sich ins ruhige Wasser gleiten und begann dann, mit kräftigen Arm- und Beinbewegungen gegen den kräftigen Strom anzuschwimmen. „Es ist bitterkalt", jubelte sie. „Los, komm schon!" Gregor sonnte sich lieber und ruhte sich aus. Seine Frau schwamm ein Stück und ließ sich dann von der Strömung zurücktreiben. Bibbernd kroch sie das Ufer hoch. „Das Wasser hat höchstens vierzehn Grad", erklärte sie ihrem Gatten. Der schauderte. Sie lagen eine Weile in der Sonne und dösten vor sich hin.

„Ich verspüre mächtigen Hunger", verkündete Gregor plötzlich. Sie machten sich auf den Weg in ein schönes Ausflugslokal. In der alten Stempfermühle, direkt an der Wiesent gelegen, beabsichtigten sie, zu Abend zu essen.

Samstag, 11. Juni, abends

In der Gastwirtschaft suchten sie sich einen romantischen Platz am Wasser. Die Luft war inzwischen etwas abgekühlt und hier ließ es sich wunderbar sitzen. Gregor bestellte Forelle blau nach „Müllerin Art“ mit Salzkartoffeln, Klarissa entschied sich für gemischten Presssack mit Musik. Dazu bestellten sie zwei Radler. Sie prosteten sich zu und genossen die Stille, durch die nur das leichte Plätschern des smaragdgrünen Flusses drang.

Zwei Personen kamen über die Brücke auf die Wirtschaft zugelaufen. „Das sind doch Luise und Otto Walz“, bemerkte Gregor und winkte. Das Ehepaar kam näher und begrüßte Klarissa und Gregor erfreut. „Kommt, setzt euch doch zu uns“, forderte Gregor die beiden auf. „Wo kommt ihr denn her?“ „Wir sind aus unserem Büro geflüchtet und wollen den lauen Sommerabend genießen“, berichtete Luise lächelnd.

„Mein Mann führt mich zum Abendessen aus.“ Sie nahmen Platz und bestellten. Gregor erzählte lebhaft von der romantischen Wanderung und Klarissas Bad im Fluss. Sie unterhielten sich prächtig und lachten viel.

Besonders über die Geschichte, die Otto zum Besten gab. Otto war ein sanftmütiger Mann mit Bauchansatz und drahtigen, schwarzen Locken. Ihn konnte nichts aus der Ruhe bringen. Nur einmal war dies geschehen, als er ein junger Kerl und auf Brautschau war. Er hatte sich unsterblich in Luise verliebt, als er sie beim Kirchweihtanz in Effeltrich kennengelernt hatte.

Also warb er um sie und eines Tages fasste er sich ein Herz und hielt, fesch im gebügelten Anzug, mit Hemd und Krawatte und einem Strauß gestohlener Blumen in der Hand, bei Luises Eltern um deren Hand an.

Die Antwort kam völlig unvorbereitet und stürzte ihn in eine tiefe Krise. Sie lautete nämlich kategorisch nein. Luise wurde von einem Heulkrampf heimgesucht und konnte gar nicht mehr aufhören, um ihr verlorenes Glück zu weinen. Es war keineswegs so, dass Luises Eltern eine Antipathie gegen Otto verspürt hätten. Der war schließlich ein tüchtiger, fescher junger Mann.

Die grausame Absage erfolgte aus dem schlichten und unumstößlichen Grund, dass Luises ältere Schwester Waltraud zuerst verheiratet werden sollte. Dann die zweite, Luise, und anschließend die jüngste Tochter. Einfach der Reihe nach, so wie sich das gehörte.

Die Älteste, Waltraud, könne er gerne heiraten, kein Problem, lautete die unerschütterliche, definitive Aussage.

Diese war von der Natur leider nur sehr spärlich mit Schönheitsattributen ausgestattet worden. Wahrscheinlich war ihr das Schicksal einer alten Jungfer bestimmt. Was tun? Kurzerhand wurde ein Treffen mit einem Junggesellen arrangiert, der für sich und seine Landwirtschaft eine tüchtige, kräftige, willige junge Frau suchte. Auf Äußerlichkeiten kam es ihm nicht so an. Hauptsache, die Zukünftige hatte keine Haare auf den Zähnen, verfügte über grundlegende Kochkenntnisse und beherrschte das Melken und das Füttern der Kühe. Die beiderseitige Zuneigung würde sich schon einstellen, an ihm solle es nicht liegen.

Die geplante Verkupplungsaktion klappte hervorragend. Dass Otto noch mit einem wertvollen Zuchtbullen nachgeholfen hatte, den er dem Landwirt als Mitgift überließ, wusste bis heute nur Luise. Auf jeden Fall waren Waltraud und „Bauer sucht Frau" immer noch glücklich verheiratet und stolze Eltern von drei Kindern. Bei Waltraud wurden erhebliche Managementfähigkeiten entdeckt und so betrieb sie eine international anerkannte, erfolgreiche Pferdezucht.

Otto befand sich jetzt in Erzähllaune.

„Kennt ihr eigentlich die Legende von den drei Nymphen aus der Stempfermühlquelle?", fragte er.

Klarissa und Gregor schüttelten den Kopf. „Ich glaube, Helene hat sie gerne den Kindern aus dem Dorf zum Besten gegeben, die liebten ihre Geschichten."

Sie dachten einen Moment an die arme, ermordete Kräuterhexe.

Otto räusperte sich. „Also", begann er, „in den Stempfermühlquellen, unweit ein Stück oberhalb von uns hier, lebten einst drei Nymphen, die gerne aus ihrem kühlen Reich unter Wasser stiegen und sich unter das Volk mischten. Das war ihnen auch gestattet und es gab nur eine Regel, die sie zu beachten hatten. Vor dem ersten Hahnenschrei mussten sie sich wieder in ihrem Reich einfinden, sonst würden furchtbare Dinge geschehen. Eines Nachts verließen die drei wieder ihr dunkles Reich und erschienen auf einer prächtigen Hochzeitsfeier in Schloss Gößweinstein. Sie trugen lange, weiße, wallende Gewänder und ihre blonden, glatten Haare mit eingeflochtenen goldenen Bändern fielen ihnen bis auf die Hüften. Sie sahen sehr hübsch und allerliebst aus und die männlichen Gäste der Feier forderten sie immer häufiger zum Tanz zu den frohlockenden Klängen der Musikinstrumente auf. Ein junger Ritter fand besonders Gefallen an der Jüngsten und Schönsten der Najaden. Er wollte unbedingt erfahren, woher sie stammte und wie ihr Name war. Doch die unbekannte Schönheit schwieg beharrlich. Die drei Nymphen vergaßen über den romantischen Tänzen mit den feingeistigen Herren und heroischen Rittern die Zeit und erschraken entsetzlich, als sie den ersten frühen Hahnenschrei vernahmen. Sie rannten gehetzt, als seien Furien hinter ihnen her, aus dem Schloss und den Berg hinunter. Dann verschwanden sie rasch im tiefen Quellwasser. Der eine Ritter, der sich verliebt hatte und ihnen gefolgt war, blickte in das quirlige Wasser und suchte nach ihnen. Plötzlich nahm er einen blutroten Strom war, der sich unter der Wasseroberfläche bewegte. Die drei Nymphen hatten gegen die Gesetzmäßigkeit der Tiefe verstoßen. Das wurde ihnen zum Verhängnis. Untröstlich kehrte der Ritter auf das Schloss zurück."

Otto endete und erntete Lob von allen Seiten für die romantische Sage.

Sonntag, 12. Juni, vormittags

Klarissa hatte hinter ihrem Haus auf einer Bauernwiese einen bunten Strauß Blumen gepflückt und mit Gräsern verziert. Sie pflegte das Grab einer alten Dame, mit der sie sehr gut befreundet gewesen war, und das sich auf dem Friedhof im Nachbardorf befand. Gut gelaunt schwang sie sich auf ihr Mountainbike und steuerte zuerst die Sportlergaststätte an. Gregor vermisste seit der Trauerfeier von Georg Mirsberger seinen Hut und Klarissa wollte sich erkundigen, ob ihr Mann ihn dort vergessen hatte.

Sie lief die Treppen des Eingangsbereiches hoch und betrat den Gastraum. Es war noch nicht viel los, viele Dorfbewohner machten sich gerade für den sonntäglichen Kirchgang zurecht, erst danach würden die meisten von ihnen den traditionellen Frühschoppen besuchen. Am runden Stammtisch hatten fünf Kartenspieler Platz genommen, einer von ihnen verteilte soeben die Karten, es sah nach Schafkopf aus.

Klarissa grüßte freundlich und ließ ihre Blicke über die Garderobe schweifen, als sie die Kopfbedeckung ihres Gatten auch schon erblickte. Sie holte den Hut von der Ablage und wollte gerade die Gaststätte verlassen, als die Bedienung Berta nach ihr rief: „Hallo, Klarissa, warte mal, ich muss dir was sagen." Sie eilte auf Klarissa zu.

„Hast du die Jacke noch?", wollte Berta wissen. „Welche Jacke?", fragte Klarissa, die sich mit ihren Gedanken ganz woanders befand. „Na, die beige Arbeitsjacke, die ich dir an der Trauerfeier am Freitag mitgegeben habe. Ich war zu voreilig. Ich weiß jetzt, wem sie gehört. Er war verärgert und will sie sofort wieder zurückhaben." Jetzt war Klarissa mit ihren Gedanken keineswegs mehr woanders, sie versuchte, ihre Aufregung zu beherrschen. Es hatte keinen Zweck, Berta zu beunruhigen. Sie versuchte, entspannt zu wirken, und fragte wie nebenbei: „Wem gehört denn die Jacke, Berta?"

„Dem Schneiders Fritz, hast du sie schon weggegeben?"

Als Klarissa begriff, verlor ihr Gesicht jegliche Farbe. Bedächtig hakte sie nach, es würde sich sicherlich um ein Missverständnis handeln: „Du meinst aber nicht Friedrich Schneider, den Landschaftsgärtner, der mit der Kindergärtnerin verheiratet ist?"

Berta sah sie verständnislos an: „Natürlich meine ich den, kennst du sonst noch einen anderen Fritz Schneider? Er lieferte letzten Sonntag am Vormittag den Blumenschmuck für die Geburtstagsfeier und dekorierte die

Tische im Speisesaal, sehr geschmackvoll hat er das bewerkstelligt. Als er seine Arbeit beendet hatte, habe ich ihm ein leichtes Hefeweizen serviert. Dann musste der Fritz sich wieder auf den Weg machen, er hat den Auftrag für die Pflege einiger Gräber auf dem Friedhof im Nachbardorf übernommen. Der Mann schuftet Tag und Nacht. Ein fleißiger junger Mann. Etwas wortkarg, aber man muss ja nicht immer so viel reden."

Berta stoppte ihren Wortschwall, dann fuhr sie fort: „Seine Arbeitsjacke hat er an der Garderobe vergessen, es fiel ihm gar nicht auf, weil es bereits am Vormittag schon ziemlich heiß war. Vorhin schaute er vorbei und hat nach ihr gefragt."

Klarissa war fassungslos, sie musste sofort den Kommissar benachrichtigen. Friedrich Schneider, ein Mörder? Unmöglich. Was Rebekka an dem in sich gekehrten, einsilbigen, kompakten Mann fand, der am liebsten Erde umgrub und sich ansonsten seinem Reiterhof widmete, hatte sie nie ganz verstanden. Sie hatte immer vermutet, gerade dieser karge, ländlich ursprüngliche Charme hätte es Bekki angetan. Wahrscheinlich hatte in der Nacht von Samstag auf Sonntag jemand anders die Jacke getragen, so musste es sein.

„Keine Sorge Berta", versuchte Klarissa normal zu klingen. „Ich habe die Arbeitsjacke noch nicht in der Kleiderkammer abgegeben. Ich werde sie dem Fritz zurückgeben. Kein Problem." Sie winkte Berta kurz zu und verabschiedete sich: „Schönen Sonntag noch, Berta und frohes Schaffen."

Sie lief aus der Gaststätte und lehnte sich im Schatten an die Hauswand. Ein grausamer Irrtum, sonst nichts. Trotzdem war es ihre Pflicht, auf der Stelle Gerd Förster anzurufen. Hastig wählte sie die Nummer auf ihrem Handy.

Er war nicht zu erreichen. Ein Kollege nahm den Anruf entgegen. Klarissa berichtete, was sie soeben erfahren hatte, und bat darum, die Information so rasch wie möglich an den Kommissar weiterzuleiten.

„Die Jacke von Fritz Schneider, das gibt es doch nicht“, ihre Gedanken überschlugen sich wild. Dann kam ihr ihre Freundin Rebekka in den Sinn, die womöglich schwanger war.

„Ganz ruhig, Klarissa“, versuchte sie, sich selbst zu beschwichtigen. „Das wird sich alles aufklären.“

Sie würde jetzt über Feldwege durch blühende Wiesen in aller Ruhe zum Nachbardorf auf den Friedhof radeln und nachdenken. Später würde sie mit ihrem Mann Gregor die neuesten Erkenntnisse besprechen. Die Polizei war informiert. Mehr konnte sie im Moment nicht tun.

Klarissa radelte gemächlich den holprigen Weg entlang, zum Nachbardorf hatte sie eine Strecke von ungefähr vier Kilometern zurückzulegen. Rechterhand erstreckten sich weite Erdbeerfelder. Die Früchte waren nun reif und süß. Einige Dutzend Erwachsene und Kinder pflückten die köstlichen roten Beeren selbst. Das war günstiger und machte viel Spaß. Die Menschen vermittelten einen heiteren, unbeschwerten Eindruck. Klarissa fühlte sich innerlich wie zu Eis erstarrt.

Sie stoppte an einem provisorischen Verkaufsstand und erstand eine kleine Schale Erdbeeren. Ein paar Euro befanden sich immer in ihrer Hosentasche, wenn sie unterwegs war. Dafür sorgte Gregor zuverlässig. Sie klemmte das Schälchen in ihren Mini-Fahrradkorb und naschte, während sie weiterfuhr. „Nervennahrung“, hoffte sie.

Als sie den kleinen, typisch fränkischen Nachbarort erreichte, bog sie in die Stichstraße zum Friedhof ein und lehnte ihr Fahrrad an den Jägerzaun, um den sie die Kette schlang und das Schloss versperrte.

Sie betrat den Friedhof. Kein Mensch war zu sehen, obwohl alle Parkplätze rund um die Kirche und auf dem Parkplatz des Friedhofes belegt waren. Die Dorfbewohner weilten noch im Gottesdienst. Zielstrebig näherte sie sich dem gepflegten Grab der alten Dame. Die Lichtnelken, die sie das letzte Mal vorbeigebracht hatte, waren verwelkt. Sie entfernte die Blumen, holte frisches Wasser für die Vase und arrangierte liebevoll den Wiesenstrauß darin. Anschließend zupfte sie gedankenverloren an der Bepflanzung des Grabes herum und entzündete das ewige Licht.

Sie ging in die Hocke und starrte gebannt auf das Grab ihrer Freundin. Sie versuchte dabei verzweifelt, ihr inneres Gleichgewicht zumindest einigermaßen wieder zu finden.

Plötzlich nahm sie eine Bewegung etwa zwanzig Meter schräg links von ihr wahr. Sie war doch nicht die einzige Besucherin an diesem stillen Ort. Sie blinzelte und versuchte, mit zusammengekniffenen Augen zu erkennen, wer diese Person sein könnte. Diese richtete sich abrupt auf und stand nun voll im Blickfeld von Klarissa. Sie versteifte sich.

Es war Friedrich. Natürlich, am Sonntagfrüh arbeitete er hier. Berta hatte es erwähnt. Er war damit beschäftigt, die Erde einer Grabstätte locker zu harken. Anschließend goss er die Pflanzen auf dem Grab. Neben sich hatte er eine Schubkarre abgestellt, die wohl Werkzeug, Erde und Grabpflanzen enthielt.

Friedrich hatte sie noch nicht entdeckt. Ansonsten war hier im Augenblick kein Mensch unterwegs. Wenn er tatsächlich ein Mörder war, sollte sie besser blitzschnell und unauffällig von hier verschwinden.

„Aber Friedrich ist kein Mörder, das ist doch kompletter Unsinn", schalt sie sich. Klarissa fasste einen Entschluss. Sie würde unbedarft zu Friedrich hinüberschlendern, ihn freundschaftlich begrüßen, wie immer, und ihm erzählen, dass sie seine Arbeitsjacke für die Kleiderkammer bekommen hatte, sie ihm diese aber selbstverständlich zurückgeben würde. Ein ganz unverfängliches Gespräch. Währenddessen würde sie genau seine Augen beobachten. Konnte man an den Augen eines Menschen erkennen, ob er in der Lage war, einen anderen Menschen zu ermorden? Noch zögerte sie. Da nahm sie eine Bewegung rechterhand neben sich wahr. Eine alte Dame, ausgestattet mit einem Gehstock, näherte sich und blieb an einem frisch aufgeschütteten Grab, auf dem zum Teil verwelkte Kränze verteilt lagen, stehen. Sie stützte sich auf ihren Stock und war tief versunken in den Anblick des Grabes.

Sie schwankte leicht. „Wahrscheinlich ist ihr geliebter Mann kürzlich verstorben", vermutete Klarissa traurig. Dann fasste sie sich ein Herz und lief entschlossen auf den eifrig werkelnden Gärtner zu. Er nahm sie erst wahr, als sie fast neben ihm stand. Erschrocken fuhr er herum und starrte Klarissa ins Gesicht. „Ach du bist es", bemerkte er kurz angebunden und verstärkte seine Harkerei. „Hallo Friedrich", sprach Klarissa ihn an. „Schöner Tag heute." „Kommt darauf an", erwiderte er knapp. „Wie geht es Rebekka, sie machte in den letzten Tagen einen angeschlagenen Eindruck auf mich?"

Bei der Erwähnung des Namens seiner Frau färbte sich sein Gesicht rötlich. „Prima, wie immer", presste er heraus.

„Deine Arbeitsjacke ist bei mir gelandet", versuchte Klarissa das Gespräch in Gang zu halten. „Ich bringe sie dir morgen auf dem Weg zur Arbeit vorbei."

„Ist schon gut, Klarissa, mach das, ich muss weiterarbeiten.“ Er harkte inzwischen immer kräftiger und unkontrollierter.

Klarissa wusste nicht, was sie davon halten sollte. Dann beschloss sie, den Stier bei den Hörnern zu packen. „An deiner beigen Arbeitsjacke ist ein Triangel herausgerissen. Die Polizei hat das Stoffstück einige Meter von Georg Mirsbergers Kuhstall entfernt gefunden.“ Sie bluffte. „Die Polizei sucht schon nach dir. Du bist mittlerweile der Hauptverdächtige. Hast du Schorsch umgebracht, Friedrich? Sag es mir. Und was hast du mit Helene gemacht?“

Sie fixierte ihn aufmerksam. Als Friedrich ihr ins Gesicht starrte, wusste sie, wie die Augen eines Mörders aussahen. Der bisher bemühte, gleichgültige Ausdruck seines Gesichtes hatte sich von einer Sekunde auf die andere verwandelt. Seine Augen sprühten Blitze vor Zorn. Klarissa erhaschte für einen kurzen Moment den Anblick des personifizierten Bösen.

Er vermittelte den Furcht erregenden Eindruck, als steckte der Teufel in seinem Leib und in seiner Seele. Er fauchte und Feuerfunken umstieben seine Gestalt, wie bei einem Lindwurm, der aus seinem Verlies befreit worden war.

Voller Hass brüllte er sie an: „Ihr elitären Schlampen, alles wisst ihr besser, überall müsst ihr eure feine Nase reinstecken. Nichts lasst ihr euch sagen. Ihr tut, was euch gerade einfällt.“

Schaum bildete sich vor seinem weit geöffneten Mund. Er keuchte. „Die Hure hat mich betrogen. Schon lange. Sie ist schwanger von diesem arroganten Bauern. Sie wollte mich verlassen. Aber dem habe ich einen Riegel vorgeschoben. Mit dem haut Rebekka nicht mehr ab, mit dem nicht.“

Er fuchtelte bedrohlich mit seiner zweizackigen Harke vor Klarissas Gesicht herum. Sie konnte Fritz nur noch entsetzt anstarren, es hatte ihr die Sprache verschlagen. Aber sie wollte es wissen. „Was ist in jener Nacht geschehen, Friedrich?“

„Ich hatte eine SMS auf Rebekkas Handy entdeckt. Von Schorsch. Sie trafen sich anscheinend regelmäßig am Sonntagabend in seiner Jagdhütte. Das feine Pärchen schmiedete Zukunftspläne. Sie wollten wegziehen von hier und ein neues Leben beginnen. Ich ritt unverzüglich los, um Schorsch zur Rede zu stellen. Aber der Vollidiot lag bewusstlos auf dem Boden seines Kuhstalls. Sein Hinterkopf blutete. Da habe ich die Sache zu Ende gebracht und seinen Oberkörper in den Sautrog gedrückt, damit er ertrinkt. Er hat es nicht besser verdient. Er hat mir meine Frau weggenommen.“

Fritz zitterte heftig vor Wut. „Und die Hexe?“, Klarissa wollte alles wissen. „Vermutlich beobachtete sie mich in jener Nacht, das war ihr Todesurteil. Sie machte mir gegenüber eine Anspielung, die durchgeknallte alte Kuh.“

Er stierte Klarissa mit irrem Blick an. „Und jetzt bist du dran, du wirst mich nicht an die Polizei verraten.“ Bewaffnet mit der Harke stürzte er sich auf sie. Sie drehte sich um und flüchtete vor dem Wahnsinnigen, so schnell sie konnte. Aber Friedrich blieb dicht hinter ihr. Er war durchtrainierter als sie und verfügte über die Kraft eines Ochsen.

Er dirigierte Klarissa gegen die bröckelnde Sandsteinmauer der Kirche. Zwei Meter konnte sie noch ausweichen, inzwischen nahm sie in ihrer Panik die Hintertüre der Kirche wahr. Weiter kam sie nicht. Dort nagelte sie Friedrich buchstäblich fest. Er schleuderte die Harke beidseitig ihres Halses in das schwere Holz der mächtigen Tür. Die Eisenstrebe, an der die beiden unnachgiebigen Zinken befestigt waren, drückte immer stärker auf Klarissas Hals.

„Er wird mich erwürgen", die Gedanken rasten durch ihren Kopf. „Hier und jetzt, mit einer Gärtnerharke." Verzweifelt tastete Klarissa nach irgendetwas, was ihr helfen konnte. Ihr wurde schwindlig.

In ihre umnebelten Sinne drang plötzlich die energische Stimme der alten Dame: „Friedrich Schneider, lass augenblicklich die junge Frau in Ruhe, du warst schon damals in der Schule ein aufbrausender, ungehobelter Flegel!"

Klarissa konnte trotz ihrer Todesangst wahrnehmen, dass die zu allem entschlossene frühere Lehrerin von Fritz sich direkt hinter ihm aufgebaut hatte und mit ihrem Gehstock drohte. Offensichtlich war sie bereit, ihm damit eins über den Schädel zu ziehen.

Friedrich war einen Moment abgelenkt und lockerte die tödliche Kralle um Klarissas Hals. Sie bekam in diesem Moment den Türknauf zu fassen und drehte ihn auf ihren Körper zu.

Die wuchtige, stabile Holztüre schwang auf und knallte mit Donnergetöse gegen die hinterste Sitzbank der Kirche. Die Gemeinde, die gerade noch mit tragender Stimme gemeinsam ein Lied gesungen hatte, verstummte schlagartig. Klarissa stürzte rückwärts in den Zwischengang des Kirchenschiffes zwischen die Bankreihen und landete unsanft auf dem Rücken. Dank ihrer bisherigen sportlichen Betätigungen konnte sie sich einigermaßen abfangen. Sie stöhnte.

Durch den unvermittelt nachgebenden Widerstand verlor auch Friedrich Schneider das Gleichgewicht und krachte direkt neben Klarissa auf den Boden der Kirche. Seine Harke hielt er fest umklammert, um endgültig zu-

zustoßen. Deren Zinken bohrten sich dicht neben Klarissas Schulter heftig in das Holz des Parketts.

Jemand schrie auf. Klarissa brüllte angstvoll: „Hilfe, er will mich umbringen." Dutzende von Augenpaaren ruhten verblüfft auf dieser Szene. Ein beherzter junger Mann zückte sein Handy und alarmierte den Notruf. Durch diese vernünftige Tat löste sich die Starre der Gottesdienstteilnehmer. Menschen sprangen auf, um Klarissa zu Hilfe zu eilen, der Pfarrer verließ hastig seine Kanzel und eilte auf Klarissa zu.

Friedrich Schneider blickte verwirrt um sich. Dann sprang er kraftvoll auf, schubste die alte Dame beiseite, die sich ihm mutig in den Weg stellte und glücklicherweise in einer voll besetzten Bank landete, aus der sich auffangende Hände entgegenstreckten, und flüchtete aus der hinteren Kirchentür. Die Harke steckte immer noch anklagend in den Dielen. Von weitem war eine sich nähernde Polizeisirene zu vernehmen.

Ein älterer Herr näherte sich Klarissa, ließ sich beschwerlich in die Hocke nieder und bettete seine zusammengerollte Jacke unter ihren Kopf. „Schön ruhig liegen bleiben, junge Dame, nicht bewegen, der Rettungswagen ist unterwegs. Er wird gleich hier eintreffen." Unbeholfen und vorsichtig strich er über ihr Haar. „Alles wird gut. Verspüren Sie Schmerzen?" Klarissa stand unter Schock und fühlte sich, als hätte ein Bagger sie überrollt. Doch sie schüttelte leicht den Kopf: „Es geht schon, danke", schwindelte sie. Der Mann kam ihr bekannt vor. Dann fiel es ihr ein. Der fesche Spaziergänger mit dem kleinen Hund, mit dem sie letzten Sonntag beinahe zusammengestoßen wäre. Er harrte an ihrer Seite aus und sprach mit besänftigender, tiefer Stimme auf sie ein.

Die anderen Kirchenbesucher hatten einen Schutzwall um sie gebildet. Aber wie es schien, hatte

Fritz Schneider längst das Weite gesucht. Der Pfarrer war aus seinem Gotteshaus geeilt, um den Rettungssanitätern den Weg zu weisen.

Diese stürzten mit dem Notarzt vorneweg in die Kirche. Die Menge bildete ein Spalier, um die Männer durchzulassen. Sie führten eine Rollliege mit sich. Kurz dahinter tauchte ein zutiefst besorgter Gerd Förster auf, mit Mandy Bergmann und Sieglinde Silberhorn im Schlepptau.

Der Notarzt kümmerte sich um Klarissa und untersuchte sie. „Soweit ich es im Augenblick beurteilen kann, haben Sie keine ernsthaften Verletzungen erlitten. Aber Sie haben sich Prellungen zugezogen, das wird ein paar ordentliche blaue Flecken geben. Und Sie stehen unter Schock. Ich nehme Sie mit zur Beobachtung ins Forchheimer Krankenhaus."

Klarissa rappelte sich hoch. „Ich will nicht ins Krankenhaus, mir geht es gut, es war nur der Schreck. Ich will sofort nach Hause zu meinem Mann." „Wie Sie wollen, auf Ihre Verantwortung", erwiderte der Arzt. „Ich werde Sie mit dem Rettungswagen nach Hause bringen lassen. Aber nur, wenn Sie mir versprechen, vernünftig zu sein. Absolute Bettruhe und keine Aufregung mehr." Klarissa versprach es. Zu diesem Zeitpunkt hätte sie alles versprochen, wenn sie nur zu Gregor konnte.

Sie berichtete Mandy Bergmann und Gerd Förster ausführlich, was vorhin auf dem Friedhofsgelände geschehen war, dann fuhr sie der Rettungswagen nach Hause.

Mandy Bergmann löste eine Großfahndung nach Friedrich Schneider aus.

Sonntag, 12. Juni, 19.00 Uhr

Gerd Förster hatte mit Klarissa König telefoniert und sie über die weitere Entwicklung der Geschehnisse informiert. Hauptsächlich wollte er ihr mitteilen, dass der Polizeihubschrauber Friedrich Schneider zu Pferd auf einer gut einsehbaren Hochebene zwischen Gräfenberg und Großenohe entdeckt hatte, als er sein Tier im scharfen Galopp über die Wiese trieb. Der Hubschrauber verfolgte ihn im Tiefflug, und als er sich vor Großenohe in den schützenden Wald schlagen wollte, wurde er von Polizeibeamten eingekreist und festgenommen. Er leistete keinerlei Widerstand und ließ sich anstandslos abführen.

Sie bräuchte keine Angst mehr vor Friedrich Schneider zu haben, er habe die beiden Morde an Georg Mirsberger und Helene von Falkenstein gestanden und befände sich nun in Untersuchungshaft.

Ebenso hatte der Kommissar die Pfarrerin Regina Engeltal angerufen und sie gebeten, sich um die schwangere Rebekka Schneider zu kümmern.

Nach neunzehn Uhr kamen nach und nach die Gäste, die sich regelmäßig zum Sonntagsstammtisch im „Goldenen Hirsch“ trafen. Als Erste Klarissa und Gregor König. Klarissa hatte drei Stunden geschlafen und verspürte nun einen Bärenhunger. Sie wählten den runden Stammtisch außen im Biergarten unter der ausladenden Linde. Das Sommerwetter war angenehm lau um diese Zeit.

Kurz darauf folgten Regina und Theo Engeltal. Der fünfjährige Jakob schob umsichtig den stabilen Buggy, in dem seine kleine Schwester Lea-Sophie thronte. Heute trug sie die goldenen Locken zu Rattenschwänzchen geflochten, die von zwei großen blauen Schleifen gehalten wurden. Theo hob seinen Sohn David von den Schultern. Sie nahmen in der Runde Platz. Luise und Otto Walz schlossen sich an.

Gleichzeitig mit dem Jäger Walter Burkhard betraten Manuela Henneberger und ihr Lebengefährte Klausi den gemütlichen Biergarten. Manuela trug ein rosafarbenes Dirndl mit weit ausgeschnittener weißer Bluse. Sie wären auf der Erlanger Bergkirchweih gewesen, berichtete sie. Die Portion Ochsenbraten hätte achtzehn Euro gekostet und die Maß Bier sechs Euro. Selbstverständlich war sie eingeladen gewesen. „Ich nehme nur noch eine Kleinigkeit zu mir, Klausi", erklärte sie ihrem Freund.

Rainer Rohlederer setzte sich einige Minuten später ebenfalls an den Stammtisch. Heute sah er etwas lebendiger aus. Sie bestellten und tauschten die neuesten Informationen aus.

Klarissa machte sich über ihre Schinkenplatte her und erzählte den entsetzten Freunden von ihren Erlebnissen auf dem Friedhof und der Festnahme Friedrich Schneiders. Er hatte ein Geständnis abgelegt. Es war Mord aus Eifersucht an Georg Mirsberger. Rebekka hatte seit längerer Zeit eine Liebesbeziehung mit Schorsch, zudem war sie schwanger von ihm.

Friedrich Schneider war misstrauisch geworden und hatte seiner Ehefrau hinterherspioniert. So hatte er die verräterische SMS entdeckt.

Die Hexe Helene hatte er in Verdacht gehabt, ihn in jener Nacht beobachtet zu haben und Zeugin des Mordes zu sein. Helene hatte auf dem Markt in Gräfenberg, wo sie ihre Schätze an seinem Stand mit verkaufen durfte, bemerkt, sie hätte ihn nachts auf seinem Pferd gesehen. Ob sie ihn nur zufällig gesehen oder den Mord beobachtet hatte, konnte man sie nicht mehr fragen.

Regina Engeltal fütterte David, der sich nun auf ihrem Schoß befand, mit Käsebrot und Gurkenstückchen. Theo und sie hatten Rebekka zu sich in das Pfarrhaus geholt. Dort konnte sie sich unter ihrer Obhut aufhalten, so lange sie mochte. Sie war ob dieser entsetzlichen Ereignisse völlig verstört. Regina hatte darauf bestanden, dass eine Frauenärztin aus Forchheim unverzüglich einen Hausbesuch abstattete und sich um Rebekka kümmerte. Nun schlief sie erschöpft. Theo hatte Lea-Sophies Babyphon neben Bekkis Bett aufgestellt. Das Pendant steckte in seiner Hemdtasche.

Hans Güthlein war bereits aus der Untersuchungshaft entlassen worden. Ihn erwartete eine Anklage wegen gefährlicher Körperverletzung.

Manuela Henneberger fand die vorgetragenen Schilderungen hoch interessant und sensationell. Sie lauschte gebannt, dann zwinkerte sie Klausi verliebt zu: „Bei so viel Aufregung muss ich dringend etwas Vernünftiges essen, bestelle mir doch bitte die Speisekarte und einen Schoppen trockenen Frankenwein."

Sonntag, 12. Juni, Mitternacht

Walter Burkhard begab sich auf den Heimweg. Sie hatten heute Abend lange am Stammtisch gesessen. Die Anwesenheit der Freunde schien in dieser schrecklichen Situation beruhigend zu wirken.

Der Jäger fand Trost bei einer Vorstellung, die ihm durch den Kopf ging, als er das vertraute Walberla im Lichtschein des vollen Mondes betrachtete.

Entgegen der landläufigen Annahme, die Hexen würden sich ausschließlich in der Walpurgisnacht dort oben treffen, wusste Walter genau, dass sie sich jede Nacht um Punkt vierundzwanzig Uhr hinter der Kapelle versammelten.

Er war sich ganz sicher, dass auch Helene dabei sein würde.

Kennen Sie den ersten Erlanger Stadtkrimi?

Ines Schäfer
Der steinerne Markgraf

€ 9,90

ISBN 3-924158-40-1

Erschienen im Fahner Verlag, Lauf.
Erhältlich in allen Buchhandlungen.

Wenige Tage vor Beginn der Bergkirchweih wird aus der Schwabach die Leiche eines Studenten geborgen. War es Unfall oder Mord?

Diese Frage lässt Lotte Askoleit nicht mehr los. Zielstrebig verfolgt sie die Spuren dieser mysteriösen Geschichte, deren Schauplätze auf dem „Berg", im Schlossgarten mit dem steinernen Denkmal des Markgrafen, in der Universität und im Erlanger Markgrafentheater eine geeignete Bühne für fachverliebte Professoren, Angehörige der „Firma", Rad fahrende Politiker und gestresste Klinikärzte abgeben.

Kennen Sie auch die Fortsetzung des ersten Erlanger Stadtkrimis?

Ines Schäfer
Martini-Mord

€ 9,90

ISBN 3-924158-60-6

Erschienen im Fahner Verlag, Lauf.
Erhältlich in allen Buchhandlungen.
Ein dramatischer Zwischenfall in einem Karpfenlokal. Ein Toter bei einem Handballspiel. Schließlich ein Mord am Martinstag im Schlossgarten! Ganz gegen ihren Willen sieht sich Lotte Askoleit, Bewohnerin eines Erlanger Seniorenstifts, in den Strudel tödlicher Ereignisse gezogen, zwischen denen es zunächst keinen Zusammenhang zu geben scheint.
Ihre Suche nach einer Erklärung führt Lotte kreuz und quer durch das herbstliche und winterliche Erlangen. Nebenbei muss sie im Haushalt ihres Neffen, des Oberarztes, aushelfen, denn dort kriselt es, während sie selbst sich mit Gefühlen konfrontiert sieht, die sie nicht mehr für möglich gehalten hätte ...

Und kennen Sie den dritten Teil der Erlanger Stadtkrimis?

Ines Schäfer
RegnitzGold

€ 9,90

ISBN 3-924158-74-6

Erschienen im Fahner Verlag, Lauf.
Erhältlich in allen Buchhandlungen.

Es wird Frühling in Erlangen und Lotte Askoleit gerät in einen fürchterlichen Verdacht. Ist sie mitverantwortlich für den Tod des Hilfshausmeisters in ihrem Seniorenstift? Schon bald zeigt sich, dass sein Tod erst der Beginn einer mörderischen Kette von Vergiftungsfällen ist. Jedes Mal findet sich das tödliche Gift in einer harmlosen Flasche Bier und das versetzt nach und nach die ganze Stadt in panische Angst. Bereits zum dritten Mal ist Lotte dem Verbrechen auf der Spur, diesmal zwischen Büchenbach und Tennenlohe, zwischen dem Redoutensaal und der Gruft der „Erlanger Markgräfin“ in der Neustädter Kirche.

Kennen Sie den vierten Teil der Erlanger Stadtkrimis?

Ines Schäfer
HugenottenBlut

€ 11,80

ISBN 3-924158-88-6

Erschienen im Fahner Verlag, Lauf.
Erhältlich in allen Buchhandlungen.
Ein heißer Augusttag. Der große Erlanger Stadtbrand liegt genau dreihundert Jahre zurück, da scheinen sich die Ereignisse zu wiederholen. Ist das mehr als ein Zufall?
Die Stadt soll ein neues Shopping-Center bekommen und ausgerechnet der größte Gegner des Projekts gerät in das Visier eines unbekannten Täters. Will man ihn zum Schweigen bringen? Ein Mord geschieht an einer der spektakulärsten Stellen im Herzen der Stadt. Gibt es Zusammenhänge?
Lotte Askoleit, die alte, eigenwillige Heldin der Erlanger Stadtkrimis, macht sich auch dieses Mal ihre eigenen Gedanken über die tödlichen Geschehnisse.

Und kennen Sie den fünften Teil der Erlanger Stadtkrimis?

Ines Schäfer
JohannisFeuer

€ 11,80
ISBN 978-3-924158-96-5

Erschienen im Fahner Verlag, Lauf.
Erhältlich in allen Buchhandlungen.

Wie jedes Jahr brennt am Dechsendorfer Weiher an Johanni ein riesiges Sonnwendfeuer. Dass dies kein gewöhnliches Johannisfeuer sein wird, weiß noch niemand. Auch Lotte Askoleit, die alte Dame aus dem Seniorenstift, ahnt nicht, dass in ihrer unmittelbaren Umgebung ein Mord geschieht, ja, dass ausgerechnet sie unfreiwillig zur Zeugin wird. Weiß der Mörder, dass sie alles mit angehört hat? Wird er sich der unliebsamen Zeugin entledigen? Und was hat das Medaillon, das der Tote in seiner Tasche trägt, mit dem Mord zu tun? Die Gründe reichen weit zurück ...

Zum fünften Mal klärt Lotte Askoleit auf ihre unnachahmliche Art einen Mord in Erlangen auf. Zugleich ist dieses Buch jedoch auch ein Blick in die Seele und die Geschichte dieser Stadt.

Kennen Sie den Nürnberg-Krimi der Extra-Klasse?

Angelika Sopp
Höchste Zeit zum Sterben

€ 12,80
ISBN 978-3-924158-99-6

Erschienen im Fahner Verlag, Lauf.
Erhältlich in allen Buchhandlungen.

Der Angelausflug an den Birkensee im Lorenzer Reichswald beschert dem verwitweten Landarzt Horatio Grünfeld anstelle der erhofften Forellen nicht nur eine Wasserleiche, sondern auch die erste Begegnung mit Lili Karmann, der resoluten Hauptkommissarin der Mordkommission Nürnberg.

Horatio zeigt Interesse an Lilis Arbeit, und sie erlaubt ihm, die Ermittlungen inoffiziell mitzuverfolgen. Neugierig betritt er ihre Welt. Eine Welt, die ihn insbesondere zwingt, seiner Wahrnehmung der Realität eine neue, abstoßende und brutale Dimension hinzuzufügen.

Das Mordopfer, ein angesehener Bauunternehmer aus Nürnberg, erscheint bald im Licht des skrupellosen Geschäftsmanns, dessen private und berufliche Verstrickungen den Kreis der Verdächtigen stetig vergrößern.

Dann geschieht ein weiterer Mord ...